S.F.
V.

Alain de Botton

Versuch über die Liebe

Roman

Aus dem Englischen von Helmut Frielinghaus

S. Fischer

4. Auflage: 18.–20. Tausend
Die englische Originalausgabe
erschien 1993 unter dem Titel
Essays in Love
im Verlag Macmillan London

Gesamtherstellung:
Clausen & Bosse, Leck
Printed in Germany 1994
ISBN 3-10-046310-2

Gedruckt auf chlor- und säurefreiem Papier

❦ *Inhaltsverzeichnis* ❦

KAPITEL EINS

Romantischer Fatalismus

1 Nirgendwo äußert sich die Sehnsucht nach einem Schicksal stärker als in unseren romantischen Vorstellungen. Allzuoft sind wir gezwungen, unser Bett mit Menschen zu teilen, die unsere Seele nicht ergründen können. Ist es da nicht verzeihlich, wenn wir (wider alle Regeln unseres aufgeklärten Zeitalters) glauben, daß es uns vom Schicksal bestimmt sei, eines Tages plötzlich dem Mann oder der Frau unserer Träume gegenüberzustehen? Ist es nicht entschuldbar, wenn wir mit einer gewissen abergläubischen Treue an ein Geschöpf glauben, das sich als die Antwort auf unser brennendes Verlangen erweisen wird? Und obwohl unsere Gebete vielleicht nie erhört werden, obwohl der trostlose Teufelskreis gegenseitigen Nichtverstehens vielleicht nie ein Ende haben wird – *sollte* der Himmel eines Tages doch Erbarmen mit uns haben, ist dann wirklich von uns zu erwarten, daß wir die Begegnung mit dem Prinzen oder der Prinzessin dem bloßen Zufall zuschreiben? Dürfen wir uns nicht ein einziges Mal der Zensur unseres Verstandes entziehen und uns sagen, daß dieses Zusammentreffen nichts anderes als ein unvermeidlicher Teil unseres Schicksals ist?

2 An einem späten Vormittag Anfang Dezember saß ich, ohne jeden Gedanken an Liebe oder eine Geschichte, in der Economy-Abteilung einer Düsenmaschine der British Airways, die von Paris nach London flog. Wir hatten gerade die Küste der Normandie überflogen, wo die Winterwolken-

decke dem ununterbrochenen Anblick glitzernden blauen Wassers gewichen war. Gelangweilt und unfähig, mich zu konzentrieren, hatte ich nach der Zeitschrift der Fluggesellschaft gegriffen und ergeben Informationen über Ferienhotels und Flughafeneinrichtungen in mich aufgenommen. Der Flug hatte etwas Beruhigendes, das dumpf dröhnende Hintergrundgeräusch der Düsenaggregate, das gedämpfte Grau der Kabine, das zuckersüße Lächeln der Besatzungsmitglieder. Ein Wagen mit Getränken und Snacks kam langsam den Gang herunter, und obwohl ich weder hungrig noch durstig war, löste sein Anblick in mir die unbestimmte Erwartung aus, die Mahlzeiten im Flugzeug hervorrufen können.

3 Die Sitznachbarin zu meiner Linken hatte, in einer morbiden Anwandlung vielleicht, ihre Kopfhörer abgenommen, um die Karte mit den Sicherheitsinstruktionen zu studieren, die in der Tasche vor ihr steckte. In einer Reihe von Bildern wurde darauf der ideale Absturz beschrieben: die Passagiere landeten weich und gefaßt auf der Erde oder im Wasser, die Damen zogen ihre hochhackigen Schuhe aus, die Kinder bliesen geschickt ihre Schwimmwesten auf, der Rumpf des Flugzeugs blieb unversehrt, das Kerosin erwies sich wunderbarerweise als unbrennbar.

4 »Wir werden alle sterben, wenn dieses Ding abtrudelt, wovon reden die Witzbolde also?« fragte meine Nachbarin, ohne sich an jemanden Bestimmtes zu wenden.

»Ich nehme an, es soll die Leute beruhigen«, antwortete ich, da ich ihr einziger Zuhörer war.

»Eigentlich keine schlechte Art, sich davonzumachen, es geht sehr schnell, vor allem wenn das Ding auf die Erde kracht und Sie vorn sitzen. Ein Onkel von mir ist bei einem

Flugzeugabsturz ums Leben gekommen. Ist schon mal jemand, den Sie gekannt haben, so gestorben?«
Ich hatte niemanden gekannt, aber mir blieb keine Zeit für die Antwort, denn eine Stewardess kam und bot uns (ohne etwas von den ethischen Zweifeln zu ahnen, die soeben auf ihre Arbeitgeber gefallen waren) Lunch an. Ich ließ mir ein Glas Orangensaft geben und wollte den Teller mit blassen belegten Broten gerade ablehnen, als meine Reisegefährtin mir zuflüsterte:
»Nehmen Sie sie trotzdem. Ich esse sie auf. Ich sterbe vor Hunger.«

5 Sie hatte kastanienbraunes Haar, das so kurz geschnitten war, daß es den Nacken freiließ, und große, wässerig grüne Augen, die sich weigerten, in meine zu blicken. Sie trug eine blaue Bluse und hatte sich eine graue Strickjacke über die Knie gelegt. Ihre schmalen Schultern wirkten fast zerbrechlich, und die rauhen Ränder ihrer Fingernägel verrieten, daß sie oft daran knabberte.
»Esse ich Ihnen auch bestimmt nichts weg?«
»Überhaupt nicht.«
»Entschuldigung, ich habe mich nicht vorgestellt, ich heiße Chloe«, verkündete sie und streckte mir über die Armlehne hinweg irgendwie rührend formell die Hand entgegen.
Ein kleiner biographischer Austausch folgte. Sie erzählte mir, sie habe in Paris eine Handelsmesse besucht. Seit dem vergangenen Jahr arbeitete sie als Grafik-Designerin bei einer Modezeitschrift, deren Redaktion in Soho war. Sie hatte am Royal College of Art studiert, war in York geboren, aber als Kind nach Wiltshire gezogen und lebte jetzt (im Alter von dreiundzwanzig Jahren) allein in einer Wohnung in Islington.

6 »Ich hoffe nur, daß mein Gepäck nicht verlorengegangen ist«, sagte Chloe, als die Maschine zum Landeanflug auf Heathrow ansetzte. »Haben Sie keine Angst, daß Ihr Gepäck verlorengeht?«

»Ich denke nicht darüber nach, aber es ist mir schon passiert, zweimal sogar schon, einmal in New York und einmal in Frankfurt.«

»Gott, wie ich das Reisen hasse«, sagte sie seufzend und biß in ihren Zeigefinger. »Das Ankommen hasse ich sogar noch mehr, ich habe Ankunftsangst. Wenn ich eine Zeitlang weg gewesen bin, denke ich immer, daß irgend etwas Schreckliches in meiner Abwesenheit passiert ist, ein Wasserrohrbruch oder daß ich meinen Job verloren habe, oder daß meine Kakteen eingegangen sind.«

»Sie haben Kakteen?«

»Mehrere. Das war so eine Phase, die ich durchgemacht habe. Phallisch, ich weiß, aber ich habe einen Winter in Arizona gelebt, und sie haben mich irgendwie fasziniert. Haben Sie Haustiere?«

»Früher hatte ich ein paar Fische.«

»Und was ist aus ihnen geworden?«

»Vor ein paar Jahren habe ich mit einer Freundin zusammengelebt. Ich nehme an, sie war eifersüchtig auf die Fische, jedenfalls hat sie eines Tages die Sauerstoffzufuhr für das Aquarium abgedreht, und sie sind alle eingegangen.«

7 Die Unterhaltung mäanderte dahin, gewährte uns flüchtige Einblicke in des anderen Wesen, die wie die kurzen Ausblicke waren, die man von einer Serpentinenstraße in den Bergen hat – bis die Räder auf der Landebahn aufsetzten, die Triebwerke auf Umkehrschub geschaltet wurden und die Maschine zum Terminal rollte, wo sie ihre Fracht in die über-

füllte Ankunftshalle ausspuckte. Als ich mein Gepäck beisammen und den Zoll passiert hatte, war ich in Chloe verliebt.

8 Bevor man nicht tot ist (und dann wird es unmöglich sein), ist es problematisch, irgend jemanden für die große Liebe seines Lebens zu halten. Doch schon bald, nachdem ich ihr begegnet war, schien es mir in keiner Weise unangebracht, von Chloe in solchen Begriffen zu denken. Ich könnte nicht mit einiger Sicherheit sagen, warum von all den verfügbaren Gefühlen und allen ihren möglichen Adressaten es ausgerechnet Liebe sein mußte, was ich für sie empfand. Ich kann nicht behaupten, die innere Dynamik dieses Prozesses zu kennen, noch könnte ich diese Worte anders als mit der Autorität gelebter Erfahrung bekräftigen. Ich kann nur berichten, daß Chloe und ich ein paar Tage nach meiner Rückkehr nach London einen Nachmittag zusammen verbrachten. Dann, wenige Wochen vor Weihnachten, aßen wir zusammen in einem Restaurant im Londoner Westen, und als wäre es die seltsamste und zugleich die natürlichste Sache von der Welt, beendeten wir den Abend, indem wir in ihrer Wohnung miteinander schliefen. Sie verbrachte die Weihnachtstage bei ihrer Familie, ich fuhr mit Freunden nach Schottland, aber wir riefen uns jeden Tag an – manchmal bis zu fünfmal am Tag –, nicht weil wir uns irgend etwas Bestimmtes mitteilen wollten, sondern einfach weil wir beide das Gefühl hatten, daß wir noch nie vorher so mit jemandem geredet hatten, daß alles andere Kompromiß und Selbsttäuschung gewesen war, daß wir erst jetzt endlich in der Lage waren, zu verstehen und uns dem anderen verständlich zu machen, daß die Zeit des Wartens (eines Wartens wie auf den Messias) wirklich und wahrhaf-

tig vorbei war. Ich erkannte in ihr die Frau, nach der ich mein Leben lang hilflos gesucht hatte, ein Wesen, dessen Eigenschaften ich schattenhaft in meinen Träumen gesehen hatte, dessen Lächeln und dessen Augen, dessen Sinn für Humor und dessen Vorliebe für bestimmte Bücher, dessen Ängste und dessen Intelligenz meinen Idealvorstellungen auf das vollkommenste entsprachen.

9 Und vielleicht, weil ich das Gefühl hatte, daß wir wie füreinander geschaffen waren (sie vervollständigte nicht nur meine Sätze, sie vervollkommnete mein Leben), schien ich unfähig, den Gedanken in Betracht zu ziehen, daß meine Begegnung mit Chloe schlicht ein Zufall gewesen war. Ich verlor die Fähigkeit, die Frage der Prädestination mit der, wie manche sagen würden, gebotenen äußersten Skepsis zu bedenken. Obwohl wir normalerweise beide nicht abergläubisch waren, stürzten Chloe und ich uns auf unzählige Details, einerlei wie banal sie waren, und werteten sie als Bestätigung für das, was wir intuitiv bereits fühlten: *daß wir füreinander bestimmt waren.* Wir fanden heraus, daß wir beide um Mitternacht geboren worden waren (sie um 23 Uhr 45, ich um 1 Uhr 15), beide im gleichen Monat, beide in einem Jahr mit gerader Zahl. Beide hatten wir Klarinette gespielt, und beide hatten wir bei Schulaufführungen von Shakespeares *Sommernachtstraum* mitgewirkt (sie hatte die Helena gespielt, ich den Diener des Theseus). Beide hatten wir zwei große Sommersprossen auf dem großen Zeh des linken Fußes und beide ein Loch in einem hinteren Backenzahn. Beide hatten wir die Angewohnheit, in hellem Sonnenlicht zu niesen und Ketchup mit dem Messer aus der Flasche zu holen. Wir hatten sogar beide die gleiche Ausgabe von *Anna Karenina* im Bücherregal (die alte Oxforder

Ausgabe). Kleine Details vielleicht, aber waren sie für Gläubige nicht genug, um eine neue Religion darauf zu gründen?

10 Wir verliehen der Existenz einen sublimen Sinn, wir schrieben der Zeit eine narrative Bedeutung zu, die sie an sich nicht besaß. Wir mythologisierten unsere Begegnung im Flugzeug zu Aphrodites Inszenierung (erster Akt, erste Szene) der klassischen und mythischen erzählerischen Konfiguration schlechthin – der Liebesgeschichte. Es schien, als hätte der gigantische Geist im Himmel vom Augenblick unserer Geburt an unsere Umlaufbahnen immer wieder subtil verändert, damit wir uns eines Tages im Shuttle von Paris nach London begegneten. Und da es für uns wahr geworden war, konnten wir die zahllosen Geschichten, die sich nicht ereignen, übersehen: Liebesgeschichten, die nie geschrieben werden, weil jemand das Flugzeug verpaßt oder die Telefonnummer verliert. Wie Historiker hielten wir uns eindeutig nur an das, was geschehen war, blind für die Zufälligkeit jeder Situation, und machten uns so der Konstruktion grandioser Geschichten schuldig – die Hegel und Spengler unserer eigenen Lebensläufe. Wir spielten die Rolle des Erzählers (dessen, der nach dem Ereignis auftritt), wir hatten unsere Begegnung im Flugzeug in ein bedeutungsschweres Ereignis verwandelt und unser beider Leben ein unwahrscheinliches Maß an Kausalität zugeschrieben. Ein höchst mystischer oder (um es freundlicher zu sagen) literarischer Fehltritt.

11 Natürlich hätten wir rationaler reagieren sollen. Weder flogen Chloe und ich regelmäßig zwischen den beiden Hauptstädten hin und her, noch hatten wir unsere jeweiligen Reisen lange im voraus geplant. Chloe war in letzter Minute von ihrer Zeitschrift nach Paris geschickt

worden, weil die Chefredakteurin krank geworden war, und ich war nur in Paris gewesen, weil ein Bauplanungsauftrag in Bordeaux zufällig so frühzeitig erledigt war, daß ich ein paar Tage dort bei meiner Schwester hatte verbringen können. Die beiden nationalen Gesellschaften, die zwischen den Flughäfen Charles de Gaulle und Heathrow verkehrten, boten an dem für unsere Rückreise vorgesehenen Tag eine Auswahl von sechs Flügen zwischen morgens neun und zwölf Uhr mittags an. Da wir beide am frühen Nachmittag des sechsten Dezembers wieder in London sein wollten, aber bis zum letzten Moment unentschieden waren, welchen Flug wir am Ende nehmen würden, hatte morgens bei Tagesbeginn die mathematische Wahrscheinlichkeit, daß wir beide im selben Flugzeug sitzen würden (wenn auch nicht unbedingt auf zwei Plätzen nebeneinander), bei eins zu sechsunddreißig gelegen.

12 Chloe erzählte mir später, sie habe eigentlich die Zehn-Uhr-dreißig-Maschine der Air France nehmen wollen, aber ihr Haarshampoo sei in ihrer Reisetasche ausgelaufen, als sie ihr Hotelzimmer verlassen wollte, was bedeutet hatte, daß sie neu packen mußte und wertvolle zehn Minuten verlor. Bis das Hotel ihre Rechnung vorbereitet, die Bezahlung mit ihrer Kreditkarte geregelt und ihr ein Taxi besorgt hatte, war es schon Viertel nach neun, und die Chancen, daß sie es bis zehn Uhr dreißig zum Flugplatz schaffen würde, waren gering. Als sie, nach starkem Verkehr bei der Porte de la Villette, den Flughafen erreichte, war die Maschine bereits abgefertigt, und da sie keine Lust hatte, auf den nächsten Air France-Flug zu warten, ging sie zum Terminal der British Airways hinüber und buchte dort auf die Zehn-Uhr-fünfundvierzig-Maschine nach London um, auf

der (wiederum aus einer ganzen Reihe eigener Gründe) zufällig auch ich einen Platz gebucht hatte.

13 Danach arrangierte der Computer die Dinge so, daß er Chloe in der Höhe der Tragfläche auf dem Platz 15 A plazierte und mich neben ihr auf dem Sitz 15 B (siehe Abbildung 1.1). Zu der Zeit, als wir über die Karte mit den Sicherheitsinstruktionen ins Gespräch kamen, hatten wir nicht gewußt, wie gering die Wahrscheinlichkeit gewesen war, daß unser Gespräch überhaupt zustande kam. Da wir beide in der Regel nicht Club Class flogen und da einhunderteinundneunzig Plätze in der Economy Class zur Verfügung standen, wo Chloe Sitz 15 A zugeteilt bekommen hatte und ich, durch puren Zufall, Sitz 15 B, belief sich die theoretische Wahrscheinlichkeit, daß Chloe und ich Plätze nebeneinander bekamen (die Chance, daß wir tatsächlich miteinander sprechen würden, ließ sich nicht berechnen), auf 110 zu 17 847, eine Zahl, die sich reduzieren ließ auf eine Wahrscheinlichkeit von eins zu 162,245.

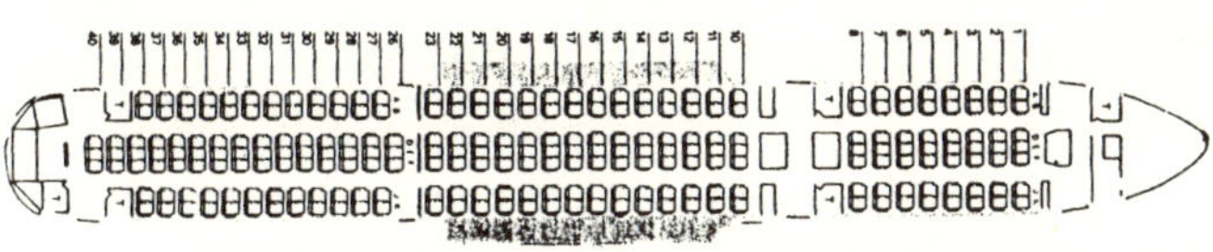

Abbildung 1.1 Boeing 767 der British Airways

14 Aber das war natürlich erst die Wahrscheinlichkeit, daß wir nebeneinander gesetzt worden wären, wenn es nur einen einzigen Flug zwischen Paris und London gegeben hätte; da es jedoch sechs gab, und da wir beide zwischen diesen sechs Möglichkeiten geschwankt und uns dann doch für diesen einen entschieden hatten, mußte diese Wahr-

scheinlichkeit noch einmal mit der ursprünglichen Chance von eins zu sechsunddreißig multipliziert werden, was eine endgültige Wahrscheinlichkeit, daß Chloe und ich uns an einem bestimmten Dezembermorgen über dem Englischen Kanal in einer Boeing der British Airways begegnen würden, von eins zu 5840,82 ergab.

[p=1/36 –> 110/17,847 = 1/162(.245) –> 1/162.245 x 36 = 1/5840.821]

15 Und doch war es geschehen. Die Rechnung, weit davon entfernt, uns von den rationalen Argumenten zu überzeugen, bestärkte uns nur in der mystischen Erklärung dafür, daß wir uns ineinander verliebt hatten. Wenn die Chancen für ein Ereignis so gering sind, das Ereignis aber trotzdem geschieht, ist es dann nicht verzeihlich, wenn man eine Fügung des Schicksals als Erklärung dafür bemüht? Wenn ich eine Münze in die Luft werfe, bewahrt mich die Wahrscheinlichkeit von eins zu zwei davor, mich an Gott zu wenden und ihn für Kopf oder Zahl verantwortlich zu machen. Doch wenn es um eine so geringe Wahrscheinlichkeit geht wie jene, in die Chloe und ich verwickelt waren, eine Wahrscheinlichkeit von eins zu 5840,82, schien es ausgeschlossen, aus der Sicht Liebender zumindest, daß es etwas anderes als Schicksal gewesen sein konnte. Es hätte schon eines sehr standhaften Geistes bedurft, um die enorme Unwahrscheinlichkeit einer Begegnung, die, wie sich zeigte, unser beider Leben veränderte, ohne Aberglauben zu betrachten. Irgend jemand (in einer Höhe von 30 000 Fuß) mußte im Himmel die Fäden gezogen haben.

16 Es gibt zwei Methoden, zwischen denen man wählen kann, um sich Ereignisse zu erklären, die im Bereich des Möglichen liegen. Die philosophische Sicht beschränkt

sich auf primäre Gründe; sie hält sich an das Gesetz von Ockhams Rasiermesser, demzufolge die Gründe hinter Ereignissen reduziert werden müssen, damit sie nicht über die strikte kausale Notwendigkeit hinaus vermehrt werden. Das bedeutet, nach Gründen Ausschau zu halten, die ganz unmittelbar erklären, was geschehen ist – in meinem Fall die Wahrscheinlichkeit, daß Chloe und mir in derselben Maschine Plätze nebeneinander zugewiesen worden waren, nicht die Position des Mars im Verhältnis zur Sonne oder den Aufbau eines romantischen Schicksals. Die mystische Sicht dagegen kann nicht widerstehen, mit weiter gefaßten Theorien des Universums herumzuspielen. Ein Spiegel fällt von der Wand und zersplittert in tausend Stücke. Warum ist das geschehen? Was kann es bedeuten? Für den Philosophen bedeutet es nichts weiter, als daß ein Spiegel auf den Boden gefallen ist, nichts als daß ein leichtes Erdbeben und bestimmte Kräfte, die den Gesetzen der Physik gehorchen, (nach einer durchaus berechenbaren Wahrscheinlichkeit) zusammengewirkt und den Spiegel genau in diesem Augenblick haben abstürzen lassen. Für den Mystiker dagegen ist der zerbrochene Spiegel eine bedeutungsvolle Sache, ein ominöses Zeichen für sieben Jahre Pech, zumindest die Strafe Gottes für tausend Sünden und Vorbote von tausend Strafen.

17 In einer Welt, wo Gott vor hundert Jahren starb und wo Computer, nicht Orakel, die Zukunft vorhersagen, grenzt romantischer Fatalismus gefährlich an Mystizismus. An dem Gedanken festgehalten zu haben, daß es Chloe und mir vom Schicksal bestimmt war, uns in einem Flugzeug zu begegnen, damit wir uns ineinander verliebten, bedeutete, was mich betraf, Bindung an ein primitives Glaubenssystem auf der Ebene des Teeblätterlesens oder des Blicks in die Kri-

stallkugel. Falls Gott oder die Göttin nicht Würfel spielte – ganz gewiß jedenfalls betrieb er oder sie keine Eheagentur.

18 Wie auch immer, umgeben von Chaos sind wir verständlicherweise versucht, den vollen Horror der Zufälligkeit zu dämpfen, indem wir meinen, daß bestimmte Dinge uns widerfahren, weil sie geschehen sollen, womit wir der Unordnung des Lebens eine tröstliche Absicht und Richtung zusprechen. Obwohl die Würfel in beliebig viele Richtungen rollen können, schließen wir besessen auf sich notwendigerweise ergebende Muster, und zwar vor allem immer dann, wenn es um die Unausweichlichkeit geht, daß wir uns eines Tages verlieben werden. Wir sind gezwungen zu glauben, daß diese Begegnung mit dem erlösenden Wesen, objektiv ein Zufall und daher unwahrscheinlich, vorgeschrieben ist auf einer sich langsam im Himmel abspulenden Schriftrolle und daß die Zeit uns daher schließlich und endlich (wie widerspenstig sie sich bisher auch gezeigt hat) die Gestalt der auserwählten Person offenbaren muß. Was verbirgt sich hinter dieser Neigung, Dinge als Teil des Schicksals zu deuten? Vielleicht nur ihr Gegenteil, die Angst, es sei alles Zufall, die Furcht, daß der geringe Sinn, den wir in unserem Leben finden, lediglich von uns selbst erfunden wird, daß es keine Schriftenrolle im Himmel gibt (und daß folglich kein vorherbestimmtes Gesicht auf uns wartet) und daß das, was uns widerfährt oder nicht widerfährt (wem wir in Flugzeugen begegnen oder nicht begegnen), keinen anderen Sinn hat als den, den wir ihm beimessen – kurz, die Angst, daß es keinen Gott gibt, der uns unsere Geschichte vorschreibt und uns somit auch unserer Liebesgeschichten versichert.

19 Romantischer Schicksalsglaube war ohne Zweifel ein Mythos und eine Illusion, doch war das kein Grund, ihn als Unsinn abzutun. Mythen können eine Wichtigkeit bekommen, die weit über ihre ursprüngliche Botschaft hinausgeht: wir müssen nicht an die griechischen Götter glauben, um zu erkennen, daß sie uns etwas Wesentliches über den Geist des Menschen zu sagen haben. Es war absurd anzunehmen, daß es Chloe und mir vom Schicksal bestimmt war, einander zu begegnen, aber es war verzeihlich, wenn wir dachten, daß die Dinge so arrangiert waren. In unserem naiven Glauben wehrten wir uns ja nur gegen den Gedanken, daß wir uns ebensogut in eine andere Person hätten verlieben können, hätte der Computer der Fluggesellschaft die Dinge anders hingedreht, ein Gedanke, der unvorstellbar war, solange Liebe so erfüllt ist von der Einzigartigkeit des geliebten Menschen. Wie hätte ich mir vorstellen können, daß die Rolle, die Chloe nach und nach in meinem Leben spielen sollte, ebensogut von einer anderen Person hätte ausgefüllt werden können, wenn es doch ihre Augen waren, in die ich mich verliebt hatte, und ihre Art, sich eine Zigarette anzuzünden oder zu küssen, sich am Telefon zu melden und sich das Haar zu kämmen?

20 Romantischer Fatalismus bewahrt uns vor dem undenkbaren Gedanken, daß das Bedürfnis zu lieben immer unserer Liebe zu irgendeiner bestimmten Person vorausgeht. Unsere Partnerwahl vollzieht sich notwendigerweise im Bereich der Menschen, denen wir zufällig begegnen, und angesichts verschiedener Bereiche, verschiedener Flüge, verschiedener geschichtlicher Epochen oder Ereignisse hätte es vielleicht gar nicht unbedingt Chloe sein müssen, in die ich mich verliebte – etwas, worüber ich jetzt, da

ich tatsächlich gerade sie zu lieben begonnen hatte, nicht nachdenken konnte. Mein Fehler war es gewesen, daß ich das Schicksal, mich zu verlieben, mit dem Schicksal, eine bestimmte Person zu lieben, verwechselte. Der Fehler bestand darin zu denken, daß eher Chloe als Liebe an sich unvermeidlich war.

21 Doch eines zumindest bewies meine fatalistische Interpretation des Beginns unserer Geschichte: daß ich Chloe liebte. Der Moment, in dem ich das Gefühl hätte, daß unsere Begegnung (oder Nichtbegegnung) letzten Endes nur ein Zufall war, nur eine Wahrscheinlichkeit von eins zu 5840,82, würde zugleich der Moment sein, in dem ich nicht mehr die absolute Notwendigkeit empfand, mit ihr zusammenzuleben – und somit aufgehört hätte, sie zu lieben.

KAPITEL ZWEI

Idealisierung

1 »Ich habe es satt, die Menschen zu durchschauen; es ist so leicht und es führt zu nichts«, bemerkte Elias Canetti. Ein Hinweis, wie wohlfeil und wie nutzlos es ist, an anderen Fehler zu finden. Verlieben wir uns nicht vielleicht zum Teil auch aus einer momentanen Anwandlung heraus, unsere Fähigkeit, andere zu durchschauen, einmal außer Kraft zu setzen, und sei es um den Preis, daß wir uns selbst etwas vormachen? Wenn wir uns Zynismus und Liebe an entgegengesetzten Enden eines Spektrums vorstellen: verlieben wir uns nicht manchmal, um uns dem zehrenden Zynismus, zu dem wir neigen, zu entziehen? Ist nicht jeder *coup de foudre* mit einer bewußten Übertreibung der guten Eigenschaften des geliebten Menschen verbunden, die uns von Ernüchterung und Enttäuschung ablenkt, indem sie uns veranlaßt, unsere Energien auf ein bestimmtes Bild zu richten, an das wir eine kurze Zeitlang wunderbarerweise zu glauben vermögen?

2 Ich verlor Chloe in dem Gedränge an der Paßkontrolle, fand sie aber wieder im Bereich der Gepäckausgabe. Sie kämpfte mit einem Trolley, der die fatale Neigung hatte, nach rechts auszuscheren, obwohl sich das Laufband für das Gepäck der Paris-Maschine weit am linken Ende der Halle befand. Da mein Trolley nicht so eigensinnig war, ging ich zu ihr hinüber und bot ihn ihr an. Doch sie lehnte ab. Man solle seinen Trolleys treu bleiben, wie störrisch sie auch seien, sagte sie, und daß die anstrengende Gymnastik nach

dem Flug guttue. Auf Umwegen (über das Karatschi-Band) gelangten wir zu dem Paris-Karussell, um das sich bereits Gestalten drängten, deren Gesichter uns seit dem Einsteigen auf dem Flughafen Charles de Gaulle unfreiwillig vertraut geworden waren. Die ersten Gepäckstücke purzelten hinunter auf das Gelenkförderband, und die Gesichter starrten, angespannt nach ihrer Habe suchend, auf die Kofferparade.

3 »Sind Sie schon mal vom Zoll verhaftet worden?« fragte Chloe.

»Noch nicht. Sie?«

»Nicht richtig; ich habe einmal etwas gestanden. Da war so ein Nazi, der fragte mich, ob ich etwas zu verzollen hätte, und ich habe gesagt, ja, obwohl ich nichts Verbotenes bei mir hatte.«

»Warum haben Sie dann ja gesagt?«

»Ich weiß nicht, ich fühlte mich irgendwie schuldig. Ich habe diesen furchtbaren Hang, Dinge zu gestehen, die ich gar nicht getan habe. Ich habe immer Phantasien gehabt, in denen ich mich wegen irgendeines Verbrechens, das ich nicht begangen hatte, der Polizei stellte.«

4 »Übrigens, beurteilen Sie mich bloß nicht nach meinem Gepäck«, sagte Chloe, während wir weiter warteten und zusahen, wie andere Glück hatten. »Ich habe meine Tasche in der letzten Minute gekauft, in diesem gräßlichen Laden in der Rue de Rennes. Ein abscheuliches Ding.«

»Warten Sie, bis Sie meine gesehen haben. Nur daß ich keine Entschuldigung dafür habe. Ich trage meine seit über fünf Jahren mit mir herum.«

»Darf ich Sie um einen Gefallen bitten? Würden Sie auf meinen Trolley aufpassen, während ich schnell mal zur Toilette laufe? Bin gleich wieder da. Ach ja, und wenn Sie eine rosa Reisetasche mit leuchtend grünem Griff sehen, das ist meine.«

5 Ein wenig später sah ich Chloe wieder. Sie kam quer durch die Halle auf mich zu, mit ihrem, wie ich später erfuhr, üblichen, leicht gequälten und etwas ängstlichen Ausdruck. Ihr Gesicht wirkte ständig so, als sei sie den Tränen nahe, ihre Augen blickten furchtsam, so als wäre sie darauf gefaßt, daß ihr gleich eine schlimme Nachricht mitgeteilt würde. Irgendwie sah sie so aus, daß man sie gern getröstet, ihr Mut gemacht (oder schlicht eine stützende Hand angeboten) hätte.

»Immer noch nicht da?« fragte sie.

»Nein, meine auch nicht, aber es sind ja noch eine Menge Leute hier. Mindestens fünf Minuten können wir wahrscheinlich noch abwarten, ehe wir in Panik geraten.«

»So ein Hammer«, sagte Chloe lächelnd und blickte auf ihre Schuhspitzen.

6 Die Liebe empfand ich sehr plötzlich: kurz nachdem Chloe etwas zu erzählen angefangen hatte, das eine sehr lange und sehr langweilige Geschichte zu werden versprach (indirekt ausgelöst durch die Ankunft des Gepäcks der Athen-Maschine auf dem Karussell neben uns). Es ging um Ferien, die sie eines Sommers zusammen mit ihrem Bruder auf Rhodos gemacht hatte. Während sie sprach, beobachtete ich ihre Hände, die mit dem Gürtel ihres beigen Wollmantels spielten (ein paar Sommersprossen hatten sich unterhalb des Zeigefingers versammelt), und mir wurde klar (als wäre es in jenem Moment die offenkundigste aller Wahrheiten gewesen), daß ich sie liebte. Wie unangenehm es auch war, daß sie

selten ihre Sätze beendete oder daß sie etwas ängstlich war und, was Ohrringe betraf, vielleicht nicht gerade den besten Geschmack besaß – ich konnte nicht umhin, zu dem Schluß zu gelangen, *daß ich sie entzückend fand.* Es war ein Moment vollkommener Idealisierung. Er beruhte ebensosehr auf unentschuldbarer emotionaler Unreife wie auf der Eleganz ihres Mantels, meinem Jet-lag, dem, was ich zum Frühstück gegessen hatte, und der trostlosen Baggage-claim-Halle des Terminals 4, gegen die sich ihre Schönheit haushoch abhob.

7 *Die Insel war voll von Touristen, aber wir mieteten uns Motorräder und* ... Chloes Feriengeschichte war langweilig, aber ihre Langweiligkeit war nun kein Urteilskriterium mehr. Ich hatte aufgehört, sie an den Maßstäben weltlicher Logik für normale Unterhaltungen zu messen. Es interessierte mich nicht mehr, Syntax oder intellektuelle Einsicht oder poetische Wahrheit ihrer Geschichte zu erfassen. Worauf es ankam, war weniger, *was* sie sagte, als vielmehr, *wie* sie es sagte – und daß ich entschlossen war, in allem, was sie von sich zu geben beliebte, Vollkommenheit zu entdecken. Ich fühlte mich bereit, ihr bis in jede Episode hinein zu folgen (*Da war dieser Laden, wo man frische Oliven kaufen konnte* . . .), ich war bereit, jeden ihrer Scherze, der die Pointe verfehlte, zu lieben, jeden Gedankengang, bei dem sie den Faden verlor. Ich fühlte mich in der Lage, alle Ichbezogenheit aufzugeben, um mich ganz in sie einzufühlen, um ihr in jedes ihrer möglichen Ichs zu folgen, um jede einzelne ihrer Erinnerungen zu katalogisieren; ein Historiker ihrer Kindheit und Jugend zu werden, um all ihre Vorlieben, Ängste und Abneigungen in Erfahrung zu bringen – alles, was sich in ihrem Geist und in ihrem Körper abgespielt haben konnte, war plötzlich faszinierend für mich geworden.

8 Dann kam unser Gepäck, ihre Reisetasche nur ein paar Koffer nach meiner. Wir luden es auf die Trolleys und spazierten durch den grünen Gang hinaus.

9 Das Erschreckende ist das Ausmaß, in dem man einander idealisieren kann, während man doch gleichzeitig solche Mühe hat, sich selbst zu tolerieren – *weil* man solche Mühe hat … Ich hätte erkennen müssen, daß Chloe nur menschlich war (mit allem, was das Wort bedeutete), aber war mein Wunsch, einen solchen Gedanken beiseite zu schieben, bei dem Streß, den das Reisen und das Leben mit sich brachten, nicht verzeihlich? Wenn wir uns verlieben, bedeutet das jedesmal (um es mit Oscar Wilde zu sagen) den Triumph der Hoffnung über die Selbsterkenntnis. Wir verlieben uns in der Hoffnung, daß wir bei dem anderen nicht das entdecken werden, von dem wir wissen, daß es in uns selbst steckt – all die Feigheit, Schwachheit, Trägheit, Ehrlosigkeit, Kompromißbereitschaft und dumpfe Blödigkeit. Wir ziehen einen Kordon von Liebe um die erwählte Person und beschließen, daß alles, was sich innerhalb dieses Kreises befindet, von unseren Fehlern irgendwie unberührt und daher liebenswert sei. Wir sehen in den anderen eine Vollkommenheit hinein, die wir bei uns selbst vermissen, und durch die Verbindung mit dem geliebten Wesen hoffen wir, irgendwie (und gegen die Gewißheit aller Selbsterkenntnis) einen wenn auch noch so unsicheren Glauben an die Spezies aufrechterhalten zu können.

10 All dies war mir bewußt. Warum hinderte es mich nicht daran, mich zu verlieben? Weil die Erkenntnis, wie unlogisch und kindisch mein Verlangen war, nicht mehr wog als mein Bedürfnis zu glauben. Ich kannte die Leere, die

eine romantische Illusion auszufüllen vermochte, ich wußte, wie beschwingend es war, wenn man jemanden, irgend jemanden, als bewundernswert erachtete. Lange bevor ich auch nur die Augen auf Chloe gerichtet hatte, mußte ich das Bedürfnis gehabt haben, im Gesicht eines anderen Menschen eine Vollkommenheit zu entdecken, deren ich bei mir selbst nie ansichtig geworden war.

11 »Darf ich Ihr Gepäck prüfen?« fragte der Zollbeamte. »Haben Sie irgend etwas zu deklarieren, Alkohol, Zigaretten, Schußwaffen ...?«
In Anlehnung an Wilde, der bei der Einreise in die Vereinigten Staaten erklärte: »Nur meinen Geist«, hätte ich am liebsten gesagt: *»Nur meine Liebe.«* Aber meine Liebe war kein Verbrechen, vorläufig zumindest noch nicht.
»Soll ich auf Sie warten?« fragte Chloe.
»Gehören Sie zu der Dame?« fragte der Zollbeamte.
Zurückscheuend vor jeder Anmaßung antwortete ich: »Nein«, bat aber Chloe, draußen auf mich zu warten.

12 Die Liebe erfindet unsere Bedürfnisse neu, und zwar mit einzigartiger Geschwindigkeit und Genauigkeit. Meine Ungeduld beim Zollritual deutete darauf hin, daß Chloe, von deren Existenz ich vor wenigen Stunden noch nichts gewußt hatte, für mich bereits den Status eines begehrten Objekts erworben hatte. Dies war nicht Hunger, bei dem sich die Anzeichen schrittweise zuspitzen, wo es eine erkennbare Chronologie des Bedürfnisses gibt, das sich zyklisch zu den Essenszeiten einstellt. Ich hatte das Gefühl, ich würde sterben, wenn ich Chloe draußen vor der Halle nicht wiederfand – sterben um eines Menschen willen, der erst um elf Uhr dreißig an diesem Vormittag in mein Leben getreten war.

13 Wenn das Verlieben so rasch geht, liegt es vielleicht daran, daß der Wunsch zu lieben da war, ehe das geliebte Wesen erschien – das Bedürfnis hat seine Erfüllung erfunden. Das Erscheinen des geliebten Wesens ist erst das zweite Stadium eines früheren (aber weithin unbewußten) Bedürfnisses, *irgend jemanden* zu lieben – unser Hunger nach Liebe moduliert seine Züge, unser Verlangen kristallisiert sich um ihn herum. (Aber ein aufrichtiger Kern in uns läßt die Täuschung nie unangefochten passieren. Immer gibt es Augenblicke, in denen wir zweifeln, ob unsere Geliebte in der Realität existiert, wie wir sie uns in unseren Gedanken vorstellen – oder ob das geliebte Wesen nicht nur eine Halluzination ist, die wir erfunden haben, um den ohne Liebe unausweichlichen Zusammenbruch zu verhindern.)

14 Chloe hatte auf mich gewartet, aber wir verbrachten nur einen kurzen Moment zusammen, ehe wir wieder auseinandergingen. Sie hatte ihr Auto auf dem Parkplatz gelassen, ich mußte ein Taxi nehmen, um bestimmte Papiere in meinem Büro abzuholen – es war einer dieser peinlichen Augenblicke, in denen beide nicht recht wissen, ob sie mit der Geschichte weitermachen sollen oder nicht.

»Ich rufe Sie mal an«, sagte ich beiläufig. »Wir könnten zusammen losziehen und Koffer kaufen.«

»Das ist eine gute Idee«, sagte Chloe. »Haben Sie meine Nummer?«

»Oh, ich glaube, ich habe sie schon auswendig gelernt – sie stand auf dem Anhänger an Ihrer Tasche.«

»Sie würden einen guten Detektiv abgeben. Ich hoffe, Ihr Gedächtnis kann da mithalten. Also, es war nett, Sie kennenzulernen«, sagte Chloe und streckte mir die Hand entgegen.

»Viel Glück mit den Kakteen«, rief ich ihr nach, während ich zusah, wie sie auf die Fahrstühle zusteuerte, während der Trolley immer noch wie verrückt nach rechts strebte.

15 Im Taxi, auf der Fahrt in die Stadt, kam ich mir seltsam verloren und traurig vor. Konnte dies wirklich Liebe sein? Von Liebe zu sprechen, nachdem wir kaum einen Vormittag zusammen verbracht hatten, bedeutete einen Zusammenstoß ganzer Ladungen von romantischer Selbsttäuschung und semantischer Ungenauigkeit. Doch wir können uns überhaupt nur verlieben, ohne zu wissen, in wen wir uns verliebt haben. *Die auslösende Bewegung gründet sich notwendigerweise auf Unkenntnis.* Wenn ich meine Gefühle also angesichts so vieler sowohl psychologischer als auch epistemologischer Zweifel Liebe nannte, geschah es vielleicht aus der Überzeugung heraus, daß es gar nicht möglich war, das Wort Liebe *akkurat* zu gebrauchen. Und da Liebe nicht ein Schauplatz oder eine Farbe oder eine Chemikalie war, sondern alles drei und noch vieles mehr, oder nichts davon und noch viel weniger, durfte da nicht ein jeder sprechen und entscheiden, wie er wollte, wenn es um diese Provinz ging? War es nicht eine Frage, die jenseits des akademischen Bereiches von wahr und falsch lag? Liebe oder schlichte Zwangsvorstellung? Wer, wenn nicht die Zeit (die ihr eigener Lügner war) konnte einen Anfang machen, es zu sagen?

KAPITEL DREI

Der Subtext der Verführung

1 Für diejenigen, die sich ihrer Liebe sicher sind, ist Verführung kein zum Umherstreunen geeignetes Territorium. Jedes Lächeln und jedes Wort offenbart sich als ein Weg, der zu einem Dutzend, wo nicht zu zwölftausend Möglichkeiten führt. Gesten und Bemerkungen, die im normalen Leben (das heißt: im *Leben ohne Liebe*) für bare Münze, wörtlich genommen werden können, füllen jetzt Wörterbücher mit möglichen Definitionen. Und für den Verführer zumindest reduzieren sich die Zweifel auf die zentrale Frage, vor der er mit dem Bangen eines den Urteilsspruch erwartenden Verbrechers steht: *Begehrt sie/er mich, oder begehrt sie/er mich nicht?*

2 Da ich sie nicht besitzen konnte, hörte der Gedanke an Chloe auch in den darauffolgenden Tagen nicht auf, mich heimzusuchen. Ich konnte für dieses Begehren keinen Grund angeben; die einzige einigermaßen faßliche Erklärung wäre gewesen, stumm auf die begehrte Person selbst zu zeigen (ein Echo der Begründungen Montaignes für seine Freundschaft mit Etienne de la Boétie. Weil sie sie war, und weil ich ich war). Obwohl ich unter Streß stand – ich mußte die Pläne für ein Bürogebäude in der Nähe von King's Cross fertigstellen –, drifteten meine Gedanken unverantwortlich, aber unwiderstehlich zu ihr zurück. Ich spürte eine innere Notwendigkeit, diesen Gegenstand der Anbetung zu umkreisen. Chloe brach immer wieder in mein Bewußtsein ein, mit

der Dringlichkeit einer Sache, die behandelt werden mußte, obwohl diese Gedanken auf keiner Tagesordnung standen; sie waren (objektiv gesehen) verzweiflungsvoll uninteressant, da sie sich weder weiterentwickelten, noch, für sich genommen, einen Sinn hatten. Sie waren pures Begehren. Manche von diesen Chloe-Gedanken gingen ungefähr so: *»Ah, wie wunderbar sie ist, wie schön wäre es, wenn …«* Andere waren statische Bilder:

I Chloe vor dem Fenster des Flugzeugs
II Ihre wässerig grünen Augen
III Ihre Zähne, wie sie kurz in die Unterlippe bissen
IV Ihr Tonfall, wenn sie sagte: *»Das ist ja seltsam.«*
V Die Neigung ihres Halses, wenn sie gähnte
VI Die winzige Lücke zwischen ihren beiden Vorderzähnen
VII Ihr Händedruck

3 Hätte doch das Bewußtsein ebensolchen Eifer auf ihre Telefonnummer verwandt, denn die unglückliche Ziffernfolge war ganz und gar dem Gedächtnis entwichen (einem Gedächtnis, das seine Zeit lieber damit verbrachte, sich immer wieder Bilder von Chloes Unterlippe vorzuspielen). War es 071 und dann

607 9187
609 7187
601 7987
690 7187
610 7987
670 9817
687 7187?

4 Der erste Anruf entsprach nicht meinem Begehren: falsch verbunden, das Risiko jeder Verführung. 609 7187 war nicht die Wohnstatt des geliebten Wesens, sondern die Nummer eines Bestattungsinstituts in der Nähe der Upper Street – obwohl sich das Etablissement nicht als solches zu erkennen gab bis ans Ende eines wirren Gesprächs, in dessen Verlauf ich erfuhr, daß es bei *After Life* auch eine Angestellte mit dem Namen Chloe gab, die ans Telefon gerufen wurde und qualvolle Minuten bei dem Versuch verbrachte, meinen Namen irgendwo unterzubringen (bis sie mich schließlich als Kunden identifizierte, der sich nach Urnen erkundigt hatte), bevor die Namensverwechslung auf beiden Seiten aufgeklärt wurde und ich auflegte, rotgesichtig, schweißgebadet, dem Tode näher als dem Leben.

5 Als ich schließlich, am folgenden Tag, meine Chloe bei der Arbeit erreichte, schien auch sie mich ins Leben nach dem Tod verbannt zu haben (doch was gab es da zu verbannen, außer meiner überhitzten Phantasie?).
»Hier geht gerade alles drunter und drüber. Können Sie einen Moment dranbleiben?« fragte sie in ihrem Sekretärinnenton.
Ich blieb dran, gekränkt. Welchen Grad von Vertrautheit ich mir auch immer vorgestellt hatte, im Bürobereich waren wir Fremde, mein Begehren war hier brutal fehl am Platz, ein unwillkommenes Eindringen in Chloes Arbeitstag.
»Hören Sie, es tut mir leid«, sagte sie, als sie wieder am Telefon war. »Ich kann jetzt wirklich nicht sprechen, wir bereiten gerade eine Beilage vor, die morgen in Druck geht. Kann ich Sie zurückrufen? Ich versuche es entweder bei Ihnen zu Hause oder im Büro, sobald sich hier die Dinge etwas beruhigt haben, O.K.?«

6 Das Telefon wird ein Folterwerkzeug in den dämonischen Händen des geliebten Wesens, das nicht anruft. Die Geschichte liegt nun in den Händen des Wählenden, der Empfänger verliert die erzählerische Kontrolle, er kann nur folgen, reagieren, wenn er angerufen wird. Das Telefon band mich an die passive Rolle – der traditionellen Rollenverteilung des Telefonaustauschs nach die des weiblichen Empfängers von Chloes maskulinem Anruf. Es zwang mich, allzeit anrufbereit zu sein, es verlieh allem, was ich unternahm, etwas bedrückend Zielgerichtetes. Die gestalteten Plastikoberflächen des Apparats, seine benutzerfreundlichen Wiederwahlknöpfe, sein Farbdesign, nichts von alledem deutete auf die Grausamkeit hin, die sein Mysterium verbarg – daß er so gar keinen Aufschluß darüber gab, wann er (und damit ich) wieder zum Leben erweckt werden würde.

7 Einen Brief hätte ich vorgezogen. Als sie eine Woche später anrief, hatte ich meine kleine Rede zu oft geprobt, als daß ich sie hätte halten können. Ihr Anruf erwischte mich unvorbereitet, während ich nackt im Bad auf und ab schritt und mir mit einem Wattestäbchen die Ohren reinigte, während ich das einlaufende Badewasser im Auge behielt. Ich stürzte an das Telefon im Schlafzimmer. Die Stimme kann immer nur ein Entwurf sein, es sei denn, sie ist ausgebildet und schauspielert. Meine übermittelte zugleich eine Anspannung, eine Aufregung und einen Ärger, die ich geschickter hätte tilgen sollen. Aber das Telefon war kein Wordprocessor, es gab dem Sprechenden nur eine einzige Chance.

»Nett, von Ihnen zu hören«, sagte ich idiotischerweise. »Lassen Sie uns doch essen gehen, mittags oder abends, oder was immer Sie wollen« – meine Stimme knackte ein wenig bei dem zweiten *oder*. Wie unverwundbar wäre das geschriebene Wort im Vergleich zum gesprochenen gewesen! Es hätte den Autor undurchdringlich machen können, fest und unerschütterlich, grammatisch kraftvoll (diejenigen, die nicht zu Worte kommen, greifen zur Feder). Doch statt des *Autors* war da nur dieser stotternde, quasselnde, bedürftige *Sprecher* mit der knarrenden Stimme.

8 »Mittags kann ich diese Woche beim besten Willen nicht.«
»Gut, und wie wäre es abends?«
»Abends? Mal sehen, hm, tja, also (Pause), ich sehe gerade in meinem Kalender nach, aber leider ist es auch abends schwierig.«
»Da wird ja der Terminkalender des Premierministers zum Kinderspiel!«
»Tut mir leid. Es sieht hier wirklich übel aus. Aber ich mache Ihnen einen Vorschlag: Können Sie sich den Nachmittag freinehmen? Heute nachmittag könnten wir uns in meinem Büro treffen und einen kleinen Gang durch die National Gallery machen oder was immer Sie wollen, im Park spazierengehen, irgend etwas.«

9 Fragen verfolgten mich die ganze Phase der Verführung hindurch – Fragen, die sich auf den unaussprechlichen Subtext jedes Wortes und jeder Handlung bezogen. Was dachte Chloe, während wir von ihrem Büro in der Bedford Street zum Trafalgar Square gingen? Was der Augenschein erkennen ließ, war quälend zweideutig. Einerseits hatte sich Chloe nur zu gern den Nachmittag freigenommen, um mit einem Mann, den sie in der vergangenen Woche nur kurz im Flugzeug getroffen hatte, ins Museum zu gehen. Doch ande-

rerseits deutete nichts an ihrem Verhalten darauf hin, daß es für sie mehr war als eine Gelegenheit zu einem intelligenten Gespräch über Kunst und Architektur. Vielleicht war alles einzig und allein freundschaftlich gemeint, ein mütterliches, sexloses Band von einer Frau zu einem Mann. In der Schwebe zwischen Unschuld und abgekartetem Spiel war am Ende jede ihrer Gesten von verrückt machender Bedeutsamkeit durchtränkt. Wußte sie, daß ich sie begehrte? Begehrte sie mich? Vermutete ich richtig, wenn ich Andeutungen von Flirt an den Enden ihrer Sätze und in den Winkeln ihres Lächelns zu entdecken meinte – oder war dies nur mein eigenes, in ein unschuldiges Gesicht projiziertes Begehren?

10 Das Museum war wie meistens um diese Jahreszeit überfüllt; so dauerte es eine Weile, bis wir unsere Mäntel in der Garderobe abgeben und die Treppe hinaufgehen konnten. Wir begannen bei den frühen Italienern, doch meine Gedanken (*ich* hatte inzwischen jede Perspektive verloren; *sie* mußten die ihre noch finden) waren nicht bei ihnen. Vor dem Bild *Die Jungfrau und das Kind mit Heiligen* wandte sich Chloe um und bemerkte, sie habe für Signorelli immer etwas übrig gehabt, und da es angebracht schien, erfand ich eine Vorliebe für Antonellos *Gekreuzigten Christus*. Sie blickte gedankenvoll, tief in die Bilder versunken, ohne den Lärm und das Getriebe in den Sälen zu beachten. Ich folgte ein paar Schritte hinter ihr, bemüht, mich auf die Gemälde zu konzentrieren, doch unfähig, die dritte Dimension zu durchdringen, imstande nur, die Bilder im Zusammenhang damit zu sehen, daß Chloe sie betrachtete – Kunst durch Leben.

11 In einem bestimmten Augenblick, im zweiten und noch volleren italienischen Saal (1500–1600), standen wir so dicht beieinander, daß meine Hand die ihre berührte. Sie zog sie nicht weg, und ich tat es auch nicht, so daß einen Moment lang (während unsere Augen auf der Leinwand vor uns hafteten) das Fühlen ihrer Haut meinen ganzen Körper durchströmte und mit dem Gefühl unerlaubter Lust verschmolz, einem voyeuristischen Beben, weil ich es mir ohne Erlaubnis verschaffte, während sie den Blick anderswohin richtete – wenn auch vielleicht nicht gänzlich ahnungslos. Das Gemälde vor uns war von Bronzino, eine allegorische Darstellung von Venus und Cupido: Cupido, seine Mutter Venus küssend, während sie ihm heimlich einen seiner Pfeile entwendet. Schönheit, die Liebe blendend, symbolisch den Knaben seiner Kraft beraubend.

12 Dann bewegte Chloe ihre Hand, wandte sich um und sagte: »Ich liebe die kleinen Gestalten im Hintergrund, die kleinen Nymphen und verärgerten Götter und so. Verstehen Sie die ganze Symbolik?«
»Nein, nicht wirklich. Außer daß es Venus und Cupido sind.«
»Ich wußte nicht einmal das. Also sind Sie mir eins voraus. Ich wünschte, ich würde mehr über alte Mythologie lesen«, fuhr sie fort. »Ich sage mir jedesmal, ich werde mehr darüber lesen, aber ich komme nie dazu. Andererseits sehe ich mir eigentlich sogar ganz gern Dinge an, ohne genau zu wissen, was sie bedeuten.«
Sie wandte sich wieder dem Bild zu, und noch einmal streifte ihre Hand die meine.

13 Es konnte alles oder nichts bedeutet haben; es war wie ein leerer Raum, an dem man fast jede beliebige Absicht festmachen konnte, von Begehren bis Unschuld. War dies ein Stück subtilen Symbolismus (subtiler als Bronzinos und weniger dokumentiert), der es mir eines Tages erlauben würde (wie Cupido auf dem Bild an der Wand) hinüberzulangen und sie zu küssen? Oder war es ein unschuldiger, unbewußter Spasmus eines ermüdeten Armmuskels?

14 Sobald man nach Zeichen gegenseitiger Anziehung Ausschau zu halten beginnt, kann alles, was das geliebte Wesen sagt oder tut, nahezu alles bedeuten und entsprechend interpretiert werden. Und je mehr ich nach Zeichen suchte, um so mehr waren da und wollten gedeutet werden. In jeder Bewegung, die Chloe machte, schien der mögliche Beweis ihres Begehrens zu liegen – in der Art, wie sie ihren Rock glatt strich (als wir in den Saal mit der Frühen nordeuropäischen Malerei hinübergingen) oder wie sie vor van Eycks *Hochzeit des Giovanni Arnolfini* hustete, oder wie sie mir den Katalog gab, um ihren Kopf in die Hand stützen zu können. Und wenn ich aufmerksam auf ihr Geplauder hörte, offenbarte es sich als ein ganzes Minenfeld von Andeutungen – irrte ich mich, wenn ich ein gewisses Maß Flirt in ihrer Bemerkung sah, sie sei müde, oder in ihrem Vorschlag, nach einer Sitzbank zu suchen?

15 Wir setzten uns, und Chloe streckte die Beine aus, schwarze Strümpfe, die sich nach unten, wo sie in einem Paar Mokassins mündeten, elegant verjüngten. Es war unmöglich, ihre Gesten in einem korrekten lexikalischen Rahmen einzuordnen – hätte in der Untergrundbahn eine Frau zugelassen, daß ihr Bein auf ähnliche Weise das meine

streifte, ich hätte nicht einen Moment gezweifelt. Die Schwierigkeit bestand darin, daß man versuchen mußte, eine Geste zu verstehen, deren Bedeutung nicht in ihr selbst enthalten war, sondern ihr nur von ihrem Kontext zugeschrieben werden konnte, von ihrem Leser (und was war ich für ein voreingenommener Leser!). Vor uns hing Cranachs *Cupido, sich bei Venus beklagend.* Diese nördlichere Venus blickte geheimnisvoll auf uns herab, ohne den armen Cupido zu beachten, der von Bienen gestochen worden war, deren Honig er hatte stehlen wollen: der Liebesbote, der sich die Finger verbrennt. Symbole.

16 Es war Begehren, was mich zum Detektiv hatte werden lassen, zu diesem unerbittlichen Jäger nach Anhaltspunkten, die vernachlässigt worden wären, hätte ich mich weniger gequält. Es war Begehren, was aus mir einen romantischen Paranoiker machte, *der in alles eine Bedeutung hineinlas.* Begehren hatte mich in einen Entschlüsseler von Symbolen verwandelt, einen Interpreten der Landschaft (und folglich in ein potentielles Opfer überinterpretierender Täuschung). Doch wie groß meine Ungeduld auch war, diese Fragen entbehrten nicht der entflammenden Kraft aller rätselhaften Dinge. Die Ambiguität verhieß entweder Erlösung oder Verdammnis, aber es bedurfte einer Lebenszeit, bis sie sich offenbarte. Und je länger ich hoffte, um so mehr wurde die Person, auf die ich meine Hoffnung setzte, erhöht, um so wunderbarer, vollkommener, begehrenswerter wurde sie. Gerade die Verzögerung trug dazu bei, die Anziehungskraft zu mehren – eine Erregung, die sofortige Befriedigung nie hätte vermitteln können. Hätte Chloe einfach nur ihre Karten aufgedeckt – das Spiel hätte seinen Charme eingebüßt. Wie sehr ich es auch bedauerte, ich erkannte, daß es Dinge gab,

die ungesagt bleiben mußten. Die anziehendsten Menschen sind nicht jene, die uns sogleich erlauben, sie zu küssen (wir werden nur allzubald undankbar), oder jene anderen, die uns niemals erlauben, sie zu küssen (wir vergessen sie nur allzubald), sondern diejenigen, die uns zurückhaltend zwischen den beiden Extremen hindurchführen.

17 Venus wollte gern etwas trinken, und so begaben sie und Cupido sich die Treppe hinauf. In der Cafeteria nahm Chloe eines der Tabletts und schob es auf den Stahlschienen entlang.

»Möchten Sie Tee?« fragte sie.

»Ja, aber ich besorge ihn mir schon.«

»Seien Sie nicht albern, ich hole ihn.«

»Bitte, lassen Sie mich das machen.«

»Hören Sie, vielen Dank, aber die 80 Pence werden mich nicht ruinieren.«

Wir saßen an einem Tisch mit Blick auf den Trafalgar Square. Die Lichter des großen Weihnachtsbaums auf dem Platz verliehen der städtischen Szenerie eine unangemessen festliche Atmosphäre. Wir sprachen zuerst über Kunst, und von dort bewegten wir uns zu Künstlern, und von den Künstlern gingen wir über zu einer zweiten Tasse Tee und einem Stück Kuchen, kamen sodann auf Schönheit zu sprechen, und von Schönheit auf Liebe, und bei der Liebe hielten wir inne.

»Ich verstehe nicht ganz«, fragte Chloe, »glauben Sie nun oder glauben Sie nicht, daß es so etwas wie wirkliche, dauerhafte Liebe gibt?«

»Was ich zu sagen versuche, ist, daß das meiner Ansicht nach eine sehr subjektive Sache ist, daß es töricht wäre zu vermuten, daß es etwas objektiv Verifizierbares wie ›wirkliche Liebe‹ gibt. Es ist heikel, zwischen Leidenschaft und Liebe, zwischen Verliebtheit und Liebe oder was auch immer zu unterscheiden, denn alles hängt davon ab, wo Sie selber stehen.«

»Sie haben recht.« (Pause) »Aber finden Sie diesen Kuchen nicht auch eklig? Wir hätten ihn nicht nehmen sollen.«

»Es war Ihre Idee.«

»Ich weiß. Aber (sie fuhr sich mit den Fingern durchs Haar) wissen Sie, um noch einmal auf das zurückzukommen, was Sie mich vorhin gerade gefragt haben, ob das Romantische anachronistisch ist oder nicht: Ich nehme an, wenn Sie die Leute direkt fragten, ob sie das meinen, würden die meisten zweifellos sagen, es sei anachronistisch. Aber das ist nicht unbedingt die Wahrheit. Es ist nur ihre Art, sich gegen etwas zu wehren, was sie sich in Wirklichkeit brennend wünschen. Sie glauben sozusagen daran, und dann tun sie so, als täten sie es nicht, bis sie es glauben müssen oder dürfen. Ich vermute, die meisten Leute würden ihren ganzen Zynismus wegwerfen, wenn sie nur könnten; nur daß die Mehrheit nie die Chance bekommt.«

18 Nichts von dem, was sie sagte, vermochte ich wörtlich zu nehmen. Statt dessen klammerte ich mich an die Kehrseite ihrer Worte, überzeugt, die Bedeutung sei eher da zu suchen als im offen Daliegenden – ich interpretierte statt zuzuhören. Wir sprachen über Liebe, meine Venus rührte überflüssigerweise ihren inzwischen kalten Tee, aber was bedeutete dieses Gespräch für *uns*? Wer waren diese »meisten Leute«, von denen sie sprach? War *ich* der Mann, der ihren Zynismus zerstreuen würde? Was sagte dieses Gespräch, das von Liebe handelte, über die Beziehung zwischen den beiden Sprechenden aus? Wieder keine Anhaltspunkte. Die Sprache mied vorsichtig jeden persönlichen Bezug. Wir

sprachen abstrakt über die Liebe, ohne zur Kenntnis zu nehmen, daß das Thema, das auf dem Tisch lag, nicht das Wesen der Liebe per se war, sondern die brennende Frage, wer wir füreinander waren (und sein würden).

19 Oder war dies eine lächerliche Vermutung? War nichts auf dem Tisch als ein halb gegessenes Stück Mohrrübenkuchen und zwei Tassen Tee? War Chloe vielleicht genauso abstrakt, wie sie zu sein wünschte? Meinte sie genau das, was sie sagte, im diametralen Gegensatz zum ersten Gesetz des Flirtens, nach dem das, was gesagt wird, nie das ist, was gemeint ist? Wie schwer es war, einen klaren Kopf zu behalten, wenn Cupido ein so voreingenommener Interpret war, wenn es so eindeutig war, was seinen Wünschen nach die Wahrheit gewesen wäre! Schrieb er Chloe eine Empfindung zu, die nur er selber spürte? Machte er sich des uralten Fehlers schuldig, den Gedanken *Ich begehre dich* fälschlich gleichzusetzen mit dem entsprechenden Gedanken *Du begehrst mich*?

20 Um unsere Positionen zu klären, behalfen wir uns damit, Bezug auf andere zu nehmen. Chloe hatte in ihrem Büro eine Freundin, die sich immer in völlig ungeeignete Typen verliebte; ein Kurier spielte den derzeitigen Bösewicht.

»Ich meine, warum verschwendet sie auch nur eine einzige Minute an jemanden, der dreitausendmal dümmer ist als sie, der nicht einmal den Anstand besitzt, sie ordentlich zu behandeln, und der sie im Grunde genommen – und ich habe ihr das klar gesagt – nur für Sex benutzt? Und das ginge ja noch an, wenn sie umgekehrt auch ihn für Sex benutzen wollte, aber das ist eindeutig nicht der Fall, so daß sie sozusagen in beiden Welten den kürzeren zieht.«

»Klingt schauerlich.«

»Tja, nun ja, es ist wirklich traurig. Wenn man sich schon auf eine Beziehung einläßt, müssen beide gleichviel zu geben bereit sein – nicht daß die eine Person eine schnelle Affäre will und die andere sich nach wahrer Liebe sehnt. Und ich nehme an, die ganze Qual kommt daher, daß es da ein Ungleichgewicht gibt; die Leute sind sich einfach ihrer selbst nicht sicher genug, sie wissen nicht, was sie vom Leben wollen, oder was immer.«

21 Versuchsweise steckten wir Standorte und Grenzen ab. Wir beschritten dabei die gewundensten Wege. Wir fragten einander: »Was sucht *man* in der Liebe?« – und dieses *man* verkörperte einen subtilen linguistischen Verzicht auf persönliche Beteiligung. Aber obwohl solche Rituale als Spiele hätten bezeichnet werden können, waren sie gleichermaßen ernst und nützlich. Diese Zweifel, dieser Mangel an Entschlossenheit (Ja?/Nein?) hatte eine gewisse Logik. Selbst wenn Chloe eines Tages vielleicht »ja« meinte, hatte das Ritual, von A über Z nach B zu schreiten, gewisse Vorteile gegenüber einer direkten Kommunikation. Es minimalisierte die Gefahr der Kränkung eines unwilligen Partners, und es gewöhnte einen willigen Partner langsamer an die Aussicht auf gegenseitiges Begehren. Die Drohung des großartigen »Ich mag dich« ließ sich mildern, wenn man hinzufügte: »Aber nicht so sehr, daß ich es dich direkt wissen lassen will …«

22 Wir waren beide an einem Spiel beteiligt, das es uns erlaubte, so lange wie möglich jede Beteiligung an

seinem Verlauf zu leugnen, einem Spiel, dessen Hauptregel besagte, daß es so gespielt werden sollte, als würde es nicht gespielt, indem beide Parteien so vorgingen, als wüßten sie nichts von seiner Existenz. Wir sprachen eine Sprache, die normale Wörter benutzte, ihnen aber neue Bedeutungen gab, indem sie sich die Spannung zwischen kodierter und gewöhnlicher Bedeutung zunutze machte:

Code		*Botschaft*
»Die Leute sollten in der Liebe weniger zynisch sein«	=	»Gib deinen Zynismus für mich auf«

Es war einem Code in Kriegszeiten vergleichbar, der es uns erlaubte, so lange wie möglich zu sprechen, ohne das Risiko, daß des einen oder des anderen Begehren auf demütigende Weise unerwidert blieb. Wenn die Nazi-Truppenführer hereingeplatzt wären, hätten die Agenten der Alliierten ohne weiteres behaupten können, sie hätten lediglich Shakespeare-Passagen gesendet und nicht Dokumente von höchster Brisanz *(Ich begehre dich)* übermittelt, denn an dem, was Chloe und ich tatsächlich *sagten*, war nichts, was uns direkt verstrickte. Wenn die Anzeichen der Verführung so geringfügig sind, daß sie geleugnet werden können (ein bloßes Streifen der Hand oder ein Blick, der den Bruchteil einer Sekunde zu lange verweilt), wer will dann sagen, daß wir sogar schon über Verführung sprechen?

23 Es gibt keine bessere Möglichkeit, die enormen Risiken zu vermindern, die es mit sich bringt, wenn zwei Münder die lange, gefährliche Reise zueinander unternehmen – Risiken, die sich auf eine zentrale Gefahr reduzieren: *daß der eine sein Begehren gesteht und abgewiesen wird.*

24 Weil es nach halb sechs war und ihr Büro inzwischen sicherlich geschlossen hatte, fragte ich Chloe, ob sie nicht vielleicht doch Zeit hätte, mit mir zu Abend zu essen. Sie lächelte bei meinem Vorschlag, blickte kurz zum Fenster hinaus, auf einen Bus, der an St. Martin in the Fields vorbeiraste, wandte sich wieder um und sagte, auf den Aschenbecher starrend: »*Nein, danke, das ist wirklich unmöglich.*« Dann, als ich eben drauf und dran war zu verzweifeln, errötete sie.

25 Da Schüchternheit die perfekte Reaktion auf die fundamentalen Zweifel bei der Verführung ist, wird sie so oft beschworen, um das geringe Maß an klaren Beweisen für das Begehren zu erklären. Und gäbe es angesichts der zweideutigen Signale, die man von dem geliebten Wesen empfängt, eine bessere Erklärung, als diesen Mangel an Entschlossenheit auf Schüchternheit zurückzuführen? *Die Geliebte begehrt, aber sie ist zu schüchtern, es zu sagen.* Die Beschwörung der Schüchternheit verrät all die Merkmale eines halluzinierenden Geistes, denn finden sich nicht immer Beweise für Schüchternheit im menschlichen Verhalten? Es bedarf nur eines Errötens, eines Schweigens oder eines nervösen Lachens, und schon wird ihr Vorhandensein beglaubigt. Deshalb wird der Verführer, der sein Opfer gern als schüchtern bezeichnen möchte, niemals enttäuscht werden. Es ist eine narrensichere Methode, das Fehlen eines Signals in sein Vorhandensein umzumünzen, etwas Negatives in etwas Positives zu verkehren. Es suggeriert geradezu, daß die schüchterne Person mehr begehrt als die selbstsichere, daß die Stärke ihres Begehrens sich an ihrer Schwierigkeit, es zum Ausdruck zu bringen, ablesen läßt.

26 »Mein Gott, ich habe etwas Schreckliches vergessen«, sagte Chloe und bot damit eine alternative Erklärung für das Erröten an. »Ich sollte heute nachmittag den Drucker anrufen. Mist. Wie konnte ich das nur vergessen! Ich bin dabei, den Kopf zu verlieren.«

Der Liebhaber bot sein Mitgefühl an.

»Aber hören Sie zu, was das Essen angeht, das müssen wir ein andermal machen. Ich möchte es wirklich gern, ehrlich. Es ist einfach nur schwierig im Moment. Aber ich sehe noch mal in meinem Kalender nach und rufe Sie morgen an, ich verspreche es, und dann können wir vielleicht einen Tag vor dem Wochenende ausmachen.«

KAPITEL VIER

❦ *Authentizität* ❦

1 Es gehört zu den ironischen Begleitumständen der Liebe, daß es das Leichteste von der Welt ist, selbstsicher jene zu verführen, von denen wir uns am wenigsten angezogen fühlen; ernstes Begehren sträubt sich gegen die nötige sorglose Verspieltheit, wirkliche Anziehung ruft leicht ein Gefühl der Minderwertigkeit hervor angesichts der Vollkommenheit, die wir bei dem geliebten Menschen festgestellt haben. Meine Liebe zu Chloe bedeutete, daß ich jeden Glauben an meinen eigenen Wert verloren hatte. Wer war *ich* neben *ihr*? War es nicht die größte Ehre, daß sie diesem Abendessen zugestimmt und sich so elegant angezogen hatte? *(»Ist das so in Ordnung?«* hatte sie im Auto gefragt. *»Es wäre schon besser, denn ich möchte mich nicht ein sechstes Mal umziehen!«)* Ganz zu schweigen davon, daß sie bereit war, auf einige der Dinge zu antworten, die (falls ich je die Sprache wiederfand) über meine unwürdigen Lippen kommen würden?

2 Es war Freitag abend, und Chloe und ich saßen an einem Ecktisch in einem französischen Restaurant, *Les Liaisons Dangereuses*, das kürzlich am Ende der Fulham Road aufgemacht hatte. Ein angemessenerer Rahmen für Chloes Schönheit wäre kaum denkbar gewesen, die Leuchter warfen sanfte Schatten über ihr Gesicht, die hellgrünen Wände paßten zu ihren hellgrünen Augen. Und doch, als wäre ich von dem Engel, der mir am Tisch gegenübersaß, mit Stummheit geschlagen, mußte ich (nur wenige Minuten nach einem an-

geregten Gespräch) feststellen, daß ich jede Fähigkeit, zu denken oder zu sprechen, eingebüßt hatte. Ich konnte nur schweigend unsichtbare Muster auf der gestärkten weißen Tischdecke ziehen und unnötige Schlucke Sprudelwasser aus einem großen Kelchglas trinken.

3 Aus dieser wahrgenommenen Minderwertigkeit heraus erwuchs das Bedürfnis, eine Persönlichkeit anzunehmen, die nicht direkt meine eigene war: ein verführerisches Ich, das sich auf die Forderungen dieses höheren Wesens einstellte und entsprechend darauf reagierte. Verdammte Liebe mich also dazu, nicht ich selbst zu sein? Vielleicht nicht auf immer, aber, wenn ich sie ernst nehmen wollte, tat sie es zumindest in diesem Stadium der Verführung, denn die Haltung des Verführers brachte mich dazu, daß ich mich fragte: *Was würde ihr gefallen?* Und nicht: *Was gefällt mir?* Liebe zwang mich, den Blick sozusagen durch die imaginierten Augen der Geliebten auf mich selbst zu richten. Nicht: *Wer bin ich?* Sondern: *Wer bin ich für sie?* Und im Verlauf des Nachdenkens über diese Frage konnte es nicht ausbleiben, daß mein Ich nach und nach von einer bestimmten Unaufrichtigkeit und Inauthentizität getönt wurde.

4 Diese Inauthentizität manifestierte sich nicht unbedingt in flagranten Lügen oder Übertreibungen. Sie beinhaltete schlicht das Bemühen, alles, was Chloe sich möglicherweise wünschte, zu erahnen, damit ich den Ton anschlagen konnte, den die Rolle verlangte.

»Möchtest du etwas Wein?« fragte ich sie.

»Ich weiß nicht, möchtest du Wein trinken?« fragte sie zurück.

»Ich habe nichts dagegen, wenn dir danach zumute ist«, erwiderte ich.

»Wie du meinst, ganz wie du willst«, fuhr sie fort.

»Mir ist beides recht.«

»Einverstanden.«

»Also, wollen wir Wein bestellen oder nicht?«

»Ach, ich glaube, ich möchte lieber keinen Wein trinken«, meinte Chloe unentschlossen.

»Du hast recht, mir ist auch nicht danach zumute«, pflichtete ich ihr bei.

»Wunderbar, dann bleiben wir doch beim Wasser.«

5 Obwohl authentische Individualität die Geschicklichkeit voraussetzt, daß man zu einer stabilen Persönlichkeit gelangt, ohne Rücksicht auf die Gesellschaft, in der man sich befindet, hatte sich der Abend zu einem inauthentischen Versuch entwickelt, Chloes Wünschen entsprechend meinen Platz zu bestimmen und mich umzumodeln. Was erwartete sie von einem Mann? Welches waren die Geschmackskriterien und Orientierungspunkte, nach denen ich mein Verhalten richten sollte? Wenn es allgemein als wesentliches Kriterium für Charakterstärke galt, daß man sich selbst treu blieb, dann hatten meine Verführungsversuche dazu geführt, daß ich bei dieser ethischen Prüfung durchgerasselt war. Warum hatte ich gelogen und meine Gefühle versteckt angesichts einer köstlich aussehenden Auswahl von Weinen, die auf einer schwarzen Tafel über Chloes Kopf groß angeboten wurden? Weil mein Wunsch mir plötzlich unangemessen und rüde erschienen war neben ihrem Durst auf Mineralwasser. Verführung hatte mich zweigeteilt, in ein wahres (alkoholisches) und ein falsches (aquatisches) Ich.

6 Der erste Gang kam: auf den Tellern ein Arrangement von der Symmetrie eines französischen Gartens.
»Es sieht fast zu schön aus, um es anzurühren«, sagte Chloe. (Wie ich das Gefühl kannte!) »*So* habe ich gegrillten Thunfisch noch nie gegessen.«
Wir begannen zu essen, aber das einzige Geräusch war das Klappern von Bestecken auf Porzellan. Anscheinend gab es nichts zu sagen: Chloe war zu lange mein einziger Gedanke gewesen – genau der Gedanke, den ich in diesem Moment nicht mitteilen konnte. Schweigen war eine vernichtende Anklage. Schweigen einer nicht anziehenden Person gegenüber bedeutet, daß sie die langweilige ist. Schweigen einer anziehenden Person gegenüber beschert einem das sichere Gefühl, daß man selbst ein unmöglicher Langweiler ist.

7 Schweigen und Ungeschick ließen sich vielleicht noch verzeihen – als ein eher bemitleidenswerter Beweis des Begehrens. Da es ziemlich leicht ist, eine Person zu verführen, für die man nichts empfindet, könnte man den ungeschickten Verführer mit einiger Großmut als den echtesten betrachten. Wenn jemand nicht die richtigen Worte findet, kann das ironischerweise ein Beweis dafür sein, daß die richtigen Worte gemeint sind (und nur nicht ausgesprochen werden können). Als in jenen anderen *Liaisons* die Marquise de Merteuil an den Vicomte de Valmont schreibt, tadelt sie ihn dafür, daß seine Liebesbriefe zu vollendet, zu logisch seien, als daß sie die Worte eines wahren Liebenden sein könnten, dessen Gedanken in der Regel wirr seien und dem sich der vornehme Satz immer wieder entziehen werde. Sprache scheitert an Liebe, Begehren ist nicht wohlartikuliert (und doch – wie bereitwillig hätte ich in jenem Augen-

blick meine Verstopfung mit dem Vokabular des Vicomte getauscht).

8 Da ich den Wunsch hatte, Chloe zu verführen, war es wesentlich, daß ich mehr über sie in Erfahrung brachte. Wie konnte ich mein wahres Ich verlassen, solange ich nicht wußte, welches falsche ich annehmen sollte? Doch dies war keine leichte Aufgabe; sie erinnerte mich daran, daß es, um einen anderen Menschen zu verstehen, Stunden sorgfältiger Beobachtung und Deutung bedarf, daß es aus tausend Worten und Taten ein Bild seines Wesens zusammenzusetzen gilt. Unglücklicherweise brachte ich, ängstlich und blind vor Leidenschaft, wie ich war, nicht die dazu erforderliche Geduld auf. Ich verhielt mich wie ein alles vereinfachender Sozialpsychologe, der begierig ist, eine Person in ein paar schlichte Definitionen zu pressen, und nicht daran denkt, mit der Sorgfalt eines Romanciers vorzugehen, der die Vielfältigkeit der menschlichen Natur einzufangen sucht. Beim ersten Gang stellte ich ihr ein paar peinlich unbeholfene, interviewartige Fragen: Was lesen Sie gern? *(»Joyce, Henry James, die Cosmopolitan, wenn ich Zeit habe«)*, Macht Ihre Arbeit Ihnen Spaß? *(»Alle Jobs sind ziemlich bescheuert, finden Sie nicht?«)* In welchem Land würden Sie leben, wenn Sie es sich aussuchen könnten? *(»Ich lebe gern hier. Irgendwo, wo ich den Stecker für meinen Fön nicht austauschen muß«)*, Was machen Sie am Wochenende am liebsten? *(»Samstags gehe ich ins Kino, und sonntags decke ich mich mit Schokolade ein, für den Fall, daß ich abends in Depressionen verfalle.«)*

9 Hinter solchen plumpen Fragen (mit jeder, die ich ihr stellte, entfernte ich mich, wie es schien, weiter von dem Ziel, sie kennenzulernen) steckte der ungeduldige Ver-

such, zu der direktesten aller Fragen vorzustoßen: »*Wer sind Sie?*« (Und damit: »*Wer sollte ich am besten sein?*«) Aber dieser direkte Annäherungsversuch war natürlich zum Scheitern verurteilt, und je plumper ich weitermachte, um so konsequenter entschlüpfte mein Fisch dem Netz: sie ließ mich wissen, welche Zeitung sie las und welche Musik sie gern hörte, klärte mich damit aber nicht darüber auf, »wer« sie war – eine Erinnerung, wenn es denn einer bedurft hätte, an die Fähigkeit des »Ichs«, sich zu entziehen.

10 Chloe haßte es, über sich selbst zu sprechen. Ihr offenkundigster Zug war vielleicht eine bestimmte Bescheidenheit und Selbstverachtung. Wenn immer das Gespräch sie veranlaßte, über die eigene Person zu reden, tat sie es in den harschesten Worten. Es hieß dann nicht einfach »ich« oder »Chloe«, sondern »*eine Arm- und Beinamputierte wie ich*« oder »*die Gewinnerin des Ophelia-Preises für ruhige Nerven*«. Ihre Selbstverachtung war um so anziehender, als sie völlig frei zu sein schien von den verschleierten Appellen selbstmitleidiger Leute, der Selbstverachtung mit Zaunpfahl (*Ich bin ja so dumm/Nein, bist du gar nicht*).

11 Sie hatte keine schöne Kindheit gehabt, aber in dieser Beziehung war sie stoisch (»*Ich kann es nicht ausstehen, wenn Leute ihre Kindheit dramatisieren, so daß Hiobs Schicksal daneben wie Zuckerschlecken wirkt*«). Sie war in einem wohlhabenden Elternhaus aufgewachsen. Ihr Vater (»*Alle seine Probleme fingen damit an, daß seine Eltern ihn Barry nannten*«) war Akademiker gewesen, Juraprofessor, ihre Mutter (»*Claire*«) hatte eine Zeitlang ein Blumengeschäft betrieben. Chloe war das mittlere Kind, das einzige Mädchen zwischen zwei bevorzugten und makellosen Jungen. Als der

ältere Bruder kurz nach ihrem achten Geburtstag an Leukämie starb, drückte sich der Kummer ihrer Eltern als Zorn auf ihre Tochter aus, die, langsam in der Schule und mürrisch zu Hause, so obstinat am Leben festgehalten hatte – statt ihres Lieblingssohns. Chloe wuchs mit Schuldgefühlen heran, so als trüge sie die Schuld an dem, was geschehen war, Gefühle, zu deren Linderung die Eltern wenig taten. Ihre Mutter hackte gern auf ihren schwachen Stellen herum und ließ nicht locker – so wurde Chloe ewig daran erinnert, wie schlecht sie in der Schule war, im Vergleich zu dem toten Bruder, wie linkisch sie sich anstellte und wie wenig reputierlich ihre Freundinnen und Freunde waren (Kritik, die in allen Punkten nicht eigentlich berechtigt war, es aber mit jeder Erwähnung immer mehr wurde). Chloe hatte sich, um Liebe zu bekommen, ihrem Vater zugewandt, aber der hielt sich mit seinen Gefühlen ebenso zurück, wie er großzügig mit seinem juristischen Wissen umging, das er auf geradezu pedantische Weise mit ihr zu teilen pflegte, ein Ersatz bis in die Pubertät hinein, als Chloes Enttäuschung über ihn in Wut umschlug und sie ihn offen herausforderte – und mit ihm alles, wofür er stand (ein Glück, daß ich nicht den Beruf des Juristen gewählt hatte).

12 Über frühere Freunde kamen bei dem Essen nur Andeutungen zum Vorschein: einer hatte als Motorradmechaniker in Italien gearbeitet und hatte sie sehr schlecht behandelt; ein anderer, den sie bemuttert hatte, war wegen des Besitzes von Drogen im Gefängnis gelandet; einer war analytischer Philosoph an der Londoner Universität gewesen (*»Du brauchst nicht Freud zu sein, um zu erkennen, daß er der Daddy war, mit dem ich nie ins Bett gegangen bin«*); ein anderer war Testwagenfahrer für Rover (*»Bis heute kann ich mir nicht*

erklären, was ich an ihm gefunden habe. Ich nehme an, ich mochte die Art, wie er sprach – er kam aus Birmingham«). Aber ein klares Bild ergab sich nicht, und insofern bedurfte das Bild von ihrem idealen Mann, das ich mir in meinem Kopf zu machen versuchte, einer ständigen Korrektur. Es gab Dinge, die sie im gleichen Atemzug pries und verdammte, womit sie mich zwang, wie ein Wahnsinniger das Ich, das ich ihr nahebringen wollte, immer neu zu formulieren. Im einen Moment rühmte sie, wie es schien, emotionale Verletzlichkeit, im nächsten verdammte sie sie und sprach sich für Unabhängigkeit aus. Während Ehrlichkeit an einer Stelle als der allerhöchste Wert gerühmt wurde, wurde Ehebruch an anderer Stelle unter Hinweis auf die noch größere Heuchelei der Ehe gerechtfertigt.

13 Die Komplexität ihrer Ansichten löste bei mir eine gewisse Schizophrenie aus. Welche Seiten von mir sollte ich zu erkennen geben? Wie konnte ich es vermeiden, ihre Abneigung zu riskieren, ohne wachsweich zu erscheinen? Während wir uns durch die Gänge aßen (Hindernisläufe für den jungen Valmont), ertappte ich mich dabei, wie ich zögernd eine Meinung äußerte und sie schon in der nächsten Minute subtil veränderte, um sie der ihren anzupassen. Jede ihrer Fragen hatte etwas Erschreckendes, denn meine Antwort konnte unwissentlich etwas in sich bergen, das sie unwiderruflich verletzen würde. Der Hauptgang (für mich Ente, für sie Lachs) war ein mit Minen verseuchtes Sumpfland: Ob ich glaubte, daß zwei Menschen ausschließlich füreinander leben sollten. Ob ich eine schwere Kindheit gehabt hätte. Ob ich schon einmal jemanden wirklich geliebt hätte. Und wie es gewesen sei. Ob ich eher ein emotionaler oder ein zerebraler Typ sei. Wem ich bei der letzten Wahl meine

Stimme gegeben hätte. Welches meine Lieblingsfarbe sei. Ob ich glaubte, daß Frauen wankelmütiger seien als Männer.

14 Da es das Risiko einschließt, jene zu entfremden, die mit dem, was man sagt, nicht übereinstimmen, lag es mir fern, etwas Originelles zu sagen. Ich paßte mich lediglich dem an, was Chloe meiner Vermutung nach fühlte. Wenn sie harte Männer liebte, würde ich hart sein; wenn sie Windsurfen schön fand, würde ich windsurfen lernen; wenn sie Schach haßte, würde auch ich Schach hassen. Meine Vorstellung, was sie von einem Liebhaber erwartete, hätte sich mit einem engsitzenden Anzug vergleichen lassen, und mein wahres Ich mit einem dicken Mann, so daß der Verlauf des Abends dem Schauspiel eines fetten Mannes glich, der sich alle Mühe gab, in einen Anzug zu passen, der ihm zu klein war. Ich unternahm verzweifelte Versuche, die Ausbeulungen wegzudrücken, die nicht zu dem Schnitt des Anzugs paßten, den Bauch einzuziehen und den Atem anzuhalten, damit der Stoff nicht riß. Kein Wunder, wenn meine Haltung nicht so spontan war, wie ich es gern gewollt hätte. Wie kann ein dicker Mann in einem zu engen Anzug spontane Gefühle entfalten? Vor lauter Angst, daß der Anzug platzen könnte, sieht er sich gezwungen, in vollkommener Stille dazusitzen, den Atem anzuhalten und zu beten, er möge den Abend ohne ein größeres Unglück überstehen. Liebe hatte mich zum Krüppel gemacht.

15 Chloe stand vor einem gänzlich anderen Dilemma, denn es war an der Zeit, das Dessert zu bestellen, und obwohl sie nur eine Wahl hatte, hatte sie mehr als einen Wunsch.

»Was meinst du, Schokolade oder Karamel?« fragte sie

(während Spuren von Schuldgefühl auf ihrer Stirn erschienen). »Vielleicht kannst du das eine bestellen und ich das andere, und dann können wir teilen.«

Ich hatte weder auf das eine noch auf das andere Appetit – mir bekam das Essen nicht recht –, aber das war jetzt nicht der Punkt.

»Ich *liebe* Schokolade! Du auch?« rief Chloe. »Ich kann Leute nicht verstehen, die keine Schokolade mögen. Ich war einmal mit einem Typ zusammen, diesem Robert, von dem ich dir erzählt habe, und ich habe mich nie richtig wohl gefühlt mit ihm, aber ich hätte nicht sagen können, woran es lag. Bis es eines Tages sonnenklar wurde: Er mochte keine Schokolade. Ich meine, nicht nur, daß er Schokolade nicht mochte, der Typ haßte sie geradezu. Du hättest einen Schokoriegel vor ihn hinlegen können, und er hätte ihn nicht angerührt. Diese Art zu denken ist so meilenweit entfernt von allem, worauf ich mich einlassen kann, verstehst du? Nun ja, danach – du kannst es dir ja vorstellen, es war klar, daß wir uns trennen mußten.«

»In diesem Fall sollten wir beide Desserts bestellen und jeder das des anderen kosten. Aber welches nimmst du lieber?«

»Das ist mir egal«, log Chloe.

»Wirklich? Gut, wenn es dir nichts ausmacht, dann nehme ich den Schokoladenkuchen, ich kann einfach nicht widerstehen. Übrigens, siehst du die Schokoladencremeschnitte da unten? Ich glaube, die werde ich bestellen. Sie sieht noch schokoladiger aus.«

»Du bist aber wirklich ein Sünder«, sagte Chloe und biß sich in einer Mischung aus Vorfreude und Verlegenheit auf ihre Unterlippe. »Aber warum auch nicht? Du hast absolut recht. Das Leben ist kurz, und so weiter.«

16 Doch wieder hatte ich gelogen (schon hörte ich in der Küche die Hähne krähen). Mein Leben lang war ich mehr oder weniger allergisch gegen Schokolade gewesen. Doch wie hätte ich in einer solchen Situation ehrlich sein können, was meine Wünsche betraf, wo die Liebe zu Schokolade so definitiv als wesentliches Kriterium für Chloe-Kompatibilität genannt worden war?

17 Trotzdem, meine Lüge war pervers, und zwar wegen der mit ihr verbundenen indirekten Aussage über meine Vorlieben und Gewohnheiten: nämlich daß sie notwendigerweise weniger galten als Chloes und daß Chloe bei einer Divergenz von ihren eigenen unweigerlich gekränkt wäre. Ich hätte eine rührende Geschichte über mich und die Schokolade erfinden können (*»Ich liebte Schokolade mehr als alles andere in der Welt, doch die Ärzte warnten mich: Ich würde sterben, wenn ich weiterhin Schokolade verzehrte. Danach war ich drei Jahre in Therapie«*), und vielleicht hätte ich sogar weitreichende Sympathie von Chloe dafür empfangen – aber das Risiko war einfach zu groß.

18 Meine Lüge, ebenso schmählich, wie sie unvermeidlich war, brachte mich dazu, zwischen zwei Arten des Lügens zu unterscheiden: *lügen, um sich zu retten*, und *lügen, um geliebt zu werden*. Lügen, die der Verführung dienen, unterscheiden sich oft stark von Lügen in anderen Situationen. Wenn ich der Polizei gegenüber lüge, was die Geschwindigkeit betrifft, bei der ich angehalten wurde, tue ich das aus einem ziemlich direkten Grund: um einer Geldbuße oder der Verhaftung zu entgehen. Aber wenn ich lüge, um geliebt zu werden, ist eine sehr viel perversere Vermutung damit verbunden: *Wenn ich nicht lüge, kann ich nicht geliebt werden*. Es

ist eine Haltung, die das Verführerische als Entleerung aller persönlichen (und daher möglicherweise abweichenden) Eigenschaften betrachtet; das wahre Ich befindet sich danach unwiderruflich im Konflikt mit den bei der Geliebten vorgefundenen Vollkommenheiten (deren es daher unwürdig ist).

19 Ich hatte gelogen, aber schätzte Chloe mich deshalb mehr? Griff sie nach meiner Hand, oder schlug sie vor, wir sollten den Nachtisch auslassen (obwohl das vielleicht zuviel verlangt gewesen wäre), um nach Hause zu eilen? Nein, mit Sicherheit nicht. Da ihr Karameldessert nicht so gut schmeckte, drückte sie lediglich eine leise Enttäuschung darüber aus, daß ich so heftig darauf bestanden hätte, den Schokoladennachtisch zu bestellen, indem sie ganz beiläufig hinzufügte, daß eine Schokophilie am Ende vielleicht ebenso problematisch sei wie eine Schokophobie.

20 Verführung ist eine Form des Schauspielerns: eine Bewegung von spontanem Verhalten hin zu einem durch das Publikum geformten Verhalten. Aber genau wie ein Schauspieler eine Vorstellung von den Erwartungen des Publikums haben muß, so muß auch der Verführer eine Idee davon haben, was die Geliebte hören möchte. Wenn es also überhaupt ein schlüssiges Argument gegen das Lügen, um geliebt zu werden, gibt, dann ist es die Tatsache, daß der Schauspieler auch ohne eine Idee davon, was sein Publikum anrührt, spielen kann. Die einzige Rechtfertigung für das Schauspielern läge dann in seiner Wirksamkeit im Vergleich zu jener des spontanen Verhaltens, doch angesichts der Komplexität von Chloes Wesen und der Zweifel, was die Anziehungskraft schauspielerischen Verhaltens betraf, hätte es meine Chancen wohl nicht wesentlich mindern können,

wenn ich mich aufrichtig oder spontan verhalten hätte. Inauthentizität verleitete mich offenbar nur dazu, bei der Darstellung meiner Eigenschaften und Meinungen lächerliche Purzelbäume zu schlagen.

21 Meistens erreichen wir unsere Ziele eher durch Zufall als durch Planung, eine entmutigende Neuigkeit für den Verführer, der durchdrungen ist vom Geiste des Positivismus und Rationalismus und glaubt, daß sich bei sorgfältiger und nahezu wissenschaftlicher Forschung Gesetze für das Verlieben entdecken lassen. Verführer gehen in der Hoffnung ans Werk, daß sie *Liebeshaken* finden, um das geliebte Wesen zu fangen – ein gewisses Lächeln oder eine Meinung oder eine bestimmte Art, die Gabel zu halten… Doch obwohl solche Liebeshaken für jeden Menschen existieren, ist es unglückseligerweise so, daß, wenn wir im Verlauf der Verführung darauf stoßen, dies eher durch Zufall als aufgrund von Berechnungen geschieht. Was hatte Chloe denn letzten Endes getan, damit ich mich in sie verliebte? Meine Liebe zu ihr hatte ebensoviel mit der anbetungswürdigen Art zu tun, wie sie den Kellner um ein wenig Butter gebeten hatte, wie damit, daß sie meine Ansichten über die Verdienste von Heideggers *Sein und Zeit* teilte.

22 Liebeshaken sind geprägt von extremer persönlicher Eigenart und sprechen augenscheinlich allen logischen Kausalgesetzen hohn. Die positiven Schritte, die ich Frauen manchmal hatte tun sehen, wenn sie mich verführen wollten, waren selten die gewesen, die mich am Ende bezaubert hatten. Ich war geneigt, mich aufgrund völlig tangentialer oder zufälliger Liebeshaken zu verlieben, die der Verführerin gar nicht genügend bewußt gewesen waren, um sie als

wertvolle Vorzüge in den Vordergrund zu stellen. Einmal hatte ich mich in eine Frau verliebt, die einen ganz leichten Flaum auf der Oberlippe hatte. Obwohl ich normalerweise mit so etwas heikel bin, hatte es mich in ihrem Fall auf geheimnisvolle Weise verzaubert, und mein Begehren konzentrierte sich entschieden und hartnäckig darauf und nicht auf ihr warmes Lächeln, ihr langes blondes Haar oder die intelligenten Dinge, die sie sagte. Als ich mit Freunden über die Anziehungskraft, die sie auf mich ausübte, sprach, deutete ich unter Mühen an, es habe mit einer undefinierbaren »Aura«, die ihr eigen sei, zu tun – doch konnte ich nicht die Tatsache verschleiern, daß ich mich ausgerechnet in eine behaarte Oberlippe verliebt hatte. Als ich die Frau wiedersah, mußte jemand ihr in der Zwischenzeit eine elektrolytische Behandlung empfohlen haben, jedenfalls war der Flaum nicht mehr da – und mein Begehren schwand (trotz ihrer vielen guten Eigenschaften).

23 Auf der Euston Road herrschte noch Verkehrsstau, als wir uns auf den Rückweg nach Islington machten. Lange bevor solche Fragen hätten bedeutsam werden können, war es geregelt worden, daß ich Chloe nach Hause bringen würde. Dennoch begleitete uns das Dilemma des Verführers *(Küssen oder nicht küssen)* als spürbare Gegenwart im Wagen. Irgendwann im Verlauf der Verführung muß der Schauspieler es riskieren, sein Publikum zu verlieren. Das verführende Ich mag versuchen, sich durch mimetisches Verhalten einzuschmeicheln, aber das Spiel wird es irgendwann erforderlich machen, daß der eine oder der andere Partner die Situation klärt, auch auf die Gefahr hin, daß er den geliebten Menschen vor den Kopf stößt. Ein Kuß würde alles verändern, die Berührung zwischen ihrer und meiner Haut

würde unsere Positionen unwiderruflich verändern, indem sie dem verschlüsselten Sprechen ein Ende machte und den Subtext für gültig erklärte. Doch als wir vor der Tür des Hauses 23a in der Liverpool Road standen, ich eingeschüchtert durch all die Gefahren, die Zeichen falsch zu deuten, kam ich zu dem Schluß, daß der Moment, eine metaphorische Tasse Kaffee vorzuschlagen, noch nicht gekommen war.

24 Aber nach einem so angespannten und schokoladenreichen Mahl hatte mein Magen plötzlich ganz andere Prioritäten entwickelt, und ich sah mich gezwungen, sie zu bitten, daß sie mir erlaubte, die Wohnung zu betreten. Ich folgte ihr die Treppe hinauf, ins Wohnzimmer, und wurde ins Bad dirigiert. Als ich ein paar Minuten später mit unveränderter Absicht wieder herauskam, griff ich nach meinem Mantel und verkündete meiner Liebsten, mit all der rücksichtsvollen Autorität des Mannes, der beschlossen hat, daß Zurückhaltung das beste sei und daß die in den vorangegangenen Wochen entwickelten Phantasien ebendies bleiben sollten, daß es ein wunderschöner Abend gewesen sei und daß ich hoffte, sie bald wiederzusehen, und sie nach Weihnachten anrufen würde. Hochzufrieden mit einem so reifen Abgang, küßte ich sie auf beide Wangen, wünschte ihr eine gute Nacht und schickte mich an, die Wohnung zu verlassen.

25 Unter den gegebenen Umständen traf es sich glücklich, daß Chloe nicht so leicht zu überzeugen war: sie hielt mich an den beiden Enden meines Schals fest, zog mich in die Wohnung zurück, legte beide Arme um mich, sah mir fest in die Augen, und mit einem Lächeln, das sie vorher dem Gedanken an Schokolade vorbehalten hatte, flüsterte sie: *»Wir sind doch keine Kinder.«*

26 Und mit diesen Worten drückte sie ihre Lippen auf meine, und es begann der längste und schönste Kuß, den die Menschheit je gesehen hat.

KAPITEL FÜNF

❦ *Geist und Körper* ❦

1 Nur weniges kann so in Widerspruch zum Sex geraten wie das Denken. Sex ist das Produkt des Körpers. Sex ist unüberlegt, dionysisch und unmittelbar, eine Befreiung aus rationaler Gefangenschaft, eine ekstatische Resolution körperlichen Begehrens. Daneben ist das Denken, so scheint es, nahezu eine Krankheit, ein pathologischer Drang, Ordnung aufzupfropfen, ein Symbol für die melancholische Unfähigkeit des Verstandes, sich dem Fließen zu ergeben. Beim Sex gedacht zu haben hieß für mich, ein grundlegendes Gesetz des Geschlechtsverkehrs übertreten zu haben, sich der verdammungswürdigen Unfähigkeit schuldig gemacht zu haben, wenigstens dieses Reservat für vorsündenfallartiges Gedankenlossein zu bewahren. Doch hatte ich irgendeine Wahl?

2 Es war der süßeste Kuß, es war alles, was man sich von einem Kuß erträumt. Ein leichtes Berühren zuerst, zarte, zaghafte Überfälle, die den einzigartigen Duft unserer Haut verströmten, ehe das Drängen stärker wurde, ehe unsere Lippen sich teilten und dann vereinigten, Münder, die atemlos Begehren artikulierten, meine Lippen, die Chloes Lippen einen Augenblick lang verließen, um an ihren Wangen hinunterzugleiten, über ihre Schläfen, an ihren Ohren entlang. Sie preßte ihren Körper enger an meinen, unsere Beine schlangen sich umeinander, schwindlig sanken wir auf das Sofa, lachend, einander umklammernd.

3 Doch wenn da etwas war, das in dieses Eden einbrach, dann war es der Verstand oder vielmehr das Denken – der Gedanke, wie seltsam es war, daß ich in Chloes Wohnzimmer lag, daß meine Lippen über ihre Lippen glitten, meine Hände über ihren Körper strichen, daß ich ihre Hitze neben mir spürte. Nach all der Zweideutigkeit war der Kuß so plötzlich gekommen, so unerwartet, daß mein Kopf sich weigerte, die Kontrolle über die Ereignisse dem Körper zu überlassen. Es war der Gedanke an den Kuß, weniger der Kuß selbst, was die Aufmerksamkeit zu fesseln drohte.

4 Ich konnte nicht umhin zu denken, daß eine Frau, deren Körper noch vor wenigen Stunden unzugänglicher Privatbesitz gewesen war (angedeutet nur durch die Linien ihrer Bluse und die Konturen ihres Rocks), sich nunmehr anschickte, mir ihre geheimsten Stellen zu enthüllen, lange (aufgrund des Zeitalters, in dem wir nun einmal lebten) bevor sie mir die geheimsten Bereiche ihrer Seele enthüllt hatte. Obwohl wir ausgiebig miteinander gesprochen hatten, fand ich, daß da ein Mißverhältnis bestand zwischen meinem Tages- und meinem Nachtwissen von Chloe, zwischen der Intimität, welche die Berührung mit ihren Geschlechtsorganen mit sich brachte, und den weithin unbekannten Dimensionen ihres übrigen Lebens. Aber die Anwesenheit solcher Gedanken, die mit unserer körperlichen Atemlosigkeit zusammenflossen, schien rüde den Gesetzen des Begehrens zuwiderzulaufen; sie schienen ein unerfreuliches Maß an Objektivität ins Spiel zu bringen, ja, die Position einer dritten Person im Raum mit uns einzunehmen, die uns beobachten, observieren und vielleicht sogar verurteilen würde.

5 »Warte«, sagte Chloe, als ich ihr die Bluse aufknöpfte. »Ich ziehe die Vorhänge zu. Ich will nicht, daß die ganze Straße zusieht. Übrigens, wollen wir nicht ins Schlafzimmer gehen? Da haben wir mehr Platz.«
Wir sammelten uns von dem zerknautschten Sofa auf und gingen durch die abgedunkelte Wohnung in Chloes Schlafzimmer. Ein großes weißes Bett stand in der Mitte des Raums, auf dem sich Kissen, Papiere und Bücher häuften; dazwischen stand ein Telefon.
»Entschuldige die Unordnung«, sagte Chloe, »der übrige Teil der Wohnung ist zum Vorzeigen; das hier ist der Raum, in dem ich wirklich lebe.«
Zuoberst auf all den Kissen saß ein Tier.
»Darf ich vorstellen? Guppy, meine erste Liebe«, sagte Chloe und reichte mir einen pelzigen grauen Elefanten, dessen Gesicht keinerlei Zeichen von Eifersucht trug.

6 Es herrschte eine seltsame Verlegenheit zwischen uns, während Chloe das Bett freiräumte – die heftige Begierde unserer Körper war von einer Minute zur anderen einem lastenden Schweigen gewichen, das anzeigte, wie unbehaglich nahe wir unserer eigenen Nacktheit waren.

7 Deshalb versuchten wir, als wir uns gegenseitig auf dem großen weißen Bett auszogen und im Licht einer kleinen Nachttischlampe zum erstenmal einer des anderen nackten Körper erblickten, so unbefangen zu sein wie Adam und Eva vor dem Sündenfall. Ich schob die Hände unter Chloes Rock, und sie knöpfte meine Hose auf mit einer Miene forscher Selbstverständlichkeit, als wäre es nichts Überraschendes für uns, die Augen auf die faszinierende Unterschiedlichkeit unserer Geschlechtsorgane zu richten. Wir waren in die

Phase eingetreten, wo der Verstand die Kontrolle dem Körper überlassen muß, wo der Geist befreit werden muß von allen Gedanken außer denen der Leidenschaft, wo kein Raum mehr sein sollte für Vernunft und Verstand, wo nichts sein sollte als Begehren.

8 Doch wenn etwas unsere unbekümmerte Leidenschaft zu hemmen drohte, dann war es unser allgegenwärtiges Ungeschick. Es war Ungeschick, was Chloe und mich daran erinnerte, wie verrückt und bizarr es war, zusammen im Bett zu landen: ich mühte mich ziemlich unbeholfen damit ab, Chloe die Unterwäsche abzustreifen (etwas davon hatte sich um ihre Knie herum verfangen), während sie Schwierigkeiten mit den Knöpfen meines Hemds hatte – doch beide versuchten wir, keine Bemerkung darüber zu machen, nicht einmal zu lächeln, sondern einander nur anzusehen mit dem ernsten Ausdruck leidenschaftlichen Begehrens, als hätten wir die potentielle komische Seite dessen, was da vor sich ging, nicht bemerkt. So hockten wir halbnackt auf der Bettkante, mit erröteten Gesichtern, als wären wir schuldbewußte Schulkinder.

9 Im Rückblick kommt einem Ungeschicktheit im Bett immer komisch vor, fast possenhaft. Doch bei dem Akt selbst ist sie eine kleine Tragödie, eine unwillkommene Unterbrechung des sanften und direkten Fließens glühender Umarmungen. Der Mythos vom leidenschaftlichen Lieben legt den Gedanken nahe, es könnte frei sein von kleineren Behinderungen wie Armbändern, die sich verfangen, oder Krämpfen im Bein, oder daß man dem Partner weh tut bei dem Bemühen, ihm größere Lust zu bereiten. Das Geschäft des Entwirrens von Haaren oder Gliedern erfordert ein

peinliches Maß an Vernunft, wo nur Appetit gedeihen sollte.

10 Wenn der Intellekt traditionell verurteilt wurde, dann wegen seiner Weigerung, die Kontrolle abzugeben an ein Geschehen, das sich vermutlich der Analyse entzieht. Der Philosoph im Schlafzimmer ist eine ebenso komische Figur wie der Philosoph im Nachtclub. In beiden Fällen ist der Körper dominierend und verletzlich, so daß der Verstand ein Werkzeug stummen, unbeteiligten Urteilens wird. Die Untreue des Denkens liegt in seiner Heimlichkeit – *»Wenn da etwas ist, was du mir nicht sagen kannst«*, fragt die oder der Liebende, *»Dinge, die du mit dir selber ausmachen mußt, bin ich dann wirklich in deinem Herzen?«* Es ist dieser Unmut über die Distanziertheit und Überlegenheit des Denkens, was dem Intellektuellen den Glanz nimmt und ihn zum Feind macht – nicht nur des liebenden Partners, sondern auch der Nation, der Sache und des Klassenkampfes.

11 Im traditionellen Dualismus stehen der Denker und der Liebende an entgegengesetzten Enden des Spektrums. Der Denker *denkt* an die Liebe, während der Liebende schlicht liebt. Ich dachte nicht irgend etwas Grausames, während ich meine Hände und Lippen über Chloes Körper gleiten ließ; es war nur so, daß es Chloe wahrscheinlich gestört haben würde, hätte ich ihr eröffnet, daß ich überhaupt dachte. Da Denken immer Urteilen heißt (und da wir alle so paranoid sind, daß wir jedes Urteil für negativ halten), ist das Denken im Schlafzimmer, wo die Nacktheit uns in jeder Weise verletzlich macht, immer suspekt. Die Skala von Komplexen, die sich auf die Dimensionen, Farben, Gerüche und

das Verhalten von Sexualorganen beziehen, bedeutet, daß jede Spur von wertendem Urteilen geächtet werden muß. Daher das Seufzen, das die Laute der Gedanken der Liebenden übertönt, ein Stöhnen, das die Botschaft bekräftigt: *Ich bin zu leidenschaftlich, um zu denken.* Ich küsse, also denke ich nicht – so lautet der offizielle Mythos, unter dem sexuelle Liebe stattfindet; das Schlafzimmer wird ein privilegierter Raum, wo die Partner stillschweigend übereinkommen, einander nicht an das Scheu einflößende Wunder ihrer Nacktheit zu erinnern.

12 Menschen haben eine einzigartige Fähigkeit, sich zu zweiteilen und sowohl zu handeln als auch neben sich zu stehen und sich beim Handeln zuzusehen – und eben diese Zweiteilung ist die Quelle von Bedenken. Aber die Krankheit, nämlich die exzessive Befangenheit, rührt von der Unfähigkeit her, jemals die Trennung zwischen Zusehendem und Gesehenem zu überwinden, von der Unfähigkeit, sich jemals auf ein Tun einzulassen und im gleichen Moment zu vergessen, daß man sich darauf eingelassen hat. Es ist wie mit dem Mann in der Karikatur, der frohgemut über den Rand eines Abgrunds läuft und erst in dem Augenblick fällt, in dem ihm bewußt wird, daß er keinen Boden mehr unter den Füßen hat – dann erst stürzt er in seinen Tod. Wie glücklich wirkt der Spontane neben dem Befangenen – frei, wie er ist, von dem Zwang, sich in Subjekt und Objekt zu spalten, und von dem Gefühl, daß da ständig ein Spiegel oder ein drittes Auge lauert und in Frage stellt, bewertet oder auch nur beobachtet, was das zentrale Ich (das in diesem Moment Chloes Ohrläppchen küßt) gerade tut.

13 Oder denken wir an die Geschichte von der frommen Jungfrau im vorigen Jahrhundert, die am Tage ihrer Hochzeit von ihrer Mutter beiseite genommen und gewarnt wird: »*Heute nacht wird dir dein Mann so vorkommen, als wäre er verrückt geworden, aber morgen früh wirst du sehen, daß er wieder ganz bei sich ist.*« Hat der Verstand nicht gerade deshalb etwas Kränkendes, weil er die Verweigerung der notwendigen Verrücktheit symbolisiert, weil man mit ihm einen kühlen Kopf behält, während andere aus der Puste geraten?

14 Im Verlauf dessen, was Masters und Johnson eine Plateauphase genannt haben, blickte Chloe zu mir auf und fragte:
»Was denkst du, Sokrates?«
»Nichts«, antwortete ich.
»Quatsch, ich sehe es doch an deinen Augen. Worüber lächelst du?«
»Ich sage dir doch, nichts, oder, anders ausgedrückt, tausend Dinge gleichzeitig, an dich, den Abend, wie wir hier gelandet sind, wie seltsam und doch wie angenehm es sich anfühlt.«
»Seltsam?«
»Ich weiß nicht, ja, seltsam, ich nehme an, ich bin in manchen Sachen befangen wie ein Kind.«
Chloe lächelte.
»Was ist daran so komisch?«
»Dreh dich eine Sekunde um.«
»Warum?«
»Dreh dich nur um.«
An der einen Wand des Zimmers hing, über einer Kommode und in einem solchen Winkel angebracht, daß er in Chloes Blickfeld gewesen sein mußte, ein großer Spiegel, der unsere beiden nebeneinander liegenden, mit dem Bettzeug ver-

schlungenen Körper zeigte. Hatte Chloe uns die ganze Zeit zugesehen?

»Tut mir leid, ich hätte es dir sagen sollen, aber ich mochte dich einfach nicht fragen, gleich am ersten Abend, du wärst vielleicht schockiert gewesen. Aber sieh mal hinein, es verdoppelt die Lust.«

15 Chloe zog mich zu sich herunter, spreizte die Beine, und wir nahmen unsere sanft schaukelnden Bewegungen wieder auf. Ich sah hinüber zur Seitenwand des Zimmers und erblickte in dem Spiegel zwei Menschen, die von Laken umschlungen auf einem Bett lagen, einander in den Armen hielten und sich liebten. Es dauerte einen winzigen Moment, bis ich das Bild im Spiegel als ein Spiegelbild von Chloe und mir erkannte. Im ersten Augenblick lag eine Diskrepanz zwischen dem Spiegel und der Wirklichkeit unseres Tuns, zwischen dem Betrachter und den Betrachteten, doch in diesem Fall war es ein erfreulicher Unterschied, nicht die verkrüppelnde Distanz zwischen Subjekt und Objekt, wie sie Befangenheit manchmal mit sich brachte. Der Spiegel objektivierte sozusagen, was Chloe und ich taten, und er vermittelte mir im folgenden das erregende Gefühl, beides zu sein, Schauspieler und Zuschauer bei unserem Liebesakt. Der Verstand kollaborierte mit dem Körper, erregt vom Komponieren des erotischen Bildes eines Mannes (mit den Beinen seiner Partnerin jetzt auf seinen Schultern), der eine Frau liebte.

16 Der Geist kann den Körper nie verlassen, und es ihm nahezulegen wäre naiv. Denn denken bedeutet nicht immer, nur zu urteilen (oder nicht zu fühlen); es heißt, die eigene Sphäre zu verlassen, *aneinander zu denken*, sich einzu-

fühlen, sich dorthin zu begeben, wo der eigene Körper nicht ist, des anderen Körper zu werden, beider Körper Lust zu spüren und auf beider Puls zu reagieren, mit ihnen und für sie den Höhepunkt zu erreichen. Ohne den Verstand kann der Körper nur an sich selbst und seine eigene Lust denken, kann es folglich keine Gleichzeitigkeit oder Suche nach des anderen erogenen Pfaden geben. Was man nicht selbst fühlen kann, muß man denken. Es ist der Verstand, der Übereinstimmung herbeiführt und das Pulsieren reguliert. Erlaubte man dem Körper, seinen eigenen Weg zu gehen, wäre am Ende nur Verrücktheit auf der einen Seite und eine erschreckte fromme Jungfrau auf der anderen.

17 Während es so schien, als folgten Chloe und ich lediglich unserem Begehren, war da ein komplizierter Prozeß von Regulierung und Anpassung im Spiel. Man hätte die Diskrepanz zwischen den technischen und den rationalen Bemühungen, Gleichzeitigkeit zu erreichen und die physische Selbstaufgabe, wie sie der Orgasmus verkörpert, belächeln können, allerdings nur aus der modernen Perspektive, daß Sex lediglich eine Angelegenheit für den Körper sein sollte – und daher für die Natur.

18 Ein Widerspruch trübt die Idee des Natürlichen, denn der Mythos Natur kam (wie Hegels Eule der Minerva) erst auf, als sie nicht mehr existierte. Er verkörperte Sehnsucht nach Ursprünglichkeit und sublimierte Trauer um verlorene Energie. In einer unspontanen Welt, die von Spontaneität besessen ist, rufen die Sexologen vergebens nach dem Orgasmus, um die Verbindung der Menschheit zu einer heute desodorierten Wildnis aufs neue zu bekräftigen, doch sind sie nicht imstande, ihn anders

herbeizuführen als durch eine gehemmte, bürokratische Syntax. (*The Joy of Sex**, ein dauerhaftes Dokument faschistischer Lust, rät seinen Lesern nüchtern und mit einigem grammatikalischen Brio:

> Die beste Methode ist wahrscheinlich das Auflegen der flachen Hand auf die Vulva, mit dem Mittelfinger, dessen Spitze sich in der Vagina ein und aus bewegt, zwischen den Schamlippen, während der Handballen knapp über dem Schambein kräftig aufgedrückt wird.)

19 Das rhythmische Tempo, das Chloe und ich angeschlagen hatten, sollte bald zum Höhepunkt führen. Üppige Feuchtigkeit machte unsere Lenden geschmeidig, unser Haar war naß von Schweiß, wir sahen einander voll Hingabe an, Geist und Körper hier und jetzt vereint, wie sie es sein würden in jenem anderen Tod (wo prüde Geister anderer Art lange die Scheidung von Körper und Geist gesucht haben). Es würde ein Raum sein jenseits aller erinnerten Zeit, komprimiert und doch expansiv, kaleidoskopisch, polymorph, überaus sterblich, der Zerfall aller Syntax und aller Gesetze, das Korsett der Sprache geborsten unter Schreien jenseits aller Bedeutung, jenseits von Politik, jenseits aller Tabus, tief hinein in das Reich fließenden Vergessens.

* Alex Comfort: *Joy of Sex. Freude am Sex.* Berlin 1985

KAPITEL SECHS

❦ *Marxismus* ❦

1 Wenn wir ein Wesen (einen Engel) ansehen und uns, ganz erfüllt von unerwiderter Liebe, ausmalen, welche Freuden es uns bereitete, wären wir im siebten Himmel mit ihm, sind wir geneigt, eine nicht zu unterschätzende Gefahr zu übersehen – nämlich wie bald die Anziehung verblassen kann, falls unsere Liebe eines Tages erwidert wird. Wir verlieben uns, weil wir uns danach sehnen, uns selbst zu entfliehen, mit einem Menschen, der so schön, intelligent und witzig ist, wie wir häßlich, dumm und langweilig sind. Doch was, wenn ein so vollkommenes Wesen eines Tages seinen Sinn ändert und beschließt, unsere Liebe zu erwidern? Wir können nur einigermaßen schockiert sein: Wie kann eine Person so wunderbar sein, wie wir uns erhofft hatten, wenn sie den schlechten Geschmack besitzt, jemanden wie uns gelten zu lassen? Wenn wir, um lieben zu können, glauben müssen, daß der geliebte Mensch uns in irgendeiner Weise überlegen ist, erhebt sich dann nicht ein grausames Paradox, wenn er die Liebe erwidert? Wir fühlen uns veranlaßt, uns zu fragen: *»Wenn sie/er wirklich so wunderbar ist, wie ist es dann möglich, daß sie/er jemanden wie mich lieben kann?«*

2 Es gibt kein reicheres Feld für Erforscher der Psychologie des Menschen als den Morgen danach. Doch Chloe hatte andere Prioritäten, als sie aus dem Schlaf taumelte: sie war nebenan ins Bad gegangen, um sich die Haare zu waschen, und ich erwachte von dem Geräusch des gegen die

Kacheln prasselnden Wassers. Ich blieb im Bett, hüllte mich ein in die Form und den Geruch, den ihr Körper unter der Decke hinterlassen hatten. Es war Samstag morgen, und die ersten Strahlen der Dezembersonne drangen durch die Vorhänge. Ich sah mich heimlich im Zimmer um, der Liebhaber als Voyeur, der Liebhaber als der Anthropologe der Geliebten, bezaubert von jeder ihrer kulturellen Manifestationen. Welch ein Privileg, zusammengerollt in ihrem Allerheiligsten zu liegen, in ihrem Bett, unter ihrer Decke, und die Gegenstände zu betrachten, die Teil ihres täglichen Lebens waren, die Wände, zwischen denen sie jeden Morgen erwachte, ihren Wecker, eine Schachtel Aspirin, ihre Uhr und ihre Ohrringe auf dem Nachttisch. Liebe äußerte sich als Anteilnahme, als Bezaubertsein von allem, was Chloe gehörte, von den materiellen Zeichen eines Lebens, das ich erst noch entdecken mußte, das jedoch unendlich reich schien, voll der Wunder, in die sich das Alltägliche unter den Händen des Außergewöhnlichen verwandelt. Ich sah ein hellgelbes Radio in der einen Ecke, ein Druck von Matisse lehnte an einem Stuhl, ihre Kleider vom Abend zuvor hingen in dem Wandschrank neben dem Spiegel. Auf der Kommode lag ein Stapel Taschenbücher; neben ihrer Handtasche und ihrem Schlüsselbund standen eine Flasche Mineralwasser und Guppy, der Elefant. Durch eine Art Übertragung verliebte ich mich in alles, was ihr gehörte, es schien mir alles so vollkommen, so geschmackvoll, so anders als alles, was man normalerweise in Geschäften kaufen konnte (obwohl ich das gleiche Radio kürzlich in der Oxford Street gesehen hatte). Die Objekte wurden fetischisiert, gleichermaßen Verschiebungssymbol und erotischer Ersatz für meine haarewaschende Meerfrau nebenan.

3 »Hast du meine Unterwäsche anprobiert?« fragte Chloe einen Moment später, als sie, in eine flauschige weiße Robe gehüllt und mit einem Handtuch um den Kopf, aus dem Badezimmer kam. »Was hast du die ganze Zeit gemacht? Jetzt mußt du aber aufstehen, ich muß das Bett machen.«
Ich räkelte mich, stöhnte, ooohte und aaahte.
»Ich gehe schon mal und bereite uns ein kleines Frühstück vor. Du kannst inzwischen unter die Dusche gehen. Frische Handtücher findest du im Schrank. Und wie wär's mit einem Kuß?«

4 Das Badezimmer war eine weitere Wunderkammer, voller Tiegel, Lotions, Cremes, Parfums, der Schrein ihres Leibes – mein Besuch eine wasserreiche Pilgerreise. Ich wusch mir die Haare, sang wie eine Hyäne unter der Kaskade, trocknete mich ab und benutzte eine neue Zahnbürste, die Chloe mir gegeben hatte. Als ich gut eine Viertelstunde später wieder ins Schlafzimmer kam, war sie nicht mehr da, aber das Bett war gemacht, das Zimmer aufgeräumt und die Vorhänge aufgezogen.

5 Chloe hatte nicht einfach nur Toast gemacht, sie hatte ein Frühstücksfest vorbereitet: ein Körbchen mit Croissants, ein Krug mit Orangensaft, eine Kanne mit frischem Kaffee, Eier und Toast, und eine riesige Schale mit gelben und roten Blumen in der Mitte des Tisches.

6 »Das ist ja phantastisch!« sagte ich. »Das hast du alles vorbereitet in der Zeit, in der ich geduscht und mich angezogen habe?«
»Ja, weil ich nicht so faul bin wie du. Komm, laß uns anfangen, ehe alles kalt wird.«

»Du bist so süß, daß du das alles gemacht hast.«

»Quatsch.«

»Nein, im Ernst. Ich kriege nicht jeden Tag ein fertiges Frühstück vorgesetzt«, sagte ich und legte die Arme um ihre Taille.

Sie drehte sich nicht nach mir um, nahm aber meine Hand in ihre Hände und drückte sie einen Moment.

»Bilde dir bloß nichts ein, ich habe das nicht für dich gemacht, ich frühstücke immer so am Wochenende.«

Ich wußte, daß sie log. Sie hielt sich etwas darauf zugute, daß sie sich über romantische Gefühle mokierte, unsentimental, nüchtern, stoisch war; doch im Grunde ihres Herzens war sie das genaue Gegenteil: idealistisch, verträumt, voller Hingabe und tief verbunden allem, was sie verbal gern als *flockig* abtat.

7 Im Verlauf eines wunderbaren, *flockigen* Frühstücks erkannte ich etwas, das vielleicht längst sonnenklar war, mich jedoch wie eine sowohl unerwartete als auch höchst komplizierte Entdeckung traf: daß Chloe angefangen hatte, für mich ein wenig von dem zu empfinden, was ich schon seit langem für sie empfunden hatte. Objektiv gesehen, war das kein so abwegiger Gedanke, aber als ich mich in sie verliebte, hatte ich die Möglichkeit, daß sie meine Gefühle erwiderte, irgendwie völlig außer acht gelassen. Es war mir nicht unbedingt unwillkommen; ich hatte es einfach nicht in Betracht gezogen. Ich hatte mehr damit gerechnet, der Liebende zu sein, als selber geliebt zu werden. Und wenn ich mich weitgehend auf das erstere konzentriert hatte, dann vielleicht deshalb, weil geliebt zu werden immer das Kompliziertere von beidem ist: Cupidos Pfeil ist leichter abzuschießen als zu empfangen, Liebe ist leichter zu geben als zu nehmen.

8 Es war diese Schwierigkeit des Empfangens, die mir beim Frühstück plötzlich aufging, denn obwohl die Croissants nicht französischer und der Kaffee nicht aromatischer hätten sein können – irgend etwas an der Aufmerksamkeit und Zuneigung, die sie symbolisierten, störte mich. Chloe hatte mir in der vergangenen Nacht ihren Körper geöffnet, und am Morgen hatte sie mir ihre Küche geöffnet, doch jetzt konnte ich mich eines gewissen Unbehagens nicht erwehren (das vielleicht sogar an Gereiztheit grenzte); es lief auf den gedämpften Gedanken hinaus: *»Womit habe ich das verdient?«*

9 Wenige Dinge können zugleich so beschwingend und so erschreckend sein wie die Erkenntnis, daß man der Gegenstand der Liebe eines anderen Menschen ist. Denn wenn man nicht ganz und gar überzeugt ist, liebenswert zu sein, dann ist das Empfangen von Zuneigung ein bißchen so, wie wenn einem eine große Ehre zuteil wird, ohne daß man recht wüßte, womit man sie verdient hat. Wie sehr ich selbst auch immer in Chloe verliebt war, ihre Aufmerksamkeiten erwiesen sich als etwas enervierend. Für manche Menschen sind solche Demonstrationen nur die Bestätigung dessen, was sie immer schon vermutet haben – daß sie von Natur aus liebenswert sind. Andere, denen es an dem Glauben, liebenswert zu sein, gebricht, sind nicht ganz so leicht zu überzeugen. Liebende, die das Pech haben, einem solchen Typus Frühstück zu machen, müssen sich auf Beschimpfungen gefaßt machen, wie sie nur falschen Schmeichlern gebühren.

10 Das, worum es bei Streitigkeiten geht, ist nie so wichtig wie das Unbehagen, für das sie als Entschuldigung herhalten müssen. Unser Streit begann über Erdbeermarmelade.

»Hast du Erdbeermarmelade?« fragte ich Chloe und blickte suchend auf dem Tisch herum.

»Nein, aber hier ist Himbeermarmelade. Macht es dir was aus …?«

»In gewisser Weise schon …«

»Gut, es gibt auch Brombeermarmelade.«

»Ich hasse Brombeermarmelade! Magst du etwa Brombeermarmelade?«

»Ja, warum nicht?«

»Schrecklich! Dann gibt es also keine anständige Marmelade?«

»So würde ich es nicht unbedingt sagen. Es stehen fünf Gläser Marmelade auf dem Tisch. Das einzige ist, daß ich keine Erdbeermarmelade habe.«

»Ich verstehe.«

»Warum machst du so eine große Sache daraus?«

»Weil ich es hasse, ohne anständige Marmelade zu frühstücken.«

»Aber es gibt anständige Marmelade, nur nicht die, die du magst.«

»Ist es weit bis zum nächsten Laden?«

»Wieso?«

»Ich gehe schnell und besorge welche.«

»Um Gottes willen, wir haben uns gerade hingesetzt. Alles wird kalt, wenn du jetzt gehst.«

»Ich gehe trotzdem.«

»Aber warum, wenn doch alles kalt wird?«

»Weil ich Marmelade brauche. Darum.«

»Was ist denn in dich gefahren?«

»Nichts, wieso?«

»Du benimmst dich lächerlich.«

»Nein, tue ich nicht.«

»Tust du doch.«

»Ich brauche einfach Marmelade.«

»Warum benimmst du dich so unmöglich? Da habe ich das ganze Frühstück gemacht, und dir fällt nichts anderes ein, als ein großes Getue um ein Glas Marmelade zu machen. Wenn du unbedingt deine Marmelade willst, dann hau doch ab und frühstücke mit jemand anders.«

11 Es entstand ein Schweigen, Chloes Augen schimmerten feucht, dann plötzlich stand sie auf, ging ins Schlafzimmer und knallte die Tür hinter sich zu. Ich blieb am Tisch sitzen, horchte auf das, was vielleicht Weinen war, und fühlte mich wie der Idiot, der ich war – die Frau aus der Fassung zu bringen, die ich angeblich liebte.

12 Unerwiderte Liebe mag schmerzhaft sein, aber sie ist schmerzhaft auf ungefährliche Art, weil sie niemandem schadet außer einem selbst. Ihr heimlicher Schmerz ist ebenso bitter-süß, wie er selbsterzeugt ist. Aber sobald Liebe erwidert wird, muß man darauf gefaßt sein, daß man die Passivität des schlichten Verletzt*werdens* aufgibt, und muß die Verantwortung dafür übernehmen, daß man selbst jemanden verletzt.

13 Verantwortung aber kann die schwerste Last sein. Der Widerwille, den ich gegen mich selbst empfand, weil ich Chloe verletzt hatte, war im Augenblick gegen sie gerichtet. Ich haßte sie für all die Mühe, die sie sich meinetwegen gemacht hatte, für ihre Schwäche, an mich zu glauben, für ihren schlechten Geschmack, den sie bewies, indem sie duldete, daß ich sie aus der Fassung brachte. Es erschien mir plötzlich übertrieben sentimental, geradezu pathetisch, daß

sie mir die Zahnbürste gegeben, mir Frühstück gemacht hatte und im Schlafzimmer angefangen hatte zu weinen wie ein Kind. Ich haßte diese Empfindsamkeit, die sie mir und meinen Stimmungen gegenüber an den Tag gelegt hatte, und mich überkam der Drang, sie für diese Schwäche zu bestrafen.

14 Was hatte mich in ein solches Monster verwandelt? Die Tatsache, daß ich schon immer etwas von einem Marxisten gehabt hatte.

15 Es gibt von dem Marx, der lachte, diesen alten Witz darüber, daß er sich nicht herablassen würde, einem Club anzugehören, der jemanden wie ihn als Mitglied aufnähme – eine Wahrheit, die in der Liebe ebenso gilt, wie wenn es um eine Clubgemeinschaft geht. Wir lachen über die marxistische Haltung wegen ihres absurden Widerspruchs:

> Wie ist es möglich, daß ich beides wünsche, einem Club beizutreten und doch diesen Wunsch aufzugeben, sobald er in Erfüllung geht?
> Wie kam es, daß ich, der ich mir doch wünschte, daß Chloe mich liebte, irritiert war, als sie es tat?

16 Vielleicht liegen die Ursprünge einer bestimmten Art von Liebe in dem Impuls, durch eine Allianz mit dem Schönen und Mächtigen – Gott, dem Club, ihr/ihm – uns selbst und unserer Schwachheit zu entfliehen. Aber wenn die geliebte Person uns wiederliebt (wenn Gott unser Gebet erhört, wenn der Mitgliedsausweis ausgestellt wird), werden wir gezwungen, zu uns selbst zurückzukehren, und werden folglich wieder an die Dinge erinnert, die uns vor allem an-

deren in die Liebe getrieben haben. Vielleicht war es am Ende gar nicht Liebe, was wir wollten; vielleicht suchten wir lediglich jemanden, an den wir glauben konnten, aber wie können wir weiterhin an das geliebte Wesen glauben, jetzt da es an uns glaubt?

17 Ich fragte mich, wie Chloe mit gutem Gewissen auch nur zu denken vermochte, sie könne ihr Gefühlsleben um einen Schuft wie mich konzentrieren. Wenn sie ein bißchen verliebt schien – lag das nicht einfach nur daran, daß sie mich mißverstanden hatte? Es war die klassische marxistische Denkweise: Liebe wird begehrt, kann aber unmöglich angenommen werden, aus Furcht vor der Enttäuschung, die folgen muß, wenn das wahre Ich offenbart wird – eine Enttäuschung, die normalerweise schon einmal eingetreten ist (vielleicht seitens des Vaters oder der Mutter), jetzt aber auf die Zukunft projiziert wird. Marxisten finden das Innerste ihres Wesens so abgrundtief unannehmbar, daß sie meinen, Intimität müsse sie notwendigerweise als Scharlatane entlarven. Warum also das Geschenk der Liebe annehmen, wenn man mit Sicherheit weiß, daß es einem gleich wieder weggenommen wird? *Wenn du mich jetzt liebst, dann nur, weil du nicht mein ganzes Ich siehst*, denkt der Marxist, *und wenn du nicht mein ganzes Ich siehst, müßte ich ja verrückt sein, mich immer mehr an deine Liebe zu gewöhnen bis zu dem Augenblick, da du mich so siehst, wie ich wirklich bin.*

18 Ein orthodoxes marxistisches Bündnis wird sich aus solchen Gründen auf einen ungleichen Austausch von Zuneigung gründen – und davon abhängig sein. Obwohl sie sich aus unerwiderter Liebe heraus danach sehnen, daß ihre Liebe erwidert wird, würden Marxisten es unbewußt im-

mer vorziehen, daß ihre Träume im Reich der Phantasie verbleiben. Sie würden es vorziehen, daß ihre Liebe nicht mehr als gerade nur anerkannt wird, daß ihre Partner sie nicht allzu oft anrufen oder den Anstand besitzen, die meiste Zeit emotional nicht zur Verfügung zu stehen – eine Situation, die ihrem Selbstwertgefühl entspricht: *Warum sollten andere besser von mir denken, als ich von mir selbst denke?* Sollte die geliebte Person durch irgendeinen Zufall positiv über sie denken (und mit ihnen schlafen, sie anlächeln und ihnen Frühstück machen), dann kann es sein, daß der Marxist im ersten Impuls die Idylle gern zerschlagen würde, *nicht weil sie unwillkommen wäre, sondern weil er findet, daß sie unverdient ist.* Nur solange die geliebte Person glaubt, der Marxist sei mehr oder weniger nichts, kann der Marxist an seinem Glauben festhalten, daß das geliebte Wesen mehr oder weniger alles ist. Denn käme das geliebte Wesen auf den Gedanken, ihn zu lieben, würde es eben seine Vollkommenheiten durch eine unglückselige Verbindung mit einem Schurken beschmutzen. Wenn Chloe bei mir an Wertschätzung verloren hatte, weil sie mit mir geschlafen hatte und nett zu mir gewesen war, lag das dann nicht vielleicht daran, daß sie sich eine *Ich-Infektion zugezogen* hatte, infiziert war durch gefährliche Nähe zu einem Marxisten?

19 Ich hatte oft Marxismus bei anderen erlebt. Mit sechzehn war ich eine Zeitlang in ein fünfzehnjähriges Mädchen verliebt: sie war sowohl Kapitän der Volleyball-Mannschaft ihrer Schule und sehr schön als auch überzeugte Marxistin.

»Wenn ein Mann sagt, er ruft mich um neun an«, sagte sie eines Tages in der Schulcafeteria bei einem Glas Orangensaft, zu dem ich sie eingeladen hatte, »und er ruft tatsächlich um neun Uhr an, dann weigere ich mich, den Anruf anzunehmen. Was soll's – warum bemüht er sich so verzweifelt? Der einzige Typ, den ich mag, ist der, der mich warten läßt. Um neun Uhr dreißig werde ich bereit sein, alles für ihn zu tun.«

Ich muß damals schon ein intuitives Gespür für ihren Marxismus gehabt haben; jedenfalls erinnere ich mich an Bemühungen, uninteressiert zu erscheinen an allem, was sie sagte oder tat. Die Belohnung kam ein paar Wochen später mit unserem ersten Kuß, aber obwohl sie ohne jeden Zweifel schön war (und in Liebeskünsten ebenso erfahren wie in Volleyball), hielt die Beziehung nicht lange. Ich fand es einfach zu anstrengend, sie mit Absicht immer zu spät anzurufen.

20 Ein anderes Mädchen, mit dem ich ein paar Jahre später ging, glaubte (wie ein guter Marxist), Männer müßten sie in irgendeiner Weise herausfordern, wenn sie sich ihre Liebe verdienen wollten. Eines Morgens, als wir zu einem Spaziergang im Park verabredet waren, hatte ich einen alten und besonders abstoßenden stahlblauen Pullover angezogen.

»Also, das sage ich dir, so, wie du damit aussiehst, gehe ich nicht mit dir in den Park«, rief Sophie, als sie mich die Treppe herunterkommen sah. »Du tickst nicht richtig, wenn du dir einbildest, ich ließe mich mit jemandem sehen, der so einen Jumper anhat.«

»Sophie, was macht es aus, was ich anhabe? Wir gehen doch nur in den Park«, erwiderte ich halb fürchtend, sie meine, was sie gesagt hatte, vielleicht im Ernst.

»Es ist mir egal, wo wir hingehen. Ich sage dir nur, ich gehe nicht mit dir in den Park, wenn du dich nicht umziehst.«

Aber nun wurde ich störrisch. Ich weigerte mich, Sophie

nachzugeben, und ich verteidigte den stahlblauen Pullover mit solchem Nachdruck, daß wir ein Weilchen später auf die Royal Hospital Gardens zuschritten, das kränkende Kleidungsstück immer noch an seinem Platz.

Als wir das Parktor erreichten, brach Sophie, die bis dahin in mildem Schmollen verharrt hatte, plötzlich das Schweigen, ergriff meinen Arm, gab mir einen Kuß und sagte in Worten, die uns vielleicht mit der Essenz des Marxismus vertraut machen: »Ärgere dich nicht, ich bin nicht wütend auf dich. Ich bin froh, daß du das alte Horrording anbehalten hast – *ich hätte gedacht, daß du zu schwach bist, wenn du getan hättest, was ich dir gesagt habe.*«

21 Der Schrei des Marxisten ist also ein einziger Widersinn: »*Fordere mich heraus, und ich werde dich lieben; rufe mich nicht pünktlich an, und ich werde dich küssen; schlaf nicht mit mir, und ich werde dich anbeten.*« In der Sprache seiner Gartenzwergversion ausgedrückt, ist Marxismus der Komplex, der beinhaltet, daß man das Gras jenseits der Mauer immer für grüner hält. Einsam und allein in unserem Garten, starren wir begehrlich auf den grünen Rasen des Nachbarn (oder auf Chloes schöne Augen oder darauf, wie sie sich das Haar kämmte). Das Problem ist nicht, daß der Rasen des Nachbarn tatsächlich grüner oder saftiger wäre als unserer (daß Chloes Augen unbedingt hübscher wären als die der nächstbesten Person oder daß die gleiche Bürste aus derselben Drogerie nicht das gleiche auch an eines anderen Menschen Haar bewirken könnte). Was das Gras grüner und begehrenswerter macht, ist der Umstand, daß es nicht unseres ist, daß es dem Nachbarn gehört, daß es nicht von der *Ich-Infektion* befallen ist.

22 Was aber, wenn der Nachbar sich nun plötzlich in uns verliebte und bei der Baubehörde die Genehmigung beantragte, die Mauer zwischen den beiden Gärten einzureißen? Wäre das nicht eine Bedrohung für unseren Pflanzenfresserneid? Würde dann nicht der Rasen des Nachbarn seinen Reiz verlieren und am Ende so welk und verwahrlost aussehen wie unser eigener? Waren wir vielleicht auf der Suche nicht unbedingt nach grünerem Gras, sondern nach Gras, das wir hätten bewundern können (einerlei in welchem Zustand es sich befand), *weil es nicht unser eigenes war?*

23 Von jemandem geliebt zu werden heißt, zu erkennen, wie sehr der andere die gleichen Abhängigkeitsbedürfnisse teilt, deren Entschiedenheit uns an erster Stelle zu ihm hinzog. Wir würden nicht lieben, litten wir nicht unter einem Mangel, doch paradoxerweise stört uns ein ähnlicher Mangel beim anderen. In der Erwartung, eine Antwort zu finden, entdecken wir nur das Duplikat unseres eigenen Problems. Wir erkennen, wie sehr auch die anderen darauf angewiesen sind, ein Idol zu finden, wir sehen, daß der geliebten Person unser Gefühl der Hilflosigkeit nicht entgeht, und sind daher gezwungen, die kindische Passivität aufzugeben, mit der wir uns hinter göttlicher Bewunderung und Verehrung verstecken, und statt dessen die Verantwortung auf uns zu nehmen, zu der beides gehört: tragen und getragen werden.

24 Albert Camus meinte, wir verliebten uns, weil das Leben der anderen, von außen gesehen, ein Ganzes bilde, ein sowohl physisches als auch emotionales Beieinandersein, während unser eigenes, das wir von innen sehen, verzettelt scheine. In Ermangelung einer zusammenhängen-

den eigenen Geschichte, einer stabilen Persönlichkeit, einer klaren Richtung, einer thematischen Einheit halluzinieren wir solche Eigenschaften in den anderen hinein. War davon nicht auch etwas in meiner Beziehung zu Chloe? Nämlich daß sie, von außen betrachtet (*vor* dem epidermalen Kontakt), wunderbar beherrscht wirkte, im Besitz eines klaren und beständigen Charakters (siehe Abbildung 6.1), während sie mir postcoital als verletzlich erschien, kollapsgefährdet, verzettelt, bedürftig? War dies nicht ein Fall von einem Nietzscheanischen Ich, der reinen Summe seiner Handlungen, fasziniert und sexuell angezogen von der Idee von Bishop Butlers »essentiellem« Ich? Daher auch das Echo von Bob Dylans berühmtem *»Don't fall apart on me (tonight)«*, nachdem die Tränen geflossen waren.

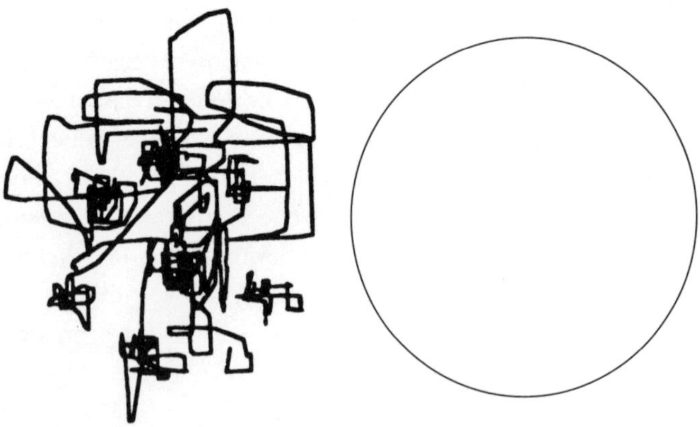

Subjektives Chaos *Chloes imaginierte Ganzheit*

Abbildung 6.1

25 Die begehrte Person muß also für den Marxisten die richtige Balance in einem Bereich erlangen, wo Unausgewogenheit die Norm scheint: die Balance zwischen exzessiver Verletzlichkeit und cxzessiver Unabhängigkeit. Chloes Tränen hatten mich erschreckt, weil sie zugleich als unbewußte Erinnerung an meine eigene Empfindsamkeit ihr gegenüber gewirkt hatten. Ich hatte bei ihr eine Abhängigkeit verurteilt, die ich bei mir selbst fürchtete. Doch wie immer die Schwierigkeiten mit der Verletzlichkeit beschaffen waren, ich wußte, daß Unabhängigkeit ein ebenso großes Problem sein konnte: Ich hatte Frauen erlebt, deren hochmütige Kälte das Bedürfnis nach einem Liebhaber nahezu leugnete. Chloe hatte eine schwierige Aufgabe: nicht so verletzlich zu sein, daß sie meine Unabhängigkeit gefährdete, aber auch nicht so unabhängig, daß sie meine Verletzlichkeit negierte.

26 Es gibt eine lange und düstere Tradition im westlichen Denken, derzufolge Liebe letztlich nur als eine unerwiderte, bewundernde marxistische Übung vorstellbar ist, bei der das Begehren gerade angesichts der Unmöglichkeit gedeiht, jemals zu erleben, daß die Liebe erwidert wird. Dieser Ansicht nach ist Liebe einfach nur eine Richtung, nicht ein Ort, und brennt aus, wenn sie ihr Ziel erreicht: der Besitz (im Bett oder auch anders) der geliebten Person. Die gesamte Troubadour-Dichtung des 12. Jahrhunderts in der Provence gründet sich auf das Hinausschieben des Coitus: Immer wieder singt der Dichter seine Klagen einer Frau vor, die das Werben des verzweifelten Mannes immer wieder ablehnt. Vier Jahrhunderte später hatte Montaigne offenbar die gleiche Vorstellung davon, was Liebe wachsen läßt, als er erklärte: »In der Liebe herrscht nichts als ein wildes Begeh-

ren dessen, was uns flieht« – eine Ansicht, die in einer Maxime von Anatole France ihr Echo findet: »Es ist nicht üblich, zu lieben, was man hat.« Stendhal glaubte, Liebe erwachse einzig und allein aus der Furcht, den geliebten Menschen zu verlieren; Denis de Rougemont argumentierte: »Das ernsteste Hindernis ist das, welches über alles bevorzugt wird. Es ist die geeignetste Methode, Leidenschaft zu verstärken.« Und Roland Barthes begrenzte das Begehren auf eine Sehnsucht nach dem, was per definitionem unerreichbar sei.

27 Dieser Ansicht nach können Liebende gar nichts anderes tun, als hin und her zu schwanken zwischen den Zwillingspolen des *Sich-Sehnens nach* und des *Ärgers über*. Die Liebe kennt keinen Mittelgrund. Sie ist lediglich eine Richtung: was sie begehrt, kann sie, hat sie es einmal erobert, nicht mehr begehren. Die Liebe sollte daher bei ihrer Erfüllung verglühen, sich selbst verzehren; der Besitz des Begehrten löscht das Begehren. Da lag eine Gefahr, nämlich daß Chloe und ich in eine solche Falle tappen würden, in die marxistische Spirale, wo des einen zunehmende Liebe beim anderen zu einer beständig abnehmenden Liebe führte, bis alle Liebe ins Vergessen abgetrudelt wäre.

28 Eine glücklichere Lösung zeichnete sich ab. Mit Schuldgefühlen und schamrotem Gesicht kehrte ich von dem Frühstück nach Hause zurück, zerknirscht und bereit, alles zu tun, um Chloe wiederzugewinnen. Es war nicht leicht (beim ersten Mal legte sie den Hörer auf, dann fragte sie mich, ob ich es darauf anlegte, mich Frauen gegenüber, mit denen ich geschlafen hätte, wie ein mieser kleiner Vorstadt-Punk zu verhalten). Aber nach vielen Entschuldigungen, Schmähungen, Tränen und Gelächter konnte man Ro-

meo und Julia wieder zusammen sehen, wie sie sich im Dunkel, bei einer Vorstellung um vier Uhr dreißig von *Liebe und Tod* im National Film Theatre, *flockig* die Hände hielten. Ein Happy-End, fürs erste jedenfalls.

29 Es gibt in der Regel einen marxistischen Moment in den meisten Beziehungen (es ist der Moment, in dem sich deutlich zeigt, daß die Liebe erwidert wird), und wie jeder diese Krise für sich löst, hängt von dem Gleichgewicht zwischen Selbstliebe und Selbsthaß ab. Wenn Selbsthaß die Oberhand gewinnt, dann wird derjenige, der Liebe empfangen hat, unter irgendeinem Vorwand erklären, daß die geliebte Person nicht gut genug für ihn sei (nicht gut genug wegen ihrer Verbindung mit einem nicht guten Menschen). Wenn dagegen Selbstliebe die Oberhand gewinnt, mag es sein, daß beide Partner es akzeptieren, ihre Liebe erwidert zu sehen, und daß sie dies nicht als einen Beweis dafür betrachten, wie niedrig der Geliebte doch eigentlich ist, sondern als wie liebenswert sie selbst sich erwiesen haben.

KAPITEL SIEBEN

❦ *Falsche Töne* ❦

1 Lange bevor wir eine Chance gehabt haben, mit dem Menschen, den wir lieben, vertraut zu werden, sind wir vielleicht von dem seltsamen Gefühl erfüllt, daß wir ihn bereits kennen. Es ist, als wären wir ihm irgendwo schon einmal begegnet, in einem früheren Leben vielleicht oder in unseren Träumen. In Platons *Symposion* erklärt Aristophanes dieses Gefühl der Vertrautheit mit der Behauptung, daß das geliebte Wesen unsere lange verlorene »andere Hälfte« sei, mit deren Körper wir ursprünglich verwachsen gewesen sind. Im Anbeginn waren alle menschlichen Wesen Hermaphroditen mit doppelten Rücken und Hüften, vier Händen und ebenso vielen Beinen und zwei in entgegengesetzte Richtungen blickenden Gesichtern an ein und demselben Kopf. Diese Hermaphroditen waren von so gewaltiger Kraft und so hochmütig in ihrem Stolz, daß Zeus sich gezwungen sah, sie in zwei Hälften zu zerschneiden, eine männliche und eine weibliche Hälfte – und von diesem Tag an hat jeder Mann und hat jede Frau sich danach gesehnt, sich mit der Hälfte, von der er oder sie getrennt worden ist, wieder zu verbinden.

2 Chloe und ich verbrachten die Weihnachtstage getrennt, aber als wir im neuen Jahr nach London zurückkehrten, begannen wir jede freie Minute miteinander zu verbringen, meist einander in den Armen liegend, oft in des einen oder anderen Bett. Es war die typische Liebesge-

schichte für das urbane Leben im späten 20. Jahrhundert, eingebettet zwischen Bürostunden (mit dem Telefon als Nabelschnur, wenn das Warten zu unerträglich wurde), belebt von Bewegungen nach draußen wie Spaziergängen im Park, Streifzügen durch Buchhandlungen und Mahlzeiten in Restaurants. Diese ersten Wochen entsprachen in etwa dem Wiederentdecken der anderen Hälfte eines ursprünglich hermaphroditischen Körpers. Es bestand Übereinstimmung über so viele verschiedene Dinge, daß wir geradezu zwangsläufig zu dem Schluß kamen, wir müßten – ungeachtet des Fehlens eindeutiger Trennungsnarben – einst die zwei Teile ein und desselben Körpers gewesen sein.

3 Wenn Philosophen utopische Gesellschaften imaginieren, haben sie selten Schmelztöpfe für Unterschiedliches vor Augen; vielmehr gründen sich diese Gesellschaften auf Gleichgesinntheit und Einheit, auf Ähnlichkeit und Homogenität, eine Reihe gemeinsamer Ziele und Postulate. Gerade diese Übereinstimmung machte das Leben mit Chloe so anziehend: der Umstand, daß ich, nach endlosen unversöhnlichen Differenzen in Herzensangelegenheiten, endlich einen Menschen gefunden hatte, dessen Scherze ich ohne das Bedürfnis nach einem Wörterbuch kapierte, dessen Ansichten den meinen wunderbar nahe waren, dessen Zuneigungen und Haßgefühle mit meinen eigenen harmonierten und bei dem es oft geschah, daß ich sagte: »*Komisch, genau das wollte ich auch gerade sagen/denken/tun/dir erzählen . . .*«

4 Kritiker der Liebe haben sich mit Recht mißtrauisch über Fusionen geäußert, den Glauben, die Unterschiede zwischen Menschen ließen sich tilgen, so daß zwei zu einem verschmelzen könnten. Das Mißtrauen erwächst aus dem

Gefühl, daß es leichter ist, Ähnlichkeiten zu vermuten als Unterschiede (was vertraut ist, braucht nicht *erfunden* zu werden), und daß wir, solange uns nicht das Gegenteil bewiesen wird, immer eher das erfinden, was wir kennen, als das, was wir nicht kennen und fürchten. Wir gründen unsere Verliebtheit auf unzureichendes Material und ergänzen unsere Unkenntnis mit Begehren. Aber, wie die Kritiker darlegen, lehrt uns die Zeit, daß die Haut, die unsere Körper trennt, nicht nur eine physische Grenze ist, sondern tiefere psychologische Widersprüche repräsentiert, die zu transzendieren ein törichtes Unterfangen wäre.

5 Betrachtet man die Liebe mit reiferem Blick, verliebt man sich daher nicht auf den ersten Blick. Man fällt der Liebe nur dann anheim, wenn man weiß, wie tief die Wasser sind, in die man plumpst. Nur nach häufigem Austausch über ihre Vorgeschichte, über ihre Ansichten zu Politik, Kunst, Wissenschaft und darüber, was sie gern zu Abend essen, sollten zwei Menschen zu dem Schluß kommen, daß sie bereit sind, einander zu lieben: eine Entscheidung, die auf der Grundlage gegenseitigen Verstehens und bekräftigter, nicht nur eingebildeter Seelenverwandtschaft beruht. Betrachtet man die Liebe mit reiferem Blick, wird der Liebe nur dann, wenn man den Partner wirklich kennt, eine Chance zu wachsen gegeben. Und doch, in der perversen Realität der Liebe (Liebe, die eben eindeutig entsteht, *ehe* wir den anderen kennen) kann vermehrte Kenntnis ebenso eine Hürde wie ein Beweggrund sein – denn es kann unser Utopia in einen gefährlichen Konflikt mit der Realität bringen.

6 Ich datiere die Erkenntnis, daß Chloe trotz der vielen bezaubernden Ähnlichkeiten, die wir zwischen uns festgestellt hatten, vielleicht doch nicht die Person war, von der ein grausamer Hieb des Zeus mich abgetrennt hatte, auf einen bestimmten Moment irgendwann Mitte März, als sie mir ein Paar neue Schuhe vorführte. Es war vielleicht etwas pedantisch, daran ein solches Urteil festzumachen, aber Schuhe sind ein wichtiges Symbol für ästhetisches Empfinden und folglich, ins Psychologische ausgedehnt, für Verschiedenheit. Ich hatte schon oft die Beobachtung gemacht, daß bestimmte Bereiche und Bedeckungen des Körpers mehr über einen Menschen aussagen konnten als irgend etwas anderes; daß Schuhe mehr verrieten als Pullover, Daumen mehr als Ellbogen, Unterwäsche mehr als Überzieher, Fußgelenke mehr als Schultern.

7 Was stimmte nicht mit Chloes Schuhen? Objektiv gesprochen war nichts daran auszusetzen (andererseits – wann je verliebte man sich *objektiv*?). Sie hatte sie an einem Samstagmorgen in einem Laden in der King's Road gekauft, eigens für eine Party, zu der wir an diesem Abend eingeladen waren. Ich verstand durchaus, wie der Designer versucht hatte, den Eindruck von Schuhen mit hohen und niedrigen Absätzen zu verbinden: die Plateausohle stieg steil an zu einem Absatz von der Breite wie bei einem flachen Schuh, aber hoch wie ein Pfennigabsatz. Und dann der hoch gewölbte, leicht verschnörkelte Hals, dekoriert mit einer Schleife und Sternen und gesäumt von plumpem Samtband. Die Schuhe waren hochmodern, sie waren gut gearbeitet, sie waren in Ordnung – und waren doch genau die Art Schuhe, die ich nicht ausstehen konnte.

8 »Gefallen sie dir nicht?« fragte Chloe, rein rhetorisch und voller Aufregung über ihre Neuerwerbung. »Ich werde sie jeden Tag anziehen, findest du sie nicht umwerfend?«

Doch obwohl ich Chloe liebte – der Zauberstab, der ihre neuen Schuhe in Objekte des Begehrens hätte verwandeln können, verharrte ohnmächtig, weigerte sich, die übliche Alchimie zu vollziehen.

»Ich sage dir, ich hätte den ganzen Laden leerkaufen können. Sie haben so tolle Sachen dort. Du hättest die Stiefel sehen sollen, die sie hatten.«

Ich war entsetzt, als ich Chloe (mit der ich bis dahin in fast allem übereingestimmt hatte) über etwas in Verzückung geraten sah, was in meinen Augen bestenfalls ein äußerst unvorteilhaftes Paar Schuhe war. Meine Vorstellung von Chloe, meine Aristophanische *Gewißheit*, wer sie war, hatte diese spezielle Begeisterung nicht mit eingeschlossen. Verwirrt bei dem Gedanken daran, was Chloe wohl im Sinn gehabt hatte, als sie diese Schuhe kaufte, fragte ich mich: »Wie bringt sie das unter einen Hut, solche Schuhe zu mögen *und* mich?«

9 Chloes Schuhkauf war eine beunruhigende Erinnerung daran, daß sie ihr eigenes Leben hatte (jenseits aller Verschmelzungsphantasien), daß ihr Geschmack nicht in allem meiner war und daß die Kompatibilität zwischen uns, wie groß sie in bestimmten Dingen auch sein mochte, nicht ins Unendliche reichte. Er war auch eine Erinnerung daran, daß das Kennenlernen eines Menschen nicht immer die angenehme Prozedur ist, als die es der gesunde Menschenverstand hinstellt, denn ganz genau so, wie man köstliche Ähnlichkeiten entdecken mag, kann man dabei auch auf bedrohliche

Unterschiede stoßen. Während ich auf Chloes Schuhe niederstarrte, wurde ich mir des flüchtigen Wunsches bewußt, bestimmte Dinge an ihr *nicht* kennenzulernen, damit sie nicht das schöne Bild erschütterten, das ich mir, fast von dem Moment an, als ich sie das erste Mal ansah, in meiner Vorstellung geschaffen hatte.

10 Baudelaire schrieb ein Prosagedicht über einen Mann, der einen Tag lang mit einer Frau, von der er das Gefühl hat, daß er sie lieben könnte, in Paris umherspaziert. Da sie in so vielem übereinstimmen, ist er am Abend überzeugt davon, daß er die vollkommene Gefährtin gefunden hat, mit deren Seele sich seine eigene verbinden kann. Durstig begeben sie sich in ein prunkvolles neues Café an der Ecke eines Boulevards, wo der Mann eine verarmte Arbeiterfamilie daherkommen sieht; sie starren durch die dicke Tafelglasscheibe des Cafés auf die eleganten Gäste, die schimmernden weißen Wände, den goldenen Zierat. Die Augen jener armen Zuschauer sind voller Staunen angesichts der Zurschaustellung von Reichtum und Schönheit dort drinnen, sie erfüllen den Erzähler mit Mitleid und Scham angesichts seiner privilegierten Lebensumstände. Er wendet sich der Geliebten zu, in der Hoffnung, seine Gedanken in ihren Augen widergespiegelt zu sehen. Aber die Frau, mit deren Seele er sich schon verbinden wollte, keift, daß diese elenden Wichte mit ihren großen glotzenden Augen unerträglich seien, und sie bittet ihn, dem Besitzer des Cafés zu sagen, er möge sie sofort verscheuchen lassen. Gibt es nicht in jeder Liebesgeschichte diese Momente? Wo der suchende Blick nach Augen, die unsere Gedanken widerspiegeln, mit einer (tragikomischen) Meinungsverschiedenheit endet, sei es über den Klassenkampf oder über ein Paar Schuhe?

11 Vielleicht ist es wahr, daß wir uns am leichtesten in die Menschen verlieben, die sehr wenig von sich selbst erzählen – wenig über das hinaus, was wir von ihren Gesichtern ablesen oder aus ihren Stimmen heraushören können. In der Phantasie ist ein Mensch endlos – *liebenswert* – formbar. Wenn man zum Träumen aufgelegt ist, gibt es nichts, was so romantisch wäre wie die Liebesgeschichten, die man sich auf langen Eisenbahnreisen ausmalt, während man eine aus dem Fenster blickende, anziehende Person anstarrt – eine vollkommene Liebesgeschichte, die unterbrochen wird, wenn Troilus oder Cressida wieder in das Innere des Abteils blickt und mit ihrem Sitznachbarn ein langweiliges Gespräch anfängt oder sich unappetitlich in ein schmutziges Taschentuch schneuzt.

12 Die Bestürzung, die nähere Bekanntschaft mit dem geliebten Menschen mit sich bringen kann, ist ungefähr so, wie wenn man eine wunderbare Symphonie im Kopf komponiert und sie später in einem Konzertsaal von einem großen Orchester gespielt hört. Auch wenn es uns beeindruckt, so viele unserer Ideen durch die Aufführung bestätigt zu sehen, können wir nicht umhin, winzige Kleinigkeiten zu bemerken, die nicht ganz dem entsprechen, was wir eigentlich gewollt hatten. Spielt der eine Geiger nicht etwas unrein? Kam der Einsatz der Flöte nicht eine Spur zu spät? Sind die Schlaginstrumente nicht ein bißchen zu laut? Menschen, die wir lieben, sind zuerst so wunderbar wie die im eigenen Kopf komponierte Symphonie. Da gibt es keine widerstreitenden Vorlieben für Schuhe oder Bücher, so wie die ungespielte Symphonie frei von unreinen Geigentönen oder zu spät einsetzenden Flöten ist. Doch sobald das Werk der Phantasie in einem Konzertsaal gespielt wird, kommen die

engelgleichen Wesen, die durch unser Bewußtsein schweben, auf die Erde herab und enthüllen sich als materielle Wesen, die mit ihrer (oft unangenehmen) seelischen und physischen Geschichte beladen sind – wir erfahren, daß sie eine bestimmte Zahnpasta benutzen und sich auf eine bestimmte Art die Fußnägel schneiden, daß sie Beethoven Bach und den Kugelschreiber dem Füllfederhalter vorziehen.

13 Chloes Schuhgeschmack war nur einer von einer ganzen Anzahl falscher Töne, die ich in der frühen Phase unserer Beziehung entdeckte – der Phase des Übergangs (wenn man das so optimistisch sagen kann) zwischen innerer Phantasie und äußerer Wirklichkeit. Das tagtägliche Zusammenleben mit ihr war, als lebte ich mich in einem fremden Land ein, und machte mich anfällig für gelegentliche Xenophobie bei Abschieden von meinen eigenen Traditionen und meiner Vergangenheit. Es brachte eine geographische und kulturelle Verlagerung mit sich, die uns zwang, eine gefährliche Phase zwischen zwei Lebensgewohnheiten zu überbrücken – zwischen der des Alleinlebens und der des Zusammenlebens, eine Phase, in der (zum Beispiel) Chloes gelegentliche nächtliche Begeisterung für einen Nachtclub oder meine für einen Avantgarde-Film Gefahr liefen, den etablierten nachtschwärmerischen oder cineastischen Gewohnheiten des anderen zuwiderzulaufen.

14 Bedrohliche Differenzen sammelten sich nicht an den gewichtigeren Punkten (Nationalität, Geschlecht, Klasse, Beruf), sondern eher an den kleinen Berührungspunkten von Geschmack und Meinung. Warum beharrte Chloe darauf, die Spaghetti jene fatalen zusätzlichen Minuten weiterkochen zu lassen? Warum hing ich so

sehr an meiner gegenwärtigen Brille? Warum mußte sie jeden Morgen ihre Gymnastik im Schlafzimmer machen? Warum brauchte ich immer acht Stunden Schlaf? Warum hatte sie so selten Zeit für die Oper? Warum hatte ich nicht mehr Zeit für Joni Mitchell? Warum konnte sie Fisch und anderes Meeresgetier nicht ausstehen? Wie ließ sich mein Widerwille gegen Zimmerpflanzen und alle Art von Gartenarbeit erklären? Oder ihrer gegen Bootsfahrten? Wieso schätzte sie es, sich, was Gott betraf, alle Optionen offenzuhalten (*»zumindest bis zum ersten Krebs«)*? Warum dagegen war ich in dieser Beziehung so verschlossen?

15 Anthropologen sagen uns, daß die Gruppe immer vor dem Individuum kommt, daß man, um letzteres zu verstehen, ersteres kennenlernen muß, sei es Nation, Stamm, Clan oder Familie. Chloe hatte mit ihrer Familie nicht viel im Sinn, aber als ihre Eltern uns einluden, einen Sonntag mit ihnen in ihrem Haus bei Marlborough zu verbringen, bat ich sie, das Angebot anzunehmen. »Du wirst sehen, du wirst es furchtbar finden«, sagte sie. »Aber wenn du es wirklich willst – mir soll's recht sein. Jedenfalls wirst du verstehen, wovor ich mein Leben lang weggelaufen bin.«

16 Doch trotz ihrer Sehnsucht nach Autonomie: Wenn man Chloe in ihrem Elternhaus erlebte, konnte man sich bestimmte Seiten ihres Wesens besser erklären – und ebenso die Ursprünge mancher unserer Meinungsverschiedenheiten. Alles an Gnarled Oak Cottage war ein Zeichen dafür, daß Chloe in einer Welt für sich (nahezu einer Galaxie für sich) geboren worden war, und ich in einer völlig anderen. Das Wohnzimmer war mit imitierten Chippendale-Möbeln eingerichtet, der Teppich in einem gefleckten

rötlichen Braun gehalten, staubige Bücherschränke mit Bänden von Frances Trollope und Gemälde im Stil von George Stubbs bedeckten die Wände, drei sabbernde Hunde rannten zwischen Wohnzimmer und dem Garten hin und her, eine korpulente Grünpflanze stand zusammengesackt in der einen Ecke. Chloes Mutter trug einen dicken purpurroten Pullover mit Löchern darin, einen geblümten, ausgebeulten Rock, und ihr langes graues Haar war straff und kunstlos nach hinten gebürstet. Halb erwartete man, Strohhalme an ihr zu finden – eine Aura ländlicher Nonchalance, die dadurch verstärkt wurde, daß sie meinen Namen immer wieder vergaß (und durch ihre kreativen Versuche, mir einen anderen zu erfinden). Ich mußte an den Unterschied zwischen Chloes Mutter und der meinen denken, die gegensätzliche Art und Weise, wie diese beiden Frauen in die Welt eingeführt worden waren. Wie sehr Chloe auch vor allem davongelaufen war, in die große Stadt, um ihre eigenen Werte und Freunde zu finden – die Familie stellte doch immer noch eine gemeinsame genetische und historische Tradition dar, zu der sie gehörte. Ich bemerkte Überschneidungen zwischen den beiden Generationen: die Mutter bereitete Kartoffeln genauso zu, wie Chloe es tat; sie rieb ein wenig Knoblauch in die Butter und streute körniges Meersalz darüber, oder sie teilte die Begeisterung ihrer Tochter für Malerei oder ihre Vorliebe für Sonntagszeitungen. Der Vater war ein lebhafter Unruhegeist, und Chloe ging auch liebend gern spazieren, sie schleifte mich am Wochenende oft zu einer kurzen Tour nach Hampstead Heath mit und rühmte dort die Wohltaten frischer Luft, wie ihr Vater das einst getan haben mochte.

17 Es war alles so seltsam und neu. Das Haus, in dem Chloe aufgewachsen war, beschwor eine ganze Vergangenheit, von der ich nichts mitgekriegt hatte und die ich mit an Bord nehmen mußte, um Chloe zu verstehen. Die Mahlzeit wurde weitgehend über einem stürmischen Frage-Antwort-Match zwischen Chloe und ihren Eltern verbracht; es ging um verschiedene Aspekte der Familien-Folklore: Hatte die Versicherung Großvaters Krankenhausrechnungen bezahlt? War der Wassertank repariert? Hatte Carolyn noch nichts von dem Grundstücksmakler gehört? Stimmte es, daß Lucy in den Staaten studieren wollte? Hatte irgend jemand Tante Sarahs Roman gelesen? Wollte Henry wirklich Jemima heiraten? (Alle diese Gestalten, die lange vor mir in Chloes Leben eingetreten waren – und die womöglich, mit der Beharrlichkeit aller familiären Dinge, noch da sein würden, wenn ich längst nicht mehr da war.)

18 Es war faszinierend zu sehen, wie anders die Eltern Chloe wahrnahmen als ich. Während ich sie als gefällig und großzügig kennengelernt hatte, galt sie zu Hause als etwas herrschsüchtig und anspruchsvoll. Als Kind war sie eine kleine Autokratin gewesen, ihre Eltern hatten ihr deshalb den Spitznamen Miss Pompadosso gegeben, nach der Heldin eines Kinderbuchs. Während ich Chloe als vernünftig in Gelddingen und in ihren beruflichen Angelegenheiten kennengelernt hatte, bemerkte der Vater, seine Tochter habe überhaupt keine Ahnung, »wie die Dinge im wirklichen Leben funktionieren«, während ihre Mutter darüber scherzte, wie sie alle ihre Freunde drangsaliere, bis sie täten, was sie wolle. Ich sah mich gezwungen, meinem Verständnis von Chloe einen ganzen Abschnitt hinzuzufügen: über ihr Vorhandensein, ehe ich in ihr Leben eingetreten war, und

darüber, wie mein Bild von ihr mit jenem kollidierte, das die früheren Geschichten, die ihre Eltern erzählten, mir aufzwangen.

19 Am Nachmittag führte mich Chloe durchs Haus. Sie nahm mich mit hinauf in das Zimmer oben am Ende der Treppe. Als Kind hatte sie immer Angst gehabt, dort hinaufzugehen, weil ihr Onkel einmal gesagt hatte, in dem Klavier lebe ein Geist. Wir warfen einen Blick in ihr früheres Zimmer, das ihre Mutter jetzt als Nähstube benutzte, und sie deutete auf eine Klapptür, durch die sie mit ihrem Elefanten Guppy auf den Dachboden geflohen war, wenn sie irgend etwas angestellt hatte. Wir machten einen Spaziergang durch den Garten, an dem noch immer nicht verheilten Baum am Fuß eines Abhangs vorbei, gegen den einst das Auto ihrer Eltern geprallt war, als sie ihren Bruder dazu aufgestachelt hatte, die Handbremse zu lösen. Sie zeigte mir das Haus des Nachbarn, in dessen Garten sie im Spätsommer die Brombeerbüsche leergepflückt hatte – den Sohn des Vorbesitzers hatte sie einst auf dem Nachhauseweg von der Schule geküßt.

20 Später am Nachmittag machte ich mit dem Vater einen Spaziergang durch den Garten, einem gravitätischen Mann, dem dreißig Ehejahre einige klare Ansichten über die Ehe vermittelt hatten.

»Ich kenne meine Tochter, und ihr beide mögt einander. Ich bin kein erfahrener Mann in Liebesdingen, aber ich sage Ihnen eines: Am Ende, habe ich festgestellt, ist es nicht wirklich wichtig, wen man heiratet. Wenn man sie am Anfang gern hat, mag man sie am Ende wahrscheinlich nicht mehr. Und wenn man sie am Anfang haßt, dann besteht immer die Chance, daß man sie am Ende ganz in Ordnung findet.«

21 Im Zug, auf der Rückfahrt nach London an jenem Abend, fühlte ich mich erschöpft, erschlagen von all den Unterschieden zwischen Chloes früher Welt und der meinen. Die Geschichten und Schauplätze ihrer Vergangenheit hatten mich verzaubert, aber sie hatten auch etwas Erschreckendes und Bizarres, all diese Jahre und Gewohnheiten, ehe ich sie kennengelernt hatte – aber das alles war ebensosehr ein Teil von ihr wie die Form ihrer Nase oder die Farbe ihrer Augen. Ich verspürte ein schlichtes Heimweh nach mir vertrauten Umgebungen, denn ich erkannte den Riß, den jede Beziehung zur Folge hat – eine gänzlich neue Person, über die ich etwas in Erfahrung bringen, der ich mich annähern, an die ich mich gewöhnen mußte. Vielleicht hatte ich einen Moment lang Angst bei dem Gedanken an all die Unterschiede, die ich bei Chloe feststellen würde, an all die Male, da sie das eine sein würde und ich etwas anderes, wenn unsere Ansichten von der Welt sich nicht zur Deckung bringen ließen. Während ich auf die Landschaft von Wiltshire hinausstarrte, sehnte ich mich wie ein Kind, das sich verirrt hat, nach einem Menschen, den ich schon ganz und gar verstehen konnte, da ich die Exzentrizitäten seines Elternhauses, seiner Eltern und seiner Geschichte längst gezähmt, mir vertraut gemacht hatte.

KAPITEL ACHT

Liebe oder Liberalismus

1 Wenn ich noch einmal kurz auf Chloes Schuhe zurückkommen darf: Ich sollte erwähnen, daß die Offenbarung ihres Erwerbs mit meiner negativen, jedoch nur insgeheim formulierten Analyse noch nicht zu Ende war. Ich gestehe, daß sie mit dem zweitgrößten Streit unserer Beziehung endete, unter Tränen, Beleidigungen, Geschrei und dem Krachen, als der rechte Schuh durch eine Fensterscheibe flog, ehe er auf dem Pflaster der Denbigh Street landete. Abgesehen von der schieren melodramatischen Intensität verdient die Angelegenheit insofern philosophisches Interesse, als sie eine Wahl symbolisiert, ebenso radikal in der persönlichen wie in der politischen Sphäre: die Wahl zwischen *Liebe* und *Liberalismus*.

2 Diese Wahl ist, in einer optimistischen Gleichsetzung der beiden Begriffe, oft versäumt worden: Man hielt das eine für die Charakterisierung des anderen. Doch wenn sie verbunden wurden, dann immer in einer implausiblen Ehe, denn es scheint unmöglich, von Liebe zu sprechen *und* leben zu lassen – und wenn man uns leben läßt, werden wir gewöhnlich nicht geliebt. Wir mögen uns durchaus fragen, warum die Grausamkeit, die man unter Liebenden beobachtet hat, nicht toleriert (ja, für unvorstellbar gehalten) wurde außer unter den Bedingungen offener Feindschaft. Und dann, in dem Versuch, Brücken zu schlagen zwischen Schuhen und Nationen, mögen wir verwandte Fragen stellen:

Warum lassen die Länder, die nicht von Gemeinschaft oder Staatsbürgerschaft reden, ihre Angehörigen isoliert, aber unbelästigt? Und warum schlachten die Länder, die am meisten von Gemeinschaft, Liebe und Brüderlichkeit reden, regelmäßig weite Reihen ihrer eigenen Bevölkerung ab?

3 »Und? Gefallen sie dir?« fragte Chloe.
»Ehrlich gesagt, nein.«
»Wieso nicht?«
»Ich mag diese Art Schuhe einfach nicht. Sie sehen aus wie zwei Pelikane.«
»Findest du? Aber das ist doch ein eleganter Schuh!«
»Nein, ist er nicht.«
»Ist er doch. Sieh dir den Absatz an. Und die Schleife. Es sind großartige Schuhe.«
»Du wirst schwerlich jemanden finden, der dir darin zustimmt.«
»Das sagst du, weil du nichts von Mode verstehst.«
»Mag sein, aber ich erkenne einen schrecklichen Schuh, wenn ich einen sehe.«
»Er ist nicht *schrecklich*.«
»Laß es dir gesagt sein, Chloe, er *ist* absolut schrecklich.«
»Du bist nur eifersüchtig, weil ich mir ein Paar neue Schuhe gekauft habe.«
»Ich sage dir nur, was ich meine. Ich glaube wirklich nicht, daß sie für die Party heute abend geeignet sind.«
»Das ist ja großartig! Genau dafür, verdammt noch mal, habe ich sie gekauft.«
»Dann zieh sie doch an.«
»Wie kann ich das jetzt?«
»Wieso, warum denn nicht?«

»Weil du mir vor einer Minute gesagt hast, ich sähe darin wie ein Pelikan aus.«
»Tust du ja auch.«
»Also willst du, daß ich zu einer Party gehe und aussehe wie ein Pelikan?«
»Nicht unbedingt. Deshalb habe ich dir ja gesagt, daß sie furchtbar sind.«
»Warum kannst du deine Meinung nicht einmal für dich behalten?«
»Weil mir an dir liegt. *Jemand* muß es dich doch wissen lassen, wenn du dir abstoßende Schuhe gekauft hast. Im übrigen, wieso macht es etwas aus, was ich denke?«
»Weil ich möchte, daß du sie schön findest. Ich habe sie in der Hoffnung gekauft, daß sie dir gefallen würden, und nun sagst du mir, daß ich darin wie eine Exotin aussehe. Warum muß alles, was ich tue, immer falsch sein?«
»Komm, komm, das kannst du mir doch nicht vorwerfen. Du weißt, daß es nicht stimmt.«
»Doch, es stimmt, du magst nicht einmal meine Schuhe.«
»Aber ich mag fast alles andere.«
»Warum kannst du dann nicht über die Schuhe hinwegsehen?«
»Weil du Besseres verdienst.«

4 Dem Leser kann das volle Melodram erspart werden. Es genügt zu sagen, daß Momente später, und so plötzlich und unerwartet wie ein Tornado, die Gemüter aufbrausten. Chloe zog einen der anstößigen Schuhe aus (vermeintlich, damit ich ihn aus der Nähe betrachten konnte), und ich entschloß mich, vor dem heransausenden Projektil den Kopf einzuziehen, und ließ es (törichterweise vielleicht) durch das Glas hinter mir krachen und hinuntersegeln auf die Straße.

5 Unser Streit war gepfeffert mit den paradoxen Behauptungen von Liebe und Liberalität. Was machte es denn im Grunde genommen aus, wie Chloes Schuhe waren? Es gab so viele andere wunderbare Seiten an ihr – war es da nicht eher Spielverderben, mit starrem Blick auf diesem einen Detail zu verharren? Warum hatte ich es nicht fertiggebracht, höflich zu lügen, wie ich wahrscheinlich einem Freund gegenüber gelogen hätte? Das einzige, was ich zu meiner Entschuldigung anführen konnte, war, daß ich sie liebte. Sie sei mein Ideal – abgesehen von den Schuhen –, und daher fühlte ich mich gezwungen, auf diesen kleinen Makel hinzuweisen, etwas, was ich einem Freund gegenüber niemals getan hätte (dessen Abweichungen von meinem Ideal zu zahlreich gewesen wären, um damit anzufangen, eine Freundschaft, in der die Vorstellung von einem Ideal mir nie auch nur in den Sinn gekommen wäre). *Weil ich sie liebte, sagte ich's ihr* – darin lag meine einzige Rechtfertigung.

6 In unseren mehr idealistischen Momenten stellen wir uns vor, die romantische Liebe wäre der christlichen Nächstenliebe verwandt, eine universale Regung, die erklärt: *Ich will dich lieben für alles, was du bist*, eine Liebe, die keine Bedingungen kennt, die keine Grenzen zieht, die noch den letzten Schuh anbetet. Sie ist der Inbegriff uneingeschränkten Akzeptierens. Aber die Streitigkeiten, die Liebende heimsuchen, erinnern uns daran, daß christliche Liebe den Übergang ins Schlafzimmer nicht gut übersteht. Ihre Botschaft scheint für das Universale geeigneter zu sein als für das Besondere, für die Liebe aller Männer zu allen Frauen, für die Liebe zweier Nächster oder Nachbarn, die einander nicht schnarchen hören werden.

7 Romantische Liebe kann nicht jungfräulich sein; sie spricht die Sprache eines bestimmten Körpers; es ist die Einzigartigkeit, an der ihr liegt, nicht das Allgemeine. Es geht um die jähe Liebe zu unserem oder zu unserer Nächsten A, weil er oder sie ein Lächeln oder Sommersprossen oder ein Lachen oder eine Reihe von Meinungen oder zwei Fußgelenke hat, die unser Nächster B oder unsere Nächste B nicht hat. Jesus umging diese dornige Frage, indem er sich weigerte, die Liebe Kriterien zu unterwerfen; so läßt sich viel von der Grausamkeit vermeiden, die sich im Verlauf der Liebe einstellen kann. Denn wenn Kriterien ins Spiel kommen, wird Liebe ein schmerzliches Unterfangen; wenn wir versuchen, unseren Nächsten A in unseren Nächsten B zu verwandeln, oder unsere Nächste B in die idealisierte B, wie wir sie uns vor der Ehe vorgestellt haben, dann beginnen die Schuhe zu fliegen und Scheidungen werden eingereicht. In ebendieser klaffenden Lücke zwischen dem Ideal, das wir uns ausmalen, und der Realität, die sich mit der Zeit offenbart, keimen Ungeduld, Perfektionismus und schließlich Intoleranz.

8 Nicht immer mußte der Glaser gerufen werden. Doch war die Unduldsamkeit nie nur einseitig. Es gab tausend Dinge an mir, die Chloe wahnsinnig machten: Warum war ich so oft niedergeschlagen? Warum beharrte ich darauf, einen Mantel zu tragen, der so aussah, als wäre er hundert Jahre alt? Warum mußte ich nachts im Schlaf immer die Daunendecke aus dem Bett stoßen? Warum hielt ich Saul Bellow für einen so großartigen Schriftsteller? Warum hatte ich immer noch nicht gelernt, wie man ein Auto parkte, ohne mit einem der Räder halb auf dem Bürgersteig zu landen? Warum legte ich ständig die Füße aufs Bett? All dies

war ziemlich weit von der im Neuen Testament empfohlenen Liebe entfernt, jener Art Liebe, die niemals eine Bemerkung macht über ein häßliches Paar Schuhe, ein Fitzelchen Salat zwischen den Zähnen oder eine hartnäckig verteidigte, aber falsche Ansicht darüber, wer das Gedicht »Der Lockenraub« verfaßt hatte. Doch all dies waren Dinge, die den heimischen Gulag ausmachten, der tägliche Versuch, den anderen mehr in eine feste Vorstellung davon, wie er sein sollte, zu zwängen. Wenn wir uns Ideal und Wirklichkeit als zwei einander überlappende Kreise vorstellen, dann war es die Sichel, die Unterschiedlichkeit, die wir bei unseren Streitigkeiten zu eliminieren versuchten – in dem Bemühen, aus zwei Kreisen einen zu machen.

Abbildung 8.1

9 Und welche Entschuldigung hatten wir dafür? Keine – nur die alte Leier, die alle Eltern, Generäle, Wirtschaftsexperten von der Chicago School und Kommunisten immer wieder ertönen lassen, ehe sie andere in Rage bringen: *Mir liegt an dir, deshalb werde ich dich außer Fassung bringen; ich habe dich geehrt mit einer Vision, wie du sein solltest, deshalb werde ich dich verletzen.*

10 Im Rahmen einer Freundschaft hätten Chloe und ich uns einen so heftigen Streit nie erlaubt. Eine schützende Hülle, die aus einem Anstands- und Höflichkeitskodex besteht, trennt Freunde, eine Hülle biologischer Unvertrautheit, die den Übergang zu feindseligen Neigungen verhindert. Aber Chloe und ich praktizierten nicht länger safe sex: Irgend etwas, das damit zusammenhing, daß wir miteinander schliefen und badeten, einander sahen, wenn wir uns die Zähne putzten oder wenn uns beim Betrachten eines *flockigen* Films die Tränen kamen, hatte die Hülle zwischen uns zerreißen lassen und uns nicht nur mit Liebe infiziert, sondern auch mit ihrer Kehrseite, dem Mißbrauch. Wir setzten unser Wissen voneinander mit einer Form von Besitzrecht und Freibrief gleich: *Ich kenne dich, also besitze ich dich.* Es war kein zufälliges Zusammentreffen, daß in der Chronologie unserer Liebe die Höflichkeit (Freundschaft) nach dem Coitus aufhörte und daß unser erster Streit beim Frühstück am Morgen danach ausbrach.

11 Das Zerreißen der Hülle eröffnete einen Freimarktaustausch von zuvor monopolisierten Gütern; jetzt würden Spannungen zum Ausdruck gebracht, die normalerweise (barmherzigerweise) innerhalb der Grenzen der Selbstkritik abgebaut werden. Um es in Freuds Sprache zu sagen: Wir waren nicht nur an den Konflikten zwischen unserem eigenen Über-Ich und Ich beteiligt (siehe Abbildung 8.2), sondern auch an denen des anderen. Wenn es lediglich zwischen Ich A und Ich B hin und her ging, konnte Liebe daraus erwachsen; wenn Über-Ich A jedoch Ich B attackierte, begannen Schuhe zu fliegen.

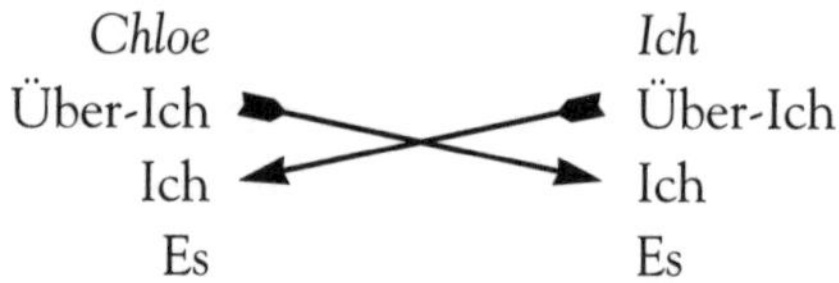

Abbildung 8.2

12 Intoleranz beginnt mit zwei Elementen: einer Vorstellung von dem, was recht und was unrecht ist, und der Idee, daß man andere nicht leben lassen darf, ohne daß sie das Licht erblicken. Als Chloe und ich eines Abends über die Filme von Eric Rohmer in Streit gerieten (sie haßte sie, ich liebte sie), vergaßen wir, daß doch die Möglichkeit bestand, daß Rohmers Filme beides waren, gut *und* schlecht, je nach dem, wer sie ansah. Der Streit reduzierte sich auf eine Übung darin, dem anderen die eigene Meinung aufzuzwingen, statt daß wir die Berechtigung verschiedener Meinungen eingesehen hätten. Ähnlich wurde meine Abneigung gegen Chloes Schuhe nicht etwa durch das Gefühl relativiert, daß sie, auch wenn *ich* sie überhaupt nicht mochte, deswegen nicht zwangsläufig abstoßend waren.

13 In eben dieser Verschiebung der Dinge, vom Persönlichen hin zum Universellen, liegt die Tyrannei; es ist der Moment, wenn ein persönliches Urteil verallgemeinert und für anwendbar auf die Freundin oder den Freund (oder alle Bürger eines Landes) erklärt wird, der Moment, wenn aus einem *Ich denke, das ist gut* ein *Ich denke, das ist gut für dich* wird. In gewissen Dingen glaubten wir beide, Chloe und ich, wir wüßten, was richtig sei, und diese Überzeugung erlaubte uns, so meinten wir, einander mit universalen Wahrheiten zu belehren. Der tyrannische Anspruch der Liebe besteht darin, einen Partner (vorgeblich aus Liebe) zu zwingen, daß er auf

den Film, den er gern sehen, oder die Schuhe, die er gern kaufen möchte, verzichtet und akzeptiert, was (bestenfalls) nur ein persönliches Urteil ist, das sich als universale Wahrheit maskiert.

14 Politik ist, so scheint es, ein Bereich, der sich absolut nicht mit Liebe verbinden läßt, aber entdecken wir in der blutigen Geschichte der Französischen Revolution oder der faschistischen und kommunistischen Experimente nicht etwas von der gleichen amourösen Struktur? Ist da nicht auf die gleiche Art und Weise das Ideal gegen eine abweichende Wirklichkeit gesetzt, um Ungeduld (die Ungeduld des Holzhauers) angesichts der wachsenden Sichel des Unterschieds hervorzurufen? Die infame Geschichte der amourösen Politik beginnt im Verlauf der Französischen Revolution, als das erste Mal verkündet wurde (mit der Wahlmöglichkeit, wie sie dem Opfer einer Vergewaltigung bleibt), daß der Staat seine Bürger nicht nur regieren, sondern überdies *lieben* werde, und daß die Bürger vermutlich entsprechend reagieren oder die Guillotine erblicken würden. Der Beginn von Revolutionen ist, psychologisch betrachtet, dem bestimmter Beziehungen verblüffend ähnlich – die Betonung der Einmütigkeit, der Glaube an die Allmacht des Paars oder der Nation, der Drang, den früheren Egoismus aufzugeben, die trennenden Grenzen des Ichs aufzuheben, der Wunsch, daß es keine Geheimnisse mehr gebe (die Furcht vor dem Gegenteil, die bei dem Liebenden bald zur Paranoia führt beziehungsweise zur Schaffung einer Geheimpolizei).

15 Aber wie die Anfänge der Liebe und der amourösen Politik gleich rosig sind, so kann das Ende auch gleichermaßen blutig sein. Sind wir nicht längst vertraut mit

dem Phänomen, daß Liebe in Tyrannei mündet, wo die felsenfeste Überzeugung des Herrschers, daß ihm die wahren Interessen der Nation am Herzen liegen, am Ende dazu führt, daß er sich berechtigt glaubt, alle diejenigen zu töten, die seinen Glauben nicht teilen? Soweit Liebe ein Glaube ist (und sie ist noch vieles andere), ist sie unduldsam, denn noch kein Glaube ist frei gewesen von der Neigung, seine Enttäuschungen an Abtrünnigen und Ketzern auszulassen. Oder anders ausgedrückt: sobald man an etwas glaubt (*la patrie*, Marxismus-Leninismus, Nationalsozialismus), muß die Stärke dieses Glaubens automatisch alle anderen Überzeugungen verbannen.

16 Ein paar Tage nach dem Schuh-Zwischenfall ging ich zum Zeitungshändler, um eine Zeitung und eine Tüte Milch zu holen. Mr. Paul erzählte mir, die Milch sei ihm gerade ausgegangen, aber wenn ich einen Moment warten könnte, werde er eine neue Kiste aus dem Lagerraum holen. Während ich ihm nachsah, wie er zum hinteren Teil des Ladens ging, fiel mir auf, daß Mr. Paul ein Paar dicke graue Socken und braune Ledersandalen trug. Die Sandalen waren sensationell häßlich, aber seltsamerweise ebenso sensationell unaggressiv. Warum blieb ich nicht ähnlich gefaßt beim Anblick von Chloes Schuhen? Warum konnte ich mich mit der Frau, die ich liebte, nicht mit der gleichen Herzlichkeit unterhalten wie mit dem Zeitungsmann, der mir mein tägliches Brot verkaufte?

17 Der Wunsch, die Schlachter-Opfer-Beziehung durch eine Beziehung wie zum Zeitungshändler zu ersetzen, hat lange das politische Denken beherrscht. Warum können sich Herrschende ihren Bürgern gegenüber nicht höflich

verhalten, indem sie Sandalen, abweichende Meinungen und Meinungsverschiedenheiten tolerieren? Die Antwort liberaler Denker lautet, daß Herzlichkeit nur dann entstehen kann, wenn die Herrschenden Schluß machen mit dem Gerede vom Regieren um der *Liebe* zu ihren Bürgern willen und sich statt dessen darauf konzentrieren, daß die Zinssätze fallen und die Eisenbahnzüge pünktlich verkehren.

18 Sichere Politik findet ihren größten Apologeten in John Stuart Mill, der 1859 die klassische Schrift zur Verteidigung eines lieblosen Liberalismus veröffentlichte. *On liberty*, ein lautstarkes Plädoyer dafür, daß die Bürger vom Staat (wie wohlmeinend er auch sei) schlicht in Ruhe gelassen werden und nicht gesagt bekommen sollten, sie hätten andere Schuhe anzuziehen oder bestimmte Bücher zu lesen oder ihre Ohren zu säubern oder sich die Zähne mit Zahnseide zu reinigen. Mill argumentierte, obwohl ein altes Gemeinwesen (um nicht Robespierres Frankreich zu nennen) sich berechtigt gefühlt habe, »ein tieferes Interesse an der gesamten körperlichen und geistigen Disziplin eines jeden seiner Bürger« zu nehmen, sollte der moderne Staat sich so weit wie möglich zurückhalten und seine Bürger in Ruhe lassen. Wie ein gepeinigter Partner in einer Beziehung, der inständig darum bittet, daß man ihm Freiraum gewährt, forderte Mill, daß der Staat die Bürger sich selbst überlasse:

> »Die einzige Freiheit, die den Namen verdient, ist jene, in der wir unser eigenes Wohl verfolgen, auf unsere eigene Weise, solange wir nicht den Versuch unternehmen, andere des ihren zu berauben oder ihre Bemühungen, es zu erlangen, behindern... Das einzige Ziel, für welches Macht über ein Mitglied einer zivilisierten Gesellschaft gegen seinen Willen rechtschaffen ausgeübt werden kann,

ist jenes, Schaden von anderen abzuwenden. Sein eigenes Wohl, sei es das leibliche oder das sittliche, ist kein hinlänglicher Grund.«

19 Mills Appelle klingen so vernünftig – könnte man solche Thesen nicht auch auf die persönliche Sphäre anwenden? Angewandt auf eine Beziehung zwischen zwei Menschen, scheint seine Vision indessen bedauerlicherweise viel von ihrem Reiz zu verlieren. Sie läßt eher an gewisse verkrustete Ehen denken, aus denen die Liebe seit langem verdampft ist, an Paare, die in getrennten Zimmern schlafen, gelegentlich ein paar Worte wechseln, wenn sie sich, vor der Arbeit, in der Küche begegnen, eine Beziehung, in der beide Partner seit langem die Hoffnung auf gegenseitiges Verstehen aufgegeben und sich statt dessen eingerichtet haben in einer lauwarmen Freundschaft; letztere basiert auf beherrschter Uneinigkeit, Höflichkeit, mit der sie die abendliche Fleischpastete hinter sich bringen, und Bitterkeit um drei Uhr nachts über die Lieblosigkeit, die sie umgibt.

20 Wir sind wieder bei der Wahl zwischen Liebe und Liberalismus angelangt, einer *Wahl*, weil eine liberale Haltung nur in einer distanzierten Beziehung oder dann, wenn Gleichgültigkeit eingesetzt hat, wirklich praktikabel erscheint. Die Sandalen des Zeitungshändlers ärgerten mich nicht, weil mir an der Person des Zeitungshändlers nicht gelegen war, ich wollte mir bei ihm meine Zeitung und Milch holen, sonst nichts. Ich hatte nicht den Wunsch, meine Seele zu entblößen oder an seiner Schulter zu weinen, deshalb empfand ich sein Schuhwerk als unaufdringlich. Doch hätte ich mich in Mr. Paul verliebt, hätte ich dann den Anblick seiner Sandalen wohl auch noch mit solchem Gleich-

mut ertragen, oder wäre ich nicht an einen Punkt gekommen, wo ich mich (aus Liebe) geräuspert und eine andere Lösung vorgeschlagen hätte?

21 Wenn meine Beziehung zu Chloe niemals die Ebenen des Terrors erreichte, dann vielleicht deswegen, weil wir in der Lage waren, die Wahl zwischen Liebe und Liberalismus mit einem Ingrediens zu mildern, das leider nur wenige Paare und noch weniger amouröse Politiker (Lenin, Pol Pot, Robespierre) je besessen haben, ein Ingrediens, das (gäbe es genug davon, daß es für alle reichte) geeignet wäre, sowohl die Staaten als auch die Paare vor Intoleranz zu retten – nämlich Sinn für Humor.

22 Es könnte bedeutsam sein, daß Revolutionäre mit Liebenden die Neigung zu großer Ernsthaftigkeit teilen. Es ist ebenso schwer vorstellbar, mit Stalin Witze zu reißen wie mit dem jungen Werther – beide sind auf verzweifelte, wenn auch verschiedene Weise angestrengt. Und mit der Unfähigkeit zu lachen stellt sich die Unfähigkeit ein, die Relativität menschlicher Dinge zu erkennen, die zu einer Gesellschaft oder einer Beziehung gehörenden Widersprüche, die Vielfältigkeit und den Widerstreit der Sehnsüchte, die Notwendigkeit, zu akzeptieren, daß der Partner es nie lernen wird, wie man ein Auto parkt oder eine Badewanne säubert, oder die Vorliebe für Joni Mitchell aufgibt – daß man ihn aber dennoch liebt.

23 Wenn Chloe und ich manche unserer Differenzen zu transzendieren vermochten, so deshalb, weil wir entschlossen waren, Witze zu machen über die Sackgassen, die wir jeweils beim anderen feststellten. Ich konnte nicht auf-

hören, Chloes Schuhe zu hassen, sie fuhr fort, ihre Schuhe zu lieben, ich liebte Chloe – aber wir fanden (nachdem das Fenster repariert war) zumindest eine Möglichkeit, den Zwischenfall in einen Scherz zu verwandeln. Mit der Drohung, sich zu »entfenstern«, sobald ein Streit heftiger wurde, waren sie oder ich immer in der Lage, dem anderen ein Lachen zu entlocken, und konnten so dazu beitragen, Frustrationen zu neutralisieren. Meine Autofahrkünste ließen sich nicht verbessern, aber sie trugen mir den Namen »Alain Prost« ein. Chloes gelegentliche Märtyrertrips fand ich strapaziös, aber nicht ganz so schlimm, wenn ich sie mit »Johanna von Orléans« anredete und mich fügte. Humor bedeutete, daß jedenfalls kein Bedürfnis nach direkter Konfrontation bestand: man konnte über eine Irritation hinwegschweben, mit einem Blinzeln oder schiefen Lächeln, eine kritische Anmerkung machen, auch ohne sie unbedingt auszu*sprechen*. (»*Mit diesem Witz lasse ich dich wissen, daß ich X hasse, ohne daß ich das Bedürfnis habe, es dir ausdrücklich zu sagen, und dein Lachen zeigt mir, daß du die Kritik hinnimmst.*«)

24 Es ist ein Zeichen dafür, daß zwei Menschen aufgehört haben, einander zu lieben (oder doch zumindest aufgehört haben, sich die Mühe zu geben, die 90% der Liebe ausmacht), wenn sie nicht mehr fähig sind, Meinungsverschiedenheiten in Witze umzumünzen. Humor verkleidete die Mauern der Irritation zwischen unseren Idealen und der Wirklichkeit: Hinter jedem Witz stand die Warnung, die auf eine Uneinigkeit aufmerksam machte oder sogar auf eine Enttäuschung, aber es war eine Uneinigkeit, die entschärft worden war – und so konnte man darüber hinweggehen, ohne das Bedürfnis nach einem Pogrom.

KAPITEL NEUN

❦ *Schönheit* ❦

1 Läßt Schönheit Liebe entstehen, oder bringt Liebe Schönheit hervor? Liebte ich Chloe, weil sie schön war, oder war sie schön, weil ich sie liebte? Täglich umgeben von unzähligen Menschen, mögen wir uns fragen (während wir unsere Liebste anstarren, wie sie gerade telefoniert oder uns in der Badewanne gegenüberliegt), warum unser Begehren sich gerade auf dieses eine Gesicht gerichtet hat, diesen besonderen Mund, diese Nase oder dieses Ohr, warum diese geschwungene Linie des Halses oder jenes Wangengrübchen so genau unseren Vorstellungen von Vollkommenheit entspricht. Jeder einzelne Mensch, den wir lieben, führt uns andere Lösungen des Problems der Schönheit vor, und doch gelingt es ihm, unsere Liebesästhetik auf eine Art und Weise neu zu definieren, die ebenso eigenständig und so charakteristisch ist wie die Landschaft seines Gesichts.

2 Marsilio Ficino (1433–1499) erklärte Liebe als »die Sehnsucht nach Schönheit«. In welcher Weise erfüllte Chloe diese Sehnsucht? Ihr zufolge in gar keiner Weise. Alle Beteuerungen konnten sie nicht davon überzeugen, daß sie alles andere als monströs häßlich war. Sie blieb dabei, daß sie ihre Nase zu klein fand, ihren Mund zu breit, das Kinn zu uninteressant, die Ohren zu rund, die Augen nicht grün genug, das Haar nicht wellig genug, die Brüste zu klein, die Füße zu groß, die Hände zu breit und die Handgelenke zu schmal. Sie starrte oft sehnsüchtig auf die Gesichter in der *Elle* und der

Vogue und erklärte, die Vorstellung von einem gerechten Gott sei – im Lichte ihrer physischen Erscheinung – schlicht ein Widerspruch.

3 Chloe war der Meinung, Schönheit lasse sich messen, es gebe so etwas wie einen objektiven Maßstab, nur daß sie ganz einfach nicht daran heranreichte. Ohne es direkt zuzugeben, war Chloe entschiedene Anhängerin einer platonischen Vorstellung von Schönheit, einer Ästhetik, die sie mit den Herausgebern der großen Modemagazine der Welt teilte und die ihr vor dem Spiegel ihr tägliches Maß an Selbsthaß einflößte. Nach Platon und dem Herausgeber der *Vogue* existiert so etwas wie eine ideale Form oder Gestalt, die sich aus einem ausgewogenen Verhältnis zwischen einzelnen Teilen ergibt und der irdische Körper jeweils in einem größeren oder geringeren Maße nahekommen. Alles, was wir schön finden, sagte Platon, hat teil an der wesentlichen Form von Schönheit und muß daher universale Eigenschaften vorweisen. Man betrachte eine schöne Frau, und man wird erkennen, daß es eine mathematische Basis für diese Schönheit gibt, eine ihr eigene Ausgewogenheit, die nicht weniger präzise ist als jene, die sich in der Anlage eines Tempels aus der Zeit des klassischen Altertums feststellen läßt. Das Gesicht auf dem Umschlag der Zeitschrift ist, wie Platon angedeutet hätte, eine der gelungeneren Annäherungen des Menschen an das Schönheitsideal. (Und Chloe betete es aus eben diesem Grund an. Ich sehe sie vor mir, wie sie auf dem Bett sitzt und sich das Haar trocknet, während sie ein Magazin durchblättert und dabei immer wieder das Gesicht verzieht, um die unangestrengte Pose der porträtierten Models zu karikieren.) Chloe schämte sich dafür, daß ihre Nase nicht zu den Dimensionen ihrer Lippen paßte. Ihre Nase war klein, und ihre Lip-

pen waren breit, was bedeutete, daß es irgendeine platonische Disharmonie in der Mitte ihres Gesichts gegeben haben mußte. Platon hatte gesagt, nur wenn die einzelnen Elemente zusammenpaßten, bestehe die richtige Ausgewogenheit, die einem Gegenstand eine dynamische Ruhe und Geschlossenheit verleihe, und eben daran mußte es gefehlt haben. Platon hatte gesagt, daß nur »die Eigenschaften des Maßes (*metron*) und der Proportion (*symmetron*) unweigerlich Schönheit und Exzellenz konstituieren«. Also mußte es Chloes Gesicht an beidem, an Schönheit und Exzellenz, fehlen.

4 Was immer sich über die Disharmonie in ihrem Gesicht sagen ließ – ihren Körper fand Chloe noch weniger ausgewogen. Während ich liebend gern zusah, wie der Seifenschaum über ihren Bauch und an ihren Beinen hinunterlief, wenn wir zusammen duschten, erklärte sie jedesmal, wenn sie sich im Spiegel betrachtete, daß irgend was bei ihr »aus dem Lot« sei – auch wenn ich das, was da aus dem Lot war, nie entdeckte. Leon Battista Alberti (1409–1472) hätte es vielleicht besser verstanden, denn er glaubte, ein schöner Körper habe bestimmte feststehende Proportionen, die jeder Bildhauer kennen sollte und die sich entdecken ließen, wenn man den Körper in 600 Einheiten teile, für die er von Teil zu Teil einen idealen Abstand ausarbeitete. In seinem Buch *Über Bildhauerei* definierte Alberti Schönheit als »eine Harmonie aller Teile, in welchem Subjekt sie auch erscheine, zusammengefügt mit solcher Proportion und Verbindung, daß nichts hinzugefügt, weggenommen oder verändert werden könnte, ohne daß es zum Nachteil geriete«. Nach Chloe jedoch hätte fast alles an ihrem Körper ergänzt, vermindert oder verändert werden können, ohne daß dies irgend etwas verdorben hätte, das die Natur nicht schon ruiniert hatte.

5 Doch eindeutig mußten Platon und Leon Battista Alberti (bei aller Verläßlichkeit ihrer Berechnungen) etwas versäumt, mußten sie irgend etwas bei ihrer ästhetischen Theorie vergessen haben, denn ich fand Chloe hinreißend schön. Ich zögere, näher zu beschreiben, was genau ich so anziehend an ihr fand. Liebte ich ihre grünen Augen, ihr dunkles Haar, ihren vollen Mund? Ich gerate ins Stottern, weil es immer schwierig ist, mit Worten zu erklären, warum jemand anziehend und jemand anders es nicht ist. Ich könnte von den Sommersprossen auf ihrer Nase oder der geschwungenen Linie ihres Halses sprechen, aber was brächte es, jemanden überzeugen zu wollen, der sie nicht anziehend fände? Schönheit ist schließlich und endlich nichts, wovon man jemals jemand anders *überzeugen* kann. Sie ist nicht wie eine mathematische Formel, durch die man jemanden lenken und hinführen könnte zu einem unbestreitbaren Schluß. Debatten über die Anziehungskraft von Männern und Frauen sind wie die Debatten unter Kunsthistorikern, die zu begründen versuchen, warum das eine Gemälde dem anderen überlegen ist. Ein van Gogh oder ein Gauguin? Die einzige Möglichkeit, für das eine oder andere zu plädieren, bestünde in dem Versuch einer Neubeschreibung des Werkes mit den Mitteln der Sprache (»Die lyrische Intelligenz von Gauguins Südsee-Himmeln ... « neben »der Wagnerianischen Tiefe der Blautöne van Goghs ... «) oder aber durch eine Erläuterung der Techniken oder Materialien (»Das expressionistische Gefühl des späten van Gogh ... « – »Gauguins Cezannesche Linearität ... «). Aber wie weit würde das wirklich erklären helfen, warum das eine Gemälde *funktioniert*, uns berührt, uns den Atem nimmt mit seiner Schönheit? Und wenn Maler traditionell die Kunsthistoriker, die sich in ihrem Kielwasser einstellten, verachtet ha-

ben, dann vielleicht nicht so sehr aus umgekehrtem Snobismus als vielmehr aus dem Gefühl heraus, daß die Sprache der Malerei (die Sprache der Schönheit) nicht mit der Wörtersprache einzufangen ist.

6 Demzufolge war es also nicht *Schönheit*, was ich zu beschreiben hoffen konnte, sondern nur meine eigene subjektive Reaktion auf Chloes Erscheinung. Ich konnte nicht den Anspruch erheben, eine ästhetische Theorie von universaler Gültigkeit aufzustellen, ich konnte lediglich darauf hinweisen, worauf mein Begehren sich zufällig konzentriert hatte; dabei mußte ich die Möglichkeit einräumen, daß andere nicht dieselbe Vollkommenheit an demselben Körper feststellen würden. So war ich gezwungen, die Platonische Idee von einem objektiven Schönheitskriterium zu verwerfen, und bekannte mich statt dessen zu Kants Anschauung (formuliert in seiner *Kritik der Urteilskraft*), daß ästhetische Urteile solche seien, deren determinierender Grund nicht anders als subjektiv sein könne.

7 Die Kantsche Anschauung von Ästhetik geht davon aus, daß die Proportionen eines Körpers letztlich nicht so wichtig seien wie die subjektive Art und Weise, in welcher der Körper betrachtet werde. Wie anders können wir erklären, warum ein und derselbe Körper von einer Person als schön und von einer anderen als häßlich angesehen werden kann? Das Phänomen der Schönheit, das im Auge des Betrachters liegt, läßt sich mit der berühmten Müller-Lyerschen Täuschung vergleichen (siehe Abbildung 9.1), wo zwei Linien von identischer Länge nur deshalb als verschieden lang erscheinen, weil verschiedene Pfeile an ihren Enden angefügt sind. Wenn wir einmal Länge mit Schönheit

gleichsetzen, dann funktionierte die Art und Weise, wie ich Chloe ansah, wie die Pfeile am Ende der beiden Linien: sie war es, was Chloes Gesicht als anders auszeichnete, schöner (länger) als ein anderes, das, objektiv gesehen, fast das gleiche hätte gewesen sein können. Meine Liebe war wie die Pfeile, die an den Enden identischer Linien plaziert waren, aber einen wenn auch fiktiven Eindruck von Unterschiedlichkeit erweckten.

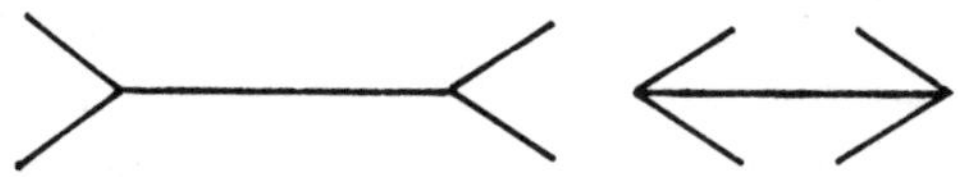

Abbildung 9.1 Müller-Lyersche Täuschung.

8 Stendhal definierte Schönheit in seinem berühmten Traktat als »das Versprechen von Glück«, eine Definition weit entfernt von der Rigidität der Platonischen Idee der vollkommenen Harmonie der einzelnen Teile untereinander. Chloe war vielleicht nicht mit klassisch-vollkommener Schönheit bedacht worden, aber sie war dennoch schön. Machte sie mich glücklich, weil sie schön war, oder war sie schön, weil sie mich glücklich machte? Es war ein sich selbst bestätigender Kreis: Ich fand Chloe schön, wenn sie mich glücklich machte, und sie machte mich glücklich, weil sie schön war.

9 Doch eines war deutlich anders an meiner Zuneigung zu Chloe: sie gründete sich weniger auf die offenkundigen Ziele des Verlangens als vielmehr auf eben jene Züge, die von jemandem, der Chloe aus einer mehr platonischen Perspektive betrachtet hätte, eher als unvollkommen empfunden

worden wären. Ich registrierte mit einem gewissen Stolz, daß sich meine Sehnsucht auf die mißlichen Züge ihres Gesichts gerade in den Bereichen konzentrierte, die andere nicht beachten würden. Zum Beispiel sah ich die Lücke zwischen ihren beiden Schneidezähnen (siehe Abbildung 9.2) nicht als kränkende Abweichung von einer idealen Anordnung an, sondern als eine originelle und überaus liebenswerte Neudefinierung dentaler Vollkommenheit. Ich war nicht einfach nur indifferent gegenüber der Lücke zwischen ihren Zähnen, ich betete sie geradezu an

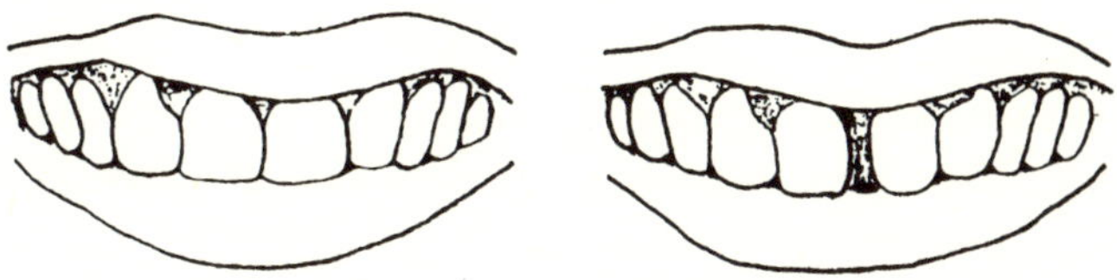

Platonische Zähne *Kantianische Zähne*

Abbildung 9.2

10 Ich betete das Geheimnis an, die Schwierigkeit meines Begehrens, den Umstand, daß kein Mensch die Bedeutung von Chloes Zähnen für mich hätte erraten können. In den Augen eines Platonikers hätte sie nicht als schön gegolten – unter bestimmten Aspekten wäre sie vielleicht sogar für häßlich erachtet worden –, andererseits hatte ihre Schönheit wiederum etwas, das einem im platonischen Sinne vollkommenen Gesicht abgegangen wäre. Schönheit ließ sich in dem Bereich des Oszillierens zwischen Häßlichkeit und klassischer Vollkommenheit finden. Ein Gesicht, das tausend Schiffe in See stechen läßt, ist nicht immer architektonisch formvollendet: es kann unbeständig sein wie ein Gegenstand, der zwischen zwei Farben

schwankt und, solange er sich bewegt, eine dritte Schattierung entstehen läßt. Es liegt eine gewisse Tyrannei in der Vollkommenheit, sie erzeugt sogar eine gewisse Ermüdung, sie verweigert dem Betrachter eine Rolle bei ihrer Erschaffung und behauptet sich mit all dem Dogmatismus einer unmißverständlichen Feststellung. Wahre Schönheit kann nicht gemessen werden, weil sie etwas Fluktuierendes ist; es gibt nur einige wenige Winkel, aus denen sie gesehen werden kann, und das auch nicht bei jedem Licht und zu jeder Zeit. Sie flirtet auf gefährliche Art mit der Häßlichkeit, sie setzt sich selbst aufs Spiel, sie verträgt sich nicht gut mit mathematischen Proportionsregeln, sie zieht ihren Reiz aus eben jenen Bereichen, die sich auch für Häßlichkeit hergeben. Nichts kann schön sein, das nicht ein kalkuliertes Risiko mit der Häßlichkeit eingeht.

11 Proust hat einmal gesagt, schöne Frauen solle man Männern ohne Phantasie überlassen. Und es hängt vielleicht mit ihrer Anziehung auf meine Phantasie zusammen, daß die Lücke zwischen Chloes Zähnen sich als so verführerisch erwies. Die Imagination genoß das Spiel in dem winzigen Raum, verschloß ihn, öffnete ihn wieder, rief nach meiner Zunge, um sie zu fangen. Die Lücke erlaubte mir, eine Rolle zu spielen bei der Anordnung von Chloes Zahnreihen; Chloes Schönheit war gebrochen genug, daß sie bestimmte kreative Neuordnungen vertragen konnte. Da es in ihrem Gesicht Beweismaterial für beides gab, für Schönheit und für Häßlichkeit, kam meiner Phantasie die Rolle zu, an dem heiklen seidenen Faden der Schönheit festzuhalten. In seiner Ambivalenz ließ sich Chloes Gesicht mit Wittgensteins Enten-Hasen (Abbildung 9.3) vergleichen, in dem beides, eine Ente und ein Hase, in ein und demselben Bild enthalten

scheinen: ebenso schienen in Chloes Zügen zwei Gesichter enthalten.

Abbildung 9.3 Wittgensteins Enten-Hase

12 Bei Wittgensteins Beispiel hängt viel von der Einstellung des Betrachters ab: Wenn die Phantasie nach einer Ente Ausschau hält, wird sie eine finden; wenn sie nach einem Hasen Ausschau hält, dann wird auch er erscheinen. Es gibt genügend Anzeichen für beides; was zählt, ist also die Prädisposition – die mentale Haltung – des Betrachters. Was mich, natürlich, mit einem schönen Bild von Chloe (und nicht von einer Ente) versah, war Liebe. Ich hatte das Gefühl, daß diese Liebe echter gewesen sein mußte, weil sie sich eben nicht auf ein Gesicht gerichtet hatte, das klar, unzweideutig proportioniert war. Der Herausgeber der *Vogue* hätte womöglich Schwierigkeiten gehabt, Fotos von Chloe in ein Heft aufzunehmen, doch ironischerweise bestärkte dies nur mein Begehren, denn es schien eine Bekräftigung der Einzigartigkeit, die ich mit Erfolg bei ihr gefunden hatte. Wie originell ist es schon, eine klassisch proportionierte Frau »schön« zu finden? Es bedarf sicherlich größerer Mühe, größerer Proustscher Imagination, Schönheit in einer Lücke zwischen den Zähnen auszumachen. Indem ich Chloe schön fand, hatte ich mich nicht auf das Offenkundige konzentriert. Ich sah in ihren Zügen womöglich Dinge, die andere nicht sahen. Ich hatte ihr Gesicht mit ihrer Seele belebt.

13 Die Gefahr bei dieser Art Schönheit, die nichts mit der einer griechischen Statue gemeinsam hat, liegt darin, daß ihre heikle Beschaffenheit dem Betrachter sehr viel Gewicht beimißt. Hat die Phantasie erst einmal beschlossen, sich von der Lücke zwischen den Zähnen zu entfernen, ist es dann nicht an der Zeit für einen guten Zahnorthopäden? Und wenn wir sagen, die Schönheit verleihe das Auge des Betrachters, was geschieht dann, wenn der Betrachter anderswohin blickt? Aber vielleicht war das alles Teil von Chloes Anziehungskraft. Eine subjektive Schönheitstheorie macht den Betrachter wunderbar unentbehrlich.

KAPITEL ZEHN

Sprechende Liebe

1 Mitte Mai hatte Chloe ihren 24. Geburtstag. Sie hatte seit längerem Andeutungen fallenlassen hinsichtlich eines roten Pullovers im Schaufenster einer Boutique in Piccadilly, und so machte ich am Vorabend, auf dem Rückweg von der Arbeit, dort halt und kaufte ihn für sie, eingepackt in blaues Papier mit einer rosa Schleife. Aber als ich mich daranmachte, eine Karte vorzubereiten, die das Päckchen begleiten sollte, wurde mir, während meine Feder zögernd über dem Papier schwebte, plötzlich bewußt, daß ich Chloe nie gesagt hatte, daß ich sie liebte.

2 Eine Liebeserklärung wäre vielleicht nicht ganz unerwartet gewesen (zumal wenn sie von einem roten Pullover begleitet wurde), andererseits mußte der Umstand, daß ich ihr noch nie eine gemacht hatte, seine Bedeutung haben. Pullover mögen ein Zeichen der Liebe zwischen einem Mann und einer Frau sein, aber wir mußten sie doch, über die Strickware hinaus, in Sprache übersetzen. Es war, als sei der Kern unserer Beziehung, die sich um das Wort *Liebe* rankte, irgendwie unerwähnbar, entweder der Erwähnung nicht wert oder zu bedeutsam, als daß schon Zeit gewesen wäre, ihn zu formulieren.

3 Es war leichter zu verstehen, warum Chloe noch nichts gesagt hatte. Sie war Worten gegenüber mißtrauisch. »*Man kann die Probleme auch herbeireden*«, hatte sie einmal

gesagt, und so wie Probleme durch Sprache hochstilisiert werden konnten, konnte Liebe durch Sprache zerstört werden. Ich erinnerte mich an eine Geschichte, die sie mir erzählt hatte. Als sie zwölf war, hatten ihre Eltern sie in ein Ferienlager geschickt, das von einer Jugendgruppe veranstaltet wurde. Dort hatte sie sich über beide Ohren in einen gleichaltrigen Jungen verliebt, und nach vielem Erröten und Zögern hatten sie schließlich zusammen einen Spaziergang um den See gemacht. An einer schattigen Bank forderte der Junge sie auf, sich mit ihm dort hinzusetzen, und nach einem Augenblick nahm er ihre feuchte Hand in seine. Es war das erste Mal, daß ein Junge ihr die Hand gehalten hatte, und sie fühlte sich davon so beschwingt, daß sie ihm (mit all der Ernsthaftigkeit ihrer zwölf Jahre) feierlich erklärt hatte, er sei »das Beste, was ihr je passiert sei«. Aber sie hätte besser nicht gesprochen. Am nächsten Tag mußte sie entdecken, daß sich ihre Worte über das ganze Lager verbreitet hatten, ihre töricht-aufrichtige Erklärung verhöhnte sie im Playback in ihrer Verletzlichkeit. Sie hatte einen Verrat durch Sprache erfahren, hatte erlebt, wie vertrauliche Worte in gemeine Münze umgewechselt wurden, und so war sie dazu gekommen, statt dessen dem Körper zu vertrauen, der Bewegung eher als dem gesprochenen Wort.

4 Mit ihrer üblichen Abneigung gegen alles Rosarote hätte Chloe eine Liebeserklärung wahrscheinlich mit einem Scherz abgetan – nicht weil sie sie nicht hätte hören wollen, sondern weil jede Formulierung dem absoluten Klischee wie der völligen Nacktheit gefährlich nahegekommen wäre. Nicht daß Chloe unsentimental gewesen wäre; sie war einfach zu diskret mit ihren Gefühlen, als daß sie in der abgenutzten gesellschaftlichen Sprache der *Romantik* (der von

den Medien verhackstückten Liebe) darüber gesprochen hätte. Obwohl ihre Gefühle doch wohl auf mich gerichtet waren, schienen sie auf seltsame Weise *nicht dazu bestimmt, daß ich sie erfahren sollte.*

5 Doch meine Feder zögerte immer noch über der Geburtstagskarte (mit dem Bild einer Kerzen ausblasenden Giraffe auf dem Deckblatt), und ich sagte mir, was immer ihre Abneigung bedeutete, die Gelegenheit ihres Geburtstags (diese absurde Reverenz an die eigene Entstehung) verlangte förmlich nach linguistischer Bestätigung des zwischen uns bestehenden Bandes. Ich versuchte mir auszumalen, was sie mit dem Päckchen, das ich ihr überreichen würde, machte – nicht mit dem roten Pullover, sondern mit den Worten, die von Liebe sprachen. Ich versuchte sie mir vorzustellen, wie sie es allein, in der Untergrundbahn auf dem Weg zur Arbeit oder im Bad oder auf der Straße, in dem ihr eigenen Tempo öffnete und für sich herauszufinden versuchte, was der Mann, der sie liebte, sich wohl dabei gedacht hatte, als er ihr so sonderbare Dinge schenkte.

6 Die Schwierigkeit einer Liebeserklärung übertrifft bei weitem die Schwierigkeit gewöhnlicher Kommunikation. Hätte ich Chloe erzählt, ich hätte Magenschmerzen oder ein rotes Auto oder einen ganzen Garten voller Narzissen, ich hätte auf ihr Verständnis rechnen können. Sicher, meine Vorstellung von einem Narzissengarten mochte von dem ihren leicht abweichen, aber es gäbe eine vernünftige Parität zwischen den beiden Bildern. Die Worte, die das Trennende zwischen uns überbrückten, hätten als zuverlässige Überbringer der Bedeutung gewirkt, der Brief hätte ohne weiteres sein Ziel erreicht. Aber die Karte, die ich jetzt

zu schreiben versuchte, war nicht mit einer solchen Garantie verbunden. Die Worte waren die vieldeutigsten in der Sprache, weil die Sache, auf die sie sich bezogen, so schmerzlich eine stabile Bedeutung vermissen ließ. Gewiß, Reisende waren vom Herzen zurückgekehrt und hatten darzustellen versucht, was sie gesehen hatten, aber dies Wort war kein festgelegter Breitengrad, ihm fehlte die geographische Definition, es war ein komisch kolorierter Schmetterling, der nie endgültig identifiziert wurde.

7 Es war ein einsames Nachdenken – über den Irrtum, auf den man über einem einzelnen Wort stoßen kann, ein Streitpunkt nicht für Pedanten, aber von verzweifelter Wichtigkeit für Liebende, die es leid sind, über Dolmetscher miteinander zu sprechen. Wir konnten beide darüber sprechen, daß wir liebten, und doch bedeutete dieses Lieben vielleicht für jeden von uns etwas völlig anderes. Liebesworte auszusenden glich dem Abfeuern einer verschlüsselten Botschaft mit einem falschen Übermittler: man war immer unsicher, wie die Botschaft empfangen würde (und dennoch mußte man sie senden, so wie die Pusteblume zahllose Samen freigibt, von denen nur ein Bruchteil sich fortpflanzt, ein aufs Geratewohl riskierter optimistischer Telekommunikationsversuch – Vertrauen auf die Post).

8 Sprache war alles, was ich hatte, um das Trennende zu überbrücken. Würde Chloe die Bedeutung verstehen, mit der ich dieses durchlässige Sieb zu füllen versucht hatte? Wieviel von meiner Liebe würde noch übrig sein, wenn sie bei ihr ankam? Wir konnten ein Gespräch in einer Sprache führen, die die eine gemeinsame Sprache zu sein schien, nur um alsbald zu entdecken, daß die Worte in verschiedenen

Böden wurzelten. Oft hatten wir nachts im selben Bett gelegen und dieselben Bücher gelesen – und später erkannt, daß sie uns völlig unterschiedlich berührt hatten, daß sie verschiedene Bücher für uns waren. Würde sich nicht die gleiche Divergenz über einer einzelnen Liebeszeile ergeben?

Mein Herz >>> — L — I — E — B — E ———► *Ihr Herz*

Sprache

Abbildung 10.1

9 Andererseits hatte ich die Wörter auch nicht ganz in meinen Händen. Sie waren vorher in zu vielen anderen gewesen, ich war in die Sprache *hinein*geboren worden (auch wenn es jetzt nicht um meinen Geburtstag ging), ich hatte die Krankheit nicht selbst erfunden – und aus diesem Gebrauch, dieser Secondhand-Beschaffenheit ergaben sich gleichermaßen Schwierigkeiten und Vorteile, Vorteile, weil es ein gemeinsames Gebiet war, das über Jahrhunderte hinweg abgeteilt worden war als der Liebe zugehörend. Auch wenn wir in unseren Gefühlen füreinander vielleicht nicht übereinstimmten, waren Chloe und ich als brave Schüler doch gelehrig genug, um zu wissen, daß Liebe nicht Haß war, und um die Region wiederzuerkennen, in die Hollywood-Stars reisten, wenn sie ihre Martinis kippten und das Wort Liebe aussprachen.

10 Unsere Vorstellungen von Liebe waren in der gesellschaftlichen Badewanne von romantischen Gefühlen durchtränkt worden. Wenn ich von Chloe tagräumte, verschmolzen diese Träume zwangsläufig mit Elementen der weichen, karamelfarbenen Vision von einhundertundein Medienumarmungen. Ich war nicht nur in Chloe verliebt,

ich nahm zugleich an einem gesellschaftlichen Ritual teil. Wenn ich im Auto die Texte der jüngsten Popsongs hörte, vermischte sich meine Liebe mühelos mit der schmetternden Stimme des Sängers – und war es nicht Chloe, die ich in den eloquenten Texten anderer fand?

Wär's nicht schön
Dich in den Armen zu halten
Und dich zu lieben, Baby?
Dich in den Armen halten
Und dich lieben, Baby, oh yeah!

11 Liebe ist nicht etwas, das sich aus sich selbst erklärt; sie wird immer durch die Kultur, in der wir unseren Geburtstag begehen, *interpretiert.* Wie hätte ich gewußt, daß das, was ich für Chloe empfand, *Liebe* war, hätten nicht andere es mir eingesagt? Daß ich mich mit dem Sänger im Autoradio identifizierte, schloß ja nicht ein spontanes Verstehen des Phänomens ein. Und wenn ich selbst glaubte, daß ich liebte – war das nicht einfach das Ergebnis dessen, daß ich in einer bestimmten Kulturepoche lebte, die das triefende Herz aufspürte und verehrte, wo immer sie konnte? War nicht eher die Gesellschaft als irgendein prä-kommunaler Drang meinerseits der motivierende Faktor gewesen? Hätte man mich in früheren Kulturen und Zeitaltern nicht gelehrt, die Gefühle, die ich für Chloe empfand, zu ignorieren (so wie man mich nun lehrte, den Impuls zu ignorieren, lange Strümpfe zu tragen oder auf eine Beleidigung mit einer Herausforderung zum Duell zu reagieren)?

12 *»Manche Menschen hätten sich niemals verliebt, wenn sie niemals von Liebe hätten sprechen hören«*, sagte La

Rochefoucauld, und gibt die Geschichte ihm nicht recht? Ich mußte Chloe in ein chinesisches Restaurant in Camden ausführen, aber für Liebeserklärungen wären andere Orte vielleicht geeigneter gewesen angesichts der geringen Beachtung, die der Liebe in der chinesischen Kultur seit eh und je geschenkt wurde. Nach Meinung des psychologischen Anthropologen L. K. Hsu ist die chinesische Kultur – im Gegensatz zu den westlichen Kulturen, die das Individuum in den Mittelpunkt rücken und große Betonung auf Gefühle legen – ganz auf die Situation ausgerichtet und konzentriert sich eher auf Gruppen als auf Paare und deren Liebe (obwohl der Geschäftsführer des *Lao Tzu* durchaus erfreut war, meine Tischbestellung entgegenzunehmen). Liebe ist nie etwas Gegebenes; sie wird von verschiedenen Gesellschaften verschieden konstruiert und definiert. In mindestens einer Gesellschaft, nämlich in Neuguinea, gibt es nicht einmal ein Wort für Liebe. In anderen Kulturen existiert die Liebe zwar, doch werden ihr besondere Formen zuerteilt. Die altägyptische Liebeslyrik interessiert sich nicht für Gefühle der Scham, der Schuld oder der Ambivalenz. Die alten Griechen dachten sich nichts bei Homosexualität, das Christentum ächtete den Körper und erotisierte die Seele, die Troubadoure setzten Liebe mit unerwiderter Leidenschaft gleich, die Romantiker machten aus der Liebe eine Religion, und S. M. Greenfield, selber glücklich verheiratet, schreibt in einem Aufsatz im *Sociological Quarterly* (6, 361 – 377), daß Liebe heute allein durch den modernen Kapitalismus am Leben erhalten werde, um:

> ...Individuen zu motivieren – wo es keine anderen Möglichkeiten gibt, sie zu motivieren –, die Positionen von Ehemann-Vater und Ehefrau-Mutter einzunehmen und Kernfamilien zu bilden, die nicht nur für die Reproduk-

tion und Sozialisation wesentlich sind, sondern auch, um die existierenden Arrangements für Verteilung und Konsum von Gütern und Dienstleistungen und ganz allgemein das Gesellschaftssystem gut in Betrieb und am Leben zu erhalten wie einen funktionierenden Konzern.

13 Anthropologie und Geschichte sind voller Divergenzen (und daher Schrecken für jene, die irgendwo außerhalb oder im Widerspruch zu ihrer Zeit stehen), sobald es um Sexualität geht. Im viktorianischen England wurde eine Frau, die masturbierte, als krank angesehen und konnte dafür in ein Asyl gesperrt werden. In Neuguinea herrschte der Glaube, daß »Mannheit« im männlichen Samen verkörpert sei, und es gab dort den Brauch des rituellen Samenverzehrs unter jungen Männern. In dem Dort Iwi war es einst sogar Brauch, die Penisse getöteter Männer zu essen, um Stärke zu erlangen. Den Mädchen von Mangaia im südlichen Pazifik wurde die Clitoris gedehnt, während bei den Massai in Afrika Mädchen, die in die Pubertät kamen, die Clitoris und die kleinen Schamlippen herausgeschnitten wurden, um, wie es hieß, den »Schmutz der Kindheit« zu entfernen. Geschlechtsumwandlung gab es unter amerikanischen Indianern, und bei manchen Stämmen wurden im Krieg gefangene Männer mit dem Status einer Ehefrau in das Haus des Siegers mitgenommen.

14 Wie ein gutes Papierwarengeschäft hatte die Gesellschaft mich mit einer Reihe von Etiketten für die Aufregungen des Herzens ausgestattet. Das Unwohlsein, die Übelkeit und die Sehnsucht, die ich zeitweise bei dem Gedanken an Chloe empfunden hatte, legte meine Gesellschaft unter *L* ab, doch jenseits von Ozeanen oder Jahrhunderten

mochte das Archiv einen anderen Index gehabt haben. Hätten sich meine Symptome nicht auch leicht als Zeichen religiöser Heimsuchung deuten lassen, als Virusinfektion oder als nicht-metaphorische Koronarattacke? Als die Heilige Teresa von Avila, die Gründerin des Ordens der barfüßigen Karmeliterinnen, von etwas sprach, das Seelendetektive heute wahrscheinlich einen sublimierten Orgasmus nennen würden, beschrieb sie, wie sie die Liebe Gottes durch den Besuch eines Engels, eines Knaben, erfahren hatte. Er war

> … sehr schön, sein Gesicht so glühend, daß er wohl einer der höchsten Arten von Engeln war, die ganz aus Feuer zu bestehen scheinen … In seinen Händen erblickte ich eine goldene Lanze, und an dem Ende der ehernen Spitze meinte ich einen Feuerstrahl zu sehen. Damit schien er mein Herz mehrere Male zu durchbohren, so daß er mir bis in die Eingeweide fuhr … Der Schmerz war so heftig, daß mir mehrere Seufzer entfuhren; und so übergroß war die Süße, die mir durch diesen tiefen Schmerz verursacht wurde, daß man nie wünschen kann, er hörte auf, noch wird sich die eigene Seele je mit irgend etwas anderem zufriedengeben als mit Gott.

15 Am Ende kam ich zu dem Schluß, daß eine Karte mit einer Giraffe darauf nicht der beste Platz war, um von Liebe zu sprechen, und daß ich das gemeinsame Essen abwarten würde. Ich fuhr um acht Uhr zu Chloes Wohnung, um sie abzuholen und ihr das Geschenk zu überreichen. Sie war entzückt, daß ich auf ihre Andeutungen hinsichtlich des Schaufensters in Piccadilly reagiert hatte; das einzige Bedauern (taktvoll erst ein paar Tage später geäußert) galt der Tatsache, daß sie den blauen gemeint hatte und nicht den roten. (Die Quittung gab uns eine zweite Chance.)

16 Das Restaurant hätte nicht romantischer sein können. Rings um uns her im *Lao Tzu* saßen Pärchen, ganz ähnlich wie wir selbst (obwohl unser subjektiver Sinn für Einzigartigkeit es uns nicht erlaubte, so zu denken), die sich die Hände hielten, Wein tranken und ungeschickt mit Stäbchen hantierten.

»Gott, jetzt geht's mir besser, ich muß halb verhungert sein. Ich bin den ganzen Tag so deprimiert gewesen«, sagte Chloe.

»Warum?«

»Weil ich eben was gegen Geburtstage habe – sie erinnern mich immer an Tod und gezwungene Fröhlichkeit. Aber ehrlich, ich finde, dieser Geburtstag erweist sich am Ende als gar nicht so schlecht, sondern ist sogar sehr nett, nachdem mein Freund etwas nachgeholfen hat.«

Sie sah mich an und lächelte.

»Weißt du, wo ich letztes Jahr um diese Zeit war?« fragte sie.

»Nein, wo?«

»In einem Restaurant, meine schreckliche Tante hatte mich zum Essen eingeladen. Es war furchtbar, ich mußte dauernd zur Toilette gehen und weinen; ich war so wütend, das war mein Geburtstag, und die einzige Person, die mich eingeladen hatte, war meine Tante mit ihrem irritierenden Gestotter, die mir immer wieder sagen mußte, sie könne nicht verstehen, wieso ein nettes Mädchen wie ich keinen Mann habe, der in ihrem Leben eine Rolle spiele. So gesehen ist es wahrscheinlich gar nicht schlecht, daß ich dir begegnet bin ...«

17 Sie war wirklich anbetungswürdig (dachte der Liebhaber auf dem Gipfel subjektiven Urteilens). Aber wie konnte ich ihr das auf eine Art sagen, die ihr die besondere Natur meiner Zuneigung andeutete. Wörter wie *Liebe* oder *Hingabe* oder *Leidenschaft* waren zu verbraucht durch das

Gewicht einander ablösender Liebesgeschichten, durch die vielen Schichten, die andere durch ihren Gebrauch auf sie gehäuft hatten. In dem Moment, da ich mir mehr als alles andere gewünscht hätte, die Sprache wäre originell, persönlich und ganz und gar privat, geriet ich in Konflikt mit dem unweigerlich öffentlichen Charakter der Sprache des Herzens.

18 Das Restaurant erwies sich nicht als hilfreich, seine romantische Atmosphäre machte Liebe allzu auffällig und damit unaufrichtig. Die Romantik schwächte das Band zwischen urheberischer Absicht und Sprache, die Wortbedeutungen drohten fortwährend mit Untreue (insbesondere als über die Lautsprecheranlage eine Aufnahme von Chopins *Nocturnes* ertönte und eine Kerze zwischen uns auf den Tisch gestellt worden war). Es gab, wie es schien, keine Möglichkeit, meine *Liebe* mit dem Wort L – I – E – B – E zu übermitteln, ohne damit zugleich die banalsten Assoziationen in den Warenkorb zu werfen. Dabei mußte es doch eine Über-einstimmung, eine Identifikation mit L – I – E – B – E geben, aber wie sehr ich mich auch bemühte, mich mit dem Wort zu *identifizieren*, es war zu reich an fremder Geschichte: alles, von den Troubadouren bis hin zu *Casablanca*, hatte diese Buchstaben ausgenutzt.

19 Es besteht immer die Möglichkeit, sich emotional träge zu verhalten, das heißt, zu *zitieren*. Ich konnte, frei nach Flaubert, nach dem öffentlichen *Diktionär empfangener Liebe* greifen, mit seinen vorgefertigten, passenden Stimmungstaschen, klebrig von Lügen und Sahnebonbons. Doch hatte der Gedanke etwas Abstoßendes, es war, als schliefe man in eines anderen schmutzigem Bettzeug. War es nicht Ehrensache, daß ich der Urheber meiner eigenen romanti-

schen Sätze blieb? Mußte ich nicht selbst eine Liebeserklärung zuschneiden, die Chloes Einzigartigkeit gerecht wurde?

20 Es ist immer leichter, andere zu zitieren, als für sich selbst zu sprechen, leichter, Shakespeare zu benutzen oder Frank Sinatra, als die eigene wunde Kehle zu riskieren. In Sprache hineingeboren, adoptieren wir zwangsläufig den Gebrauch, den andere von ihr gemacht haben; wir beziehen uns selbst in eine Geschichte ein, die nicht die unsere ist. Für Liebende, die das Gefühl haben, sie erfänden die Welt neu durch ihre Liebe, lauert hier eine unausweichliche Konfrontation mit einer Geschichte, die ihrer Verbindung voranging (sei es die eigene Vergangenheit oder die der Gesellschaft). Jede meiner Liebesgesten hatte einen Geburtstag, der vor Chloes Geburt lag – immer waren da andere Geburtstage, es konnte gar keine jungfräulichen Liebeserklärungen geben (selbst die zwölf Jahre alte Chloe war am See bereits in diese Geschichte einbezogen, wenn auch nur durchs Fernsehen). Wie der Akt der Liebe umhüllte auch das Sprechen von Liebe mich mit einer Spur von jeder, mit der ich je geschlafen hatte.

21 Insofern waren in allem Splitter von anderen. In meinem Essen und in meinen Gedanken – überall war Anderssein. Während ich wünschte, daß einzig und allein Chloe da wäre, sah ich mich einer inzestuösen Verquickung mit der Kultur konfrontiert: *ein Mann und eine Frau, Liebende, die in einem chinesischen Restaurant einen Geburtstag feiern; ein Abend in der westlichen Welt, irgendwo gegen Ende des zwanzigsten Jahrhunderts.* Ich hielt Chloes Hand, ich glaubte, daß ich sie liebte – und die Weltgewandtheit meiner schla-

genden Originalität bereitete mir Unbehagen. Ich verstand jetzt, warum Chloe Geburtstage haßte – unsere willkürliche Einreihung auf dem Fließband der Kultur. Meine Sehnsucht zwang mich, das lineare Denken aufzugeben und nach einer Metapher zu suchen. Das, was ich sagen wollte, würde mit dem Wort L – I – E – B – E nie bei ihr ankommen. Es mußte sich nach einem anderen Vehikel umsehen, vielleicht einem Boot, das etwas verformt, gedehnt oder geschrumpft oder unsichtbar war – und nicht die *Sache* repräsentierte, damit es besser ihr Geheimnis umfaßte, Liebe als hebräischer Gott.

22 Da bemerkte ich einen kleinen Teller mit Marshmallows, ein Geschenk des Hauses, neben Chloes Ellbogen. Ohne daß ich aus semantischer Sicht erklären könnte, wieso, schien es mir plötzlich sonnenklar, daß ich Chloe nicht nur sehr *liebte*, sondern mehr noch, ich *marshmallowte* sie. Wie es kam, daß die Marshmallows plötzlich so vollkommen meinen Gefühlen für Chloe entsprachen – ich werde es nie wissen, aber das Wort schien das Wesen meiner amourösen Verfassung, mit einer Genauigkeit zu treffen, die das von zu häufigem Gebrauch abgenutzte Wort Liebe einfach nicht erreichen konnte. Und noch unerklärlicher: als ich ihre Hand nahm und ihr mit einem Augenaufschlag à la Bogart und Romeo sagte, ich hätte ihr etwas sehr Wichtiges zu sagen, nämlich daß ich sie *marshmallowte*, schien sie absolut zu verstehen und antwortete, das sei das Süßeste, was jemals jemand zu ihr gesagt habe.

23 Und von da an war Liebe, für Chloe und mich zumindest, nicht mehr nur *Liebe*. Sie war etwas Zuckriges, Bauschiges, nur ein paar Millimeter im Durchmesser, das köstlich im Mund zerschmilzt.

KAPITEL ELF

❦ *Was siehst du in ihr?* ❦

1 In der ersten Juniwoche zog der Sommer ein. Er verwandelte London in eine mediterrane Stadt und holte die Menschen aus ihren Häusern und Büros in die Parks und auf die Plätze. Die Hitze traf zusammen mit der Ankunft eines neuen Arbeitskollegen, eines amerikanischen Architekten, der eingestellt worden war, um sechs Monate mit uns an einem Bürogebäudekomplex bei Waterloo Station zu arbeiten.

2 »Man hat mir gesagt, in London regnete es jeden Tag – und nun sieh dir das an!« meinte Will, als wir eines Mittags in einem Restaurant in Covent Garden saßen. »Unglaublich, und ich habe nur Pullover mitgebracht!«

»Keine Sorge, Will, auch hier gibt es T-Shirts zu kaufen.«

Das erste Mal war ich William Knott fünf Jahre zuvor begegnet, als wir ein gemeinsames Semester an der School of Design der Universität von Rhode Island verbrachten. Er war ein Hüne von Gestalt, mit der ständigen Bräune, dem furchtlosen Lächeln und dem wettergegerbten Gesicht eines Forschungsreisenden. Nach Abschluß seines Studiums in Berkeley hatte er an der Westküste Karriere gemacht: er galt als einer der innovativsten und intelligentesten Architekten seiner Generation.

3 »Erzähl mal, hast du eine feste Freundin?« fragte Will, als wir beim Kaffee angelangt waren. »Du bist doch nicht mehr mit dieser … wie hieß sie doch? … zusammen?«

»Nein, nein, das ist lange vorbei. Jetzt bin ich in einer ernsteren Sache engagiert.«

»Toll, erzähl mir davon.«

»Du mußt einfach mal zum Essen zu uns kommen und sie kennenlernen.«

»Wahnsinnig gern. Erzähl weiter.«

»Sie heißt Chloe, sie ist vierundzwanzig, macht Grafik-Design. Sie ist intelligent, hübsch, sehr komisch …«

»Klingt umwerfend.«

»Und wie sieht's bei dir aus?«

»Eigentlich nichts Konkretes. Ich war länger mit diesem Mädchen von der UCLA zusammen, aber du weißt ja, wir sind uns gegenseitig in die Quere gekommen, und so haben wir beide sozusagen die Reißleine gezogen. Wir waren nicht bereit zu der großen gemeinsamen Reise, also… Aber erzähl mir noch ein bißchen von dieser Chloe – was ist es, was siehst du in ihr?«

4 *Was sah ich in ihr?* Die Frage fiel mir später am Abend wieder ein, bei Safeway, ausgerechnet an der Kasse, als ich verzückt beobachtete, wie sie die Lebensmittel in einer Plastiktüte verstaute. Der Zauber, den ich in diesen trivialen Gesten entdeckte, machte meine Bereitschaft offenbar, nahezu alles als unanfechtbaren Beweis dafür zu akzeptieren, daß sie vollkommen war. *Was sah ich in ihr?* Mehr oder weniger alles.

5 Einen Moment lang phantasierte ich, daß ich gern so ein Joghurtbecher wäre, damit ich auch so freundlich und behutsam von ihr in eine Einkaufstüte gesteckt würde, zwischen eine Dose Thunfisch und eine Flasche Olivenöl. Und nur die dazu nicht passende unsentimentale Atmo-

sphäre des Supermarkts (»Diese Woche im Angebot: Leber«) machte mich warnend darauf aufmerksam, wie weit ich schon in einen pathologisch-romantischen Zustand hineingerutscht war.

6 Auf dem Rückweg zum Auto machte ich Chloe Komplimente, wie wunderbar sie das Drum und Dran der Einkäufe erledigt habe.
»Sei nicht albern«, erwiderte Chloe. »Kannst du mal den Kofferraum aufmachen, die Schlüssel sind in meiner Handtasche.«

7 Um Zauber an entlegenen Stellen zu entdecken, muß man sich weigern, sich vom Offensichtlichen betören zu lassen. Es ist kinderleicht, den Zauber in zwei Augen oder in den Konturen eines schön geformten Mundes wahrzunehmen. Wieviel schwerer ist es, ihn in den Handbewegungen einer Frau beim Einpacken von Lebensmitteln an der Kasse des Supermarkts zu entdecken. Chloes Manierismen waren die Zeichen einer weiterreichenden Vollkommenheit, auf die nur ein Liebender stoßen konnte. Sie waren wie die Spitzen eines Eisbergs, ein Hinweis auf etwas, das darunter lag. Bedurfte es nicht eines Liebenden, um dessen wahren Wert zu erkennen – einen Wert, der dem weniger Neugierigen, dem weniger Verliebten natürlich bedeutungslos erscheinen mußte?

8 Doch ich blieb nachdenklich auf der Heimfahrt durch den abendlichen stockenden Stoßverkehr. Meine Liebe begann sich selbst in Frage zu stellen. Was bedeutete es, wenn Chloe bestimmte Dinge, die ich bezaubernd an ihr fand, als zufällig oder unwichtig für ihr wahres Ich

erachtete? Las ich Dinge in sie hinein, die schlicht nichts mit ihr zu tun hatten? Ich betrachtete die Linie ihrer Schulter und wie sich eine Haarsträhne von ihr an der Kopfstütze ihres Sitzes verfangen hatte. Sie wandte sich mir lächelnd zu, so daß ich einen Moment lang die Lücke zwischen ihren beiden Schneidezähnen sah. Wieviel von meiner sensiblen, seelenvollen Liebsten sollte ich in meine Mitfahrerin hineinlegen?

9 Liebe offenbart ihre Verrücktheit dadurch, daß sie sich weigert, die angeborene *Normalität* des geliebten Menschen anzuerkennen. Daher sind Liebende so langweilig für jene, die an den Seitenlinien stehen. Was sehen sie in dem geliebten Menschen, abgesehen von einem anderen menschlichen Wesen? Ich hatte oft versucht, meine Begeisterung für Chloe mit Freunden zu teilen, mit denen ich in der Vergangenheit viele gute Gespräche über Filme, Bücher und Politik geführt hatte, die mich jetzt jedoch mit der profanen Bestürzung von Atheisten betrachteten, die sich einem messianischen Eiferer gegenübersehen. Nachdem ich einigen Freunden das zehnte Mal die Geschichten von Chloe in der chemischen Reinigung oder von Chloe und mir im Kino erzählt hatte oder wie Chloe und ich ein Gericht zum Mitnehmen bestellt hatten, diese Geschichten mit wenig Handlung und noch weniger Aktion, bei denen nur die zentrale Gestalt im Mittelpunkt einer fast bewegungslosen Erzählung steht, mußte ich mir notgedrungen eingestehen, daß die Liebe ein einsames Unterfangen war; bestenfalls wurde sie von einer einzigen Person verstanden, nämlich von der geliebten Person selbst.

10 Nur eine dünne Linie trennt Liebe von Phantasie, von einem Glauben ohne jede Verbindung zur äußeren Realität, einer im wesentlichen privaten, narzißtischen Obsession. Natürlich war an der Art und Weise, wie Chloe Lebensmittel einpackte, nichts, was für sich genommen liebenswert gewesen wäre; die Liebe war schlicht etwas, das ich ihrer Geste zuzuschreiben beschlossen hatte – einer Geste, die von anderen, die mit uns bei Safeway in der Schlange standen, vielleicht sehr anders bewertet worden wäre. Ein Mensch ist nie gut oder schlecht an sich, was bedeutet, daß Lieben oder Hassen an seiner Wurzel notwendigerweise ein subjektives und vielleicht illusionistisches Element hat. Es erinnerte mich daran, wie Will mit seiner Frage einen Unterschied gemacht hatte zwischen Eigenschaften, die einer Person eigen waren, und jenen, die ihr von ihrem Liebhaber zugeschrieben wurden. Denn Will hatte mich nicht gefragt, *wer* Chloe war (wie hätte ein Liebender das auch objektiv sagen können?), sondern vielmehr, was ich in ihr *sah* – eine weitaus subjektivere und vielleicht auch unzuverlässigere Wahrnehmung.

11 Kurz nach dem Tod ihres älteren Bruders hatte Chloe (die damals gerade ihren achten Geburtstag gefeiert hatte) eine stark philosophische Phase durchgemacht. »Ich begann alles zu hinterfragen«, erzählte sie mir. »Ich mußte herausfinden, was der Tod war. Und das ist schon genug, um darüber zum Philosophen zu werden.« Eine ihrer großen Obsessionen, auf die in ihrer Familie immer noch angespielt wurde, betraf Gedanken, wie sie Lesern von Descartes und Berkeley vertraut sind. Chloe pflegte die Hand über die Augen zu legen und zu ihren Eltern zu sagen, ihr Bruder sei noch am Leben, denn sie sehe ihn in ihrer Vorstellung

ebenso deutlich, wie sie sie, ihre Eltern, sehe. Warum sie ihm sagten, er sei tot, wenn sie, Chloe, ihn doch in ihrer Vorstellung sehen könne? Und dann, indem sie die Herausforderung der Realität und die Gefühle, die sie ihren Eltern gegenüber hegte, auf die Spitze trieb, pflegte (mit dem Lächeln des sechs Jahre alten Kindes, das sich der Macht seiner feindseligen Impulse bewußt wird) sie ihnen zu sagen, sie könne sie töten, indem sie die Augen schließe und nie wieder an sie denke – ein Vorhaben, das mit Sicherheit eine vorhersagbar unphilosophische Antwort auslöste.

12 Liebe und Tod scheinen von Natur aus Fragen nach innerem Wunsch und äußerer Wirklichkeit auszulösen: Erstere führt uns dazu, Glauben an ihre äußere Existenz zu entwickeln, letzterer Glauben an seine Abwesenheit. Was immer und wer immer Chloe war – konnte ich nicht die Augen schließen und glauben, meine Wahrnehmung sei Realität, was ich in ihr sah, sei wirklich da, was immer sie selbst oder die Leute bei Safeway dachten?

13 Doch aller Solipsismus hat seine Grenzen. Lagen meine Ansichten über Chloe noch irgendwo im Bereich der Realität, oder hatte ich völlig den gesunden Menschenverstand verloren? Natürlich *erschien* sie mir liebenswert, aber war sie *tatsächlich* so liebenswert, wie ich dachte? Es war das alte cartesianische Farbenproblem: Der Bus mochte einem Betrachter rot erscheinen, aber war dieser Bus wirklich, im wesentlichen und seinem Wesen nach rot? Als Will ein paar Wochen später Chloe kennenlernte, hatte er sicherlich seine Zweifel, unausgesprochen, natürlich, aber sie drückten sich in seinem ganzen Verhalten aus und darin, wie er mir am nächsten Tag bei der Arbeit sagte, für einen

Kalifornier wie ihn seien englische Frauen natürlich »sehr speziell«.

14 Ehrlich gesagt, flößte Chloe auch mir gelegentliche Zweifel ein. Ich weiß noch, wie sie eines Abends bei mir im Wohnzimmer saß und las, während wir eine Bach-Kantate hörten, die ich aufgelegt hatte. Die Stimmen sangen von himmlischer Inbrunst, vom Segen des Herrn und geliebten Freunden, und Chloes Gesicht, müde, aber glücklich, gebadet von einem Lichtstrahl, der von der Schreibtischlampe durch den abgedunkelten Raum fiel, wirkte tatsächlich so, als gehörte es einem Engel, einem Engel, der nur auf ausgeklügelte Art vortäuschte (mit Fahrten zu Safeway oder zum Postamt), daß er ein ganz gewöhnlicher Sterblicher sei, dessen Geist jedoch tatsächlich angefüllt war mit den empfindsamsten, subtilsten und göttlichsten Gedanken.

15 Da nur der Körper dem Auge zugänglich ist, setzt der betörte Liebhaber seine Hoffnung auf die Treue der Seele zu ihrem Gehäuse – die Hoffnung, daß der Körper eine zu ihm passende Seele besitzt, daß, was die Haut, die Hülle, *repräsentiert*, sich als das erweist, was es ist. Ich liebte Chloe nicht wegen ihres Körpers, ich liebte ihren Körper für das, was er versprach, wer sie sei. Es war ein höchst inspirierendes Versprechen.

16 Aber was, wenn sich ihr Gesicht als Trompe-l'œil erwies, als Maske, als eine Oberfläche, die auf ein Inneres schließen ließ, das sie gar nicht besaß? Um noch einmal auf Wills unausgesprochene Unterscheidung zurückzukommen: Was, wenn ich nun Dinge nur in sie hineinsah, sie ihr »ansah«? Ich wußte, es gab Gesichter, die auf bestimmte

Eigenschaften hindeuteten, welche die Menschen gar nicht hatten. Es gab Kinder, deren Augen eine Weisheit ausdrückten, die sie noch gar nicht erworben haben konnten. »Mit vierzig hat jeder Mensch das Gesicht, das er verdient«, schrieb George Orwell, aber trifft das wirklich immer zu, oder ist es nicht schlicht ein Mythos, ebenso tröstlich in der Welt des äußeren Scheins wie im ökonomischen Bereich, nämlich der Glaube an eine bestimmte Form natürlicher Gerechtigkeit? Den Mythos zu durchschauen hieße, sich der furchtbaren Gesichtslotterie der Natur gegenüberzusehen und folglich den Glauben an ein gottgegebenes (oder zumindest mit einer Absicht gegebenes) Gesicht fallenzulassen.

17 Der Liebende, der etwas abseits an der Kasse des Supermarkts steht oder im Wohnzimmer sitzt, beobachtet die Geliebte und gerät ins Träumen, er beginnt, ihr Gesicht zu deuten und ihre Gesten, er entdeckt darin etwas Überirdisches, Vollendetes, Verzauberndes. Er nutzt die Art, wie die Geliebte eine Dose Thunfisch einpackt oder Tee einschenkt, um die Ingredienzien eines Traumes zusammenzustellen. Doch zwingt das Leben ihn nicht immer zu einem leichten Dämmerzustand? Muß er nicht immer darauf gefaßt sein, geweckt und den weltlichen Realitäten gegenübergestellt zu werden?

18 »Kannst du nicht dieses unmögliche Gejodel abstellen«, sprach der Engel aus heiterem Himmel.

»Welches unmögliche Gejodel?«

»Na, die Musik.«

»Das ist Bach.«

»Ich weiß, aber es klingt so albern, ich kann mich gar nicht richtig auf meine *Cosmo* konzentrieren.«

19 »Ist es wirklich *sie*, die ich liebe«, dachte ich bei mir, als ich wieder quer durchs Zimmer zu Chloe hinüberblickte, die lesend auf dem Sofa saß, oder nur eine Idee, die sich um ihren Mund, ihre Augen, ihr Gesicht herum sammelt? Machte ich mich, wenn ich ihren Gesichtsausdruck auf ihr ganzes Wesen übertrug, nicht vielleicht der falschen Metonymie schuldig – das Metonym als Symbol, ein Attribut einer Einheit, anstelle der Einheit selbst? Die Krone für die Monarchie, das Steuer für das Auto, das Weiße Haus für die amerikanische Regierung, Chloes engelgleiches Aussehen für Chloe …

20 Beim Oasenkomplex bildet sich der Durstende ein, er sähe Wasser, Palmen und Schatten – nicht weil er irgendeinen Anhaltspunkt für seinen Glauben hätte, sondern weil er das Bedürfnis danach hat. Verzweifelte Bedürfnisse bringen Halluzinationen ihrer Erfüllung hervor: Durst halluziniert Wasser, das Bedürfnis nach Liebe halluziniert den idealen Mann oder die ideale Frau. Der Oasenkomplex ist niemals eine *vollständige* Täuschung: der Mensch in der Wüste sieht *irgend etwas* am Horizont. Nur daß die Palmen verwelkt sind, der Brunnen ausgetrocknet und die Umgebung verseucht von Heuschrecken.

21 War ich nicht Opfer einer vergleichbaren Täuschung? Die Frau, mit der ich allein im Zimmer saß, trug das Gesicht eines Menschen, der gerade *Die göttliche Komödie* verfaßt, während sie sich durch die astrologischen Seiten der *Cosmopolitan* arbeitete.

KAPITEL ZWÖLF

Skepsis und Vertrauen

1 Anders als die Geschichte der Liebe läßt die Geschichte der Philosophie eine beharrliche und schonungslose Auseinandersetzung mit der Diskrepanz zwischen Schein und Wirklichkeit erkennen. »Ich glaube, ich sehe draußen einen Baum«, murmelt der Philosoph, »aber ist es nicht möglich, daß dies nur eine optische Täuschung hinter meiner eigenen Netzhaut ist?« – »Ich glaube, ich sehe meine Frau«, murmelt der Philosoph hoffnungsvoller, »aber ist es nicht möglich, daß auch sie nur eine optische Täuschung ist?«

2 Philosophen beschränken in der Regel den erkenntnistheoretischen Zweifel auf Tische, Stühle, die Höfe der Colleges in Cambridge und die gelegentlich unerwünschte Ehefrau. Diese Fragen auf Dinge auszudehnen, die uns wirklich angehen, nämlich zum Beispiel auf die Liebe, heißt, die erschreckende Möglichkeit ins Auge zu fassen, daß der geliebte Mensch nur eine innere Phantasie ist, mit wenig Verbindung zu irgendeiner objektiven Realität.

3 Zweifeln ist leicht, solange es nicht um eine Frage des Überlebens geht: Wir sind so skeptisch, wie wir es uns leisten können, und am leichtesten ist es, skeptisch gegenüber Dingen zu sein, die nicht von fundamentaler Bedeutung für uns sind. Es ist leicht, die Existenz eines Tisches anzuzweifeln; es ist verdammt schwer, die Echtheit der eigenen Liebe anzuzweifeln.

4 Am Anfang des abendländischen philosophischen Denkens wird der Fortschritt von Unwissen zum Wissen von Platon mit einer wunderbaren Reise aus dem Dunkel einer Höhle ans helle Sonnenlicht verglichen. Menschen werden ohne die Fähigkeit, die Realität wahrzunehmen, geboren, sagt uns Platon, eher wie Höhlenbewohner, welche die Schatten, die von Gegenständen an die Wände geworfen werden, mit den Gegenständen selbst verwechseln. Nur unter großer Mühe können Illusionen abgeworfen werden, kann die Reise aus der Schattenwelt der Höhle ins helle Sonnenlicht unternommen werden, wo die Dinge endlich als das gesehen werden können, was sie wirklich sind. Wie alle Allegorien ist es eine Erzählung mit einer Moral, der Moral, daß der Wille zur Wahrheit die eigentliche Bedeutung des Menschenlebens ausmachen sollte.

5 Es braucht ungefähr dreiundzwanzig Jahrhunderte, bis die sokratische These von dem Nutzen, den es mit sich bringt, diesen Pfad von der Illusion zum Wissen zu beschreiten, von einem eher moralischen als schlicht erkenntnistheoretischen Standpunkt aus hinterfragt wird. Gewiß hat jeder, von Aristoteles bis Kant, Platon auf dem *Weg* zur Wahrheit kritisiert, doch niemand hat den *Wert* der Unternehmung ernsthaft in Zweifel gezogen. Aber in *Jenseits von Gut und Böse* (1886) packte Friedrich Nietzsche schließlich den Stier bei den Hörnern und fragte:

> *Was* in uns will eigentlich zur Wahrheit? ... Wir fragten nach dem Werthe dieses Willens. Gesetzt, wir wollten Wahrheit: warum nicht lieber Unwahrheit? Und Ungewißheit? Selbst Unwissenheit? ... Die Falschheit eines Urtheils ist uns noch kein Einwand gegen ein Urtheil ... Die Frage ist, wie weit es lebensfördernd, lebenserhaltend,

Art-erhaltend, vielleicht gar Art-züchtend ist; und wir sind grundsätzlich geneigt zu behaupten, daß die falschesten Urtheile ... uns die unentbehrlichsten sind ... daß Verzicht leisten auf falsche Urtheile ein Verzicht leisten auf Leben, eine Verneinung des Lebens wäre.

6 Vom religiösen Standpunkt aus war der Wert der Wahrheit natürlich Jahrhunderte vorher in Frage gestellt worden. Der Philosoph Blaise Pascal (1623 – 1662, buckliger Jansenist, Verfasser der *Pensées*) hatte von einer Wahl gesprochen, vor die sich jeder Christ gestellt sehe in einer Welt, die ungleich geteilt sei zwischen dem Schrecken eines Universums ohne Gott und der segensreichen – aber unendlich fernen – anderen Möglichkeit, daß Gott existiere. Und obwohl alles dafür sprach, daß Gott nicht existierte, argumentierte Pascal, daß unser Glaube an Gott dennoch weithin gerechtfertigt werden könne, weil die Freuden der geringeren Wahrscheinlichkeit die Schrecken der größeren Wahrscheinlichkeit so weit überwogen. Ebenso sollte es vielleicht mit der Liebe sein. Liebende können nicht sehr lange Philosophen bleiben; sie sollten dem religiösen Impuls Raum geben, das heißt, sie sollten glauben und Vertrauen haben – im Gegensatz zum philosophischen Impuls, der bedeutet, zu zweifeln und zu fragen. Sie sollten das Risiko, *zu irren und zu lieben*, dem *Zweifeln und dem Leben ohne Liebe* vorziehen.

7 Solche Gedanken gingen mir durch den Kopf, als ich eines Abends auf Chloes Bett saß und mit ihrem Spielzeugelefanten Guppy spielte. Sie hatte mir erzählt, daß Guppy, als sie noch klein war, eine große Rolle in ihrem Leben gespielt hatte. Er war eine ebenso reale Gestalt wie die Familienangehörigen, und er war sehr viel mitfühlender. Er

hatte seine eigenen Gewohnheiten, seine Lieblingsspeisen, seine eigene Art, zu schlafen und zu sprechen – und doch, aus einem leidenschaftsloseren Blickwinkel betrachtet, war es offenkundig, daß Guppy ganz und gar ihre Schöpfung war und keine Existenz hatte außer in ihrer Vorstellung. Doch wenn irgend etwas für Chloes Beziehung zu dem Elefanten wirklich ruinös gewesen wäre, dann die Frage, ob der Elefant wirklich existierte oder nicht: *Lebt diese pelzige Kreatur tatsächlich unabhängig von dir, oder hast du sie nicht schlicht erfunden?* Und darüber kam mir der Gedanke, daß eine vergleichbare Diskretion vielleicht gegenüber Liebenden und ihren Geliebten angebracht wäre, daß man einen Liebenden niemals fragen sollte: *Existiert diese mit Liebe ausgestopfte Person tatsächlich, oder existiert sie nur in deiner Phantasie?*

8 Die Geschichte der Medizin berichtet von dem Fall eines Mannes, der in dem sonderbaren Wahn lebte, daß er ein Spiegelei sei. Wie oder wann diese Idee ihm in den Kopf gekommen war, wußte niemand genau zu sagen, doch nun weigerte er sich auch noch, sich irgendwo hinzusetzen, aus Furcht, er würde »sich zerbrechen« oder »das Gelb« würde »zerlaufen«. Die Ärzte versuchten mit Sedativa und anderen Medikamenten seine Ängste zu beschwichtigen, doch nichts schien zu helfen. Schließlich machte sich einer von ihnen die Mühe, sich in die Gedanken des in seinem Wahn lebenden Patienten zu versetzen, und schlug ihm vor, er solle ständig eine Scheibe Toast bei sich haben, die er auf jeden Stuhl, auf dem er zu sitzen wünsche, legen könne, um sich so vor dem Zerlaufen zu schützen. Von da an wurde der in seinem Wahn lebende Mann nie mehr ohne eine Scheibe Toast in der Hand gesehen, und er konnte von da an ein mehr oder weniger normales Leben führen.

9 Was lehrt uns diese Geschichte? Sie zeigt lediglich: auch wenn man in einem Wahn lebt (Liebe, der Glaube, daß man ein Ei sei), kann alles gut ausgehen, sofern man den komplementären Teil für die Täuschung findet (einen anderen liebenden Menschen, der wie Chloe unter einer vergleichbaren Täuschung steht, ein Stück Toast). Täuschungen sind an sich nicht schädlich; sie tun nur weh, wenn man der einzige ist, der an sie glaubt, wenn man keine Umgebung zu schaffen vermag, in der sie aufrechterhalten werden können. Solange wir beide, Chloe und ich, den Glauben an die unendlich zerbrechliche Seifenblase der Liebe aufrechterhalten konnten – was machte es da, ob der Bus wirklich rot war oder nicht?

KAPITEL DREIZEHN
❦ *Intimität* ❦

1 Während sie zuschaute, wie sich ein Zuckerwürfel in einer Tasse Kamillentee auflöste, verkündete Chloe, von deren Gesellschaft ich mir versprach, daß sie das Leben bedeutungsvoll machte: »Wir können nicht zusammenziehen. Ich habe nämlich ein Problem: Ich muß mein eigenes Leben leben, sonst löse ich mich auf. Es ist nicht nur, daß ich die Tür hinter mir zumachen können muß; es ist ein psychologisches Ding, eine Mutterschoßangelegenheit. Nicht daß ich dich nicht wollte, es ist eher die Furcht, daß ich dann nur noch dich will und irgendwann feststellen muß, daß nichts von mir übrig ist. Also entschuldige es bitte als Teil meiner allgemeinen Verkorkstheit, aber ich fürchte, ich muß die Reisetaschenlady bleiben.«

2 Ich hatte Chloes Reisetasche das erste Mal in Heathrow gesehen, eine hellrosa zylinderförmige Tasche mit einem leuchtend grünen Schulterriemen. Mit dieser Tasche hatte sie vor meiner Tür gestanden, als sie das erste Mal kam, um über Nacht zu bleiben, wobei sie sich wieder für die aggressiven Farben entschuldigte und sagte, sie habe die Tasche gebraucht, um eine Zahnbürste und frische Sachen für den nächsten Tag einzupacken. Ich hatte angenommen, die Reisetasche sei eine vorübergehende Angelegenheit, etwas, das sie benutzte, bevor sie sich wohl genug bei mir fühlte, um Kleider und eine Zahnbürste in meiner Wohnung heimisch zu machen. Aber sie gab die Tasche nie auf; jeden Morgen

packte sie wieder alles ein, als wäre es das letzte Mal, daß wir einander gesehen hätten, als ginge sie, wenn sie auch nur ein Paar Ohrringe zurückließe, ein unerträgliches Risiko der Selbstauflösung ein.

3 Sie sprach oft von der Furcht, sich aufzulösen, zum Beispiel in der Menge, die morgens im Zug auf sie eindrängte, oder in ihrer Familie oder in ihrer Büro-Person – und so auch, indirekt, von der Furcht, sich in ihrem Liebhaber aufzulösen. Das erklärte die Wichtigkeit der Reisetasche, ein Symbol ihrer Freiheit, ihrer Unabhängigkeit, des Verlangens, sich selbst zusammenzuhalten und die Teile, die sie auf andere verteilt hatte, wiederzugewinnen.

4 Doch wie konsequent sie mit ihrem Gepäck auch war, mit der Zeit begann sie dennoch bestimmte Dinge dazulassen. Nicht Zahnbürsten oder Schuhe, sondern Stücke von ihr selbst. Es begann mit Sprache, damit, daß Chloe mir ihre Angewohnheit daließ, *»nicht immer«* statt *»niemals«* zu sagen oder das *»be«* von *»bevor«* stark zu betonen, oder *»Paß auf dich auf«* zu sagen, bevor sie den Hörer auflegte. Sie wiederum übernahm mein *»perfekt«* und *»wenn du meinst«*. Dann begannen Gewohnheiten zwischen uns durchzusickern: Ich machte mir Chloes Bedürfnis nach völliger Dunkelheit im Schlafzimmer zu eigen, sie übernahm meine Methode, die Zeitung zu falten; ich gewöhnte mir an, im Kreis um das Sofa herumzuwandern, wenn ich über ein Problem nachdachte, sie fand Geschmack daran, auf dem Teppich zu liegen.

5 Diese allmähliche Durchdringung brachte einen gewissen Grad von Intimität mit sich: die Grenzen zwischen uns wurden nicht mehr strikt überwacht, so daß den Brown-

schen Partikeln freie Bewegung möglich war. Der Körper spürte nicht länger die Augen des anderen. Chloe konnte im Bett liegen und lesen und dabei einen Finger in die Nase stecken, um ein Hindernis zu entfernen, es dann zu einem Kügelchen rollen, bis es trocken und fest war, und es dann hinunterschlucken. Die Vertrautheit mit dem Körper ging über die sexuelle Vertrautheit hinaus. Wir konnten an einem heißen Sommerabend nackt nebeneinander liegen, ohne unsere Nacktheit irgendwie zu erwähnen. Wir konnten Schweigepausen riskieren; wir waren nicht länger paranoide Redende, die auf keinen Fall das Gespräch stocken lassen wollten, damit die Stille sich nicht als verräterisch erwies (*»Was denkt sie/er über* mich *in diesem Schweigen?«*). Wir wurden einer in des anderen Vorstellung selbstsicherer, und das ewige Verführen (die Furcht vor dem Gegenteil) erledigte sich damit von selbst.

6 Mit der Intimität stellte sich ein Reichtum an Informationen über den *novellistischen* im Gegensatz zu dem *philosophischen* Aspekt der Existenz ein: der Geruch von Chloes Haut nach dem Duschen, der Klang ihrer Stimme, wenn sie am Telefon im Nachbarzimmer sprach, das Rumoren ihres Magens, wenn sie hungrig war, ihr Gesichtsausdruck in dem Moment, bevor sie nieste, die Form ihrer Augen, wenn sie aufwachte, die Art, wie sie einen nassen Regenschirm schüttelte, das Geräusch der Haarbürste, die durch ihr Haar fuhr.

7 Je bewußter uns die Eigenschaften des anderen wurden, um so größer wurde das Bedürfnis, einander neue Namen zu geben. Die Liebe findet uns mit einem Namen vor, den sie nicht erfunden hat, einem Namen, der uns bei unserer Geburt von unseren Eltern gegeben und durch Pässe und

Standesamtsregister für gültig erklärt wurde. Ist es angesichts der Einzigartigkeit, die der Liebende bei dem geliebten Wesen feststellt, nicht natürlich, daß diese Einzigartigkeit in einem Namen (wie verrückt auch immer) ihren Ausdruck finden soll, den andere nicht benutzen? Während Chloe in dem Büro, in dem sie arbeitete, Chloe genannt wurde, hieß sie bei mir (und aus Gründen, die keiner von uns beiden je verstand) mit der Zeit nur noch *Tidge*. Ich für mein Teil hieß, nachdem ich sie einst mit Erzählungen über die Schwermut deutscher Intellektueller amüsiert hatte, am Ende (und vielleicht aus weniger rätselhaften Gründen) nur noch *Weltschmerz*. Die Bedeutung dieser Kosenamen lag nicht in den speziellen Namen, die wir einander verpaßt hatten – wir hätten einander ebensogut *Pwitt* und *Tic* nennen können –, sondern darin, daß wir überhaupt beschlossen hatten, einander mit neuen Namen zu versehen. *Tidge* deutete eine Vertrautheit mit Chloe an, die der Bankangestellte nicht besaß (die Kenntnis ihrer Haut, wenn sie unter der Dusche hervorkam, und das Geräusch der Haarbürste, die durch ihr Haar fuhr). Während der Name *Chloe* zu ihrem zivilrechtlichen Status gehörte, lag *Tidge* jenseits alles Politischen in dem mehr fließenden und mehr einzigartigen Bereich der Liebe. Er war ein Sieg über die Vergangenheit, ein Symbol der durch Liebe ermöglichten Wiedertaufe und Wiedergeburt. *Ich habe dich mit einem bestimmten Namen vorgefunden*, sagt der Liebende, *aber ich gebe dir einen neuen, um den Unterschied kenntlich zu machen zwischen der, die du für mich bist, und der, die du für andere bist. Mögen sie dich im Büro X nennen (im politischen Raum) – in meinem Bett wirst du immer ›Meine Karotte‹ sein ...*

8 Das Spiel mit den Kosenamen dehnte sich auf andere Bereiche der Sprache aus. Während es im Normalfall beim Gespräch um direkte Kommunikation (und damit um klare Absichten) ging, entzog sich die intime Sprache dem Gesetz, kannte nicht das Bedürfnis nach einer offensichtlichen und beständigen *Richtung*. Ich konnte in Unlogik und Verspieltheit hinübergleiten, in eine Wiedergabe des Bewußtseinsstroms, ich konnte die sokratische Logik zugunsten des Karnevalesken aufgeben – eine Stimme eher als Kommunikation. Liebe interpretierte das versuchsweise Gesagte, das, was an der Grenze lag zwischen dem Gesagten und dem Ungesagten, zwischen dem Sagbaren und dem Unsagbaren (Liebe als der Wille, das Verstehen auch auf halb formulierte Gedanken des anderen auszudehnen). Es war der Unterschied zwischen Gekritzel und einer architektonischen Zeichnung: der Kritzler hat nicht das Bedürfnis zu wissen, wohin der Bleistift führt, das Gekritzel liefert sich aus wie ein fliegender Drachen; es war die Freiheit, nicht immer ein Ziel vor Augen zu haben. Wir bewegten uns von Geschirrspülmaschinen zu Warhol zu Wäschestärke zu Nationalität zu Projektionen zu Projektoren zu Popcorn zu Penissen zu vorzeitigen Geburten zu Kindermord zu Insektiziden zu Saugen zu Fliegen zu Küssen. Der Sprachzensor war seines Amtes enthoben, es gab keine Wiener Schnitzer oder Fehlleistungen, weil wir nicht aufstanden, weil wir im Bett lagen und uns durch unser Bewußtsein plapperten. Alles konnte gesagt werden, es war eine polyvalente Ideenkakophonie, ein Intertext. Auf Autorschaft wurde großzügig verzichtet, wir wechselten die Akzente und tauschten unsere eigenen gegen die von Politikern oder Popstars, von Leuten aus dem Norden oder aus dem Süden. Im Gegensatz zu Beton-Grammatikern begannen wir Sätze, die wir nicht beenden konnten, retteten

uns aus einer verbalen Unzulänglichkeit durch die andere, die das lose Ende aufnehmen und den Ponton am nächsten Pfeiler festmachen würde.

9 Die Intimität beseitigte nicht den Ich/Außenwelt-Schrägstrich. Sie verlegte ihn nur außerhalb des Paars. Die Außenwelt, das andere lag jetzt jenseits der Wohnungstür, und es bestätigte sich der alte Verdacht, daß Liebe nie weit entfernt ist von Konspiration. Aus privaten Urteilen wurden Sprüche eines Zweierausschusses, und die Bedrohungen von draußen wurden auf einem gemeinsamen Bett geteilt. Kurz: wir klatschten. Es war nicht immer boshaft, sondern mehr das klägliche Ergebnis einer gewissen Unfähigkeit, in normaler Interaktion die Ethik zu wahren, was dann das Bedürfnis erzeugte, angestauten Lügen Luft zu machen. *Weil ich mit dir nicht über diesen oder jenen deiner Charakterzüge sprechen kann (denn du wirst mich nicht verstehen, oder es würde dich zu sehr verletzen), muß ich hinter deinem Rücken mit jemand anders darüber reden, der mich verstehen wird.* Chloe wurde das endgültige Repositorium meiner Urteile über die Welt. Dinge, die ich Freunden oder Kollegen gegenüber oft empfunden hatte, ihnen aber nie hatte sagen können, ja, oft nicht einmal mir selber ehrlich eingestanden hatte, konnte ich nun ungezwungen mit Chloe teilen. Liebe nährte sich vom Erkennen gemeinsamer Abneigungen. *Wir beide hassen X* hieß übersetzt: *Wir mögen einander*. Liebende, folglich Kriminelle – das Ausmaß, in dem wir uns über unsere Untreue gegenüber anderen austauschten, wurde zum Treuebeweis.

10 Unsere Liebe mag konspirativ gewesen sein, aber sie war wenigstens authentisch. Wir zogen uns zurück, suchten einer des anderen Gesellschaft und lachten über das

Mißtrauen, das bei Begegnungen mit Staatsdienern angebracht war. Auf dem Heimweg von formellen Abendeinladungen mokierten wir uns über die Steifheit des Ganzen und imitierten die Stimmen und Meinungen derer, denen wir wenige Minuten zuvor höflich auf Wiedersehen gesagt hatten. Wenn wir im Bett lagen, unterminierten wir das aufrechte Leben in seiner Aufgeblasenheit und spielten das höfliche Frage-und-Antwort-Volleyballspiel der Dinnerparty-Rituale nach. Ich stellte Chloe dieselben Fragen, die der bärtige Journalist ihr kurz zuvor bei Tisch gestellt hatte, sie beantwortete sie mit derselben Höflichkeit, die sie dort an den Tag gelegt hatte, und unterdessen masturbierte sie mich unter der Bettdecke, während ich sanft mein Bein zwischen ihren Beinen auf und ab rieb. Dann gab ich mich plötzlich schockiert, Chloes Hand dort zu finden, wo sie war, und fragte sie in hochnäsigstem Ton: »*Madam, was machen Sie da, wenn ich fragen darf, mit meinem ehrenwerten Glied?*« – »*Werter Herr*«, erwiderte sie dann, »*das ehrenwerte Verhalten des Glieds geht Sie überhaupt nichts an.*« Oder Chloe sprang aus dem Bett und sagte: »*Sir, bitte verlassen Sie auf der Stelle mein Bett, Sie müssen völlig falsche Vorstellungen von mir haben; wir kennen einander kaum!*« In dem durch unsere Intimität geschaffenen Raum wurden die förmlichen Zeremonien des aufrechten Lebens noch einmal in einem komischen Licht abgespult – wie wenn eine Tragödie hinter der Bühne von den Schauspielern verulkt wird und der Schauspieler, der den Hamlet spielt, nach der Vorstellung Gertrude ergreift und »Fick mich, Mutter!« durch die Garderoben brüllt.

11 Aber die intime Zeit wurde nicht nur gelebt und verloren, sie wurde auch in die Geschichte verwandelt, die Chloe und ich uns über uns selbst erzählten, in die selbst-

bezogene Geschichte unserer Liebe. Fest in der epischen Tradition verwurzelt, ist die Liebe notwendigerweise an die Erzählung, die Geschichte gebunden (zum Sprechen von Liebe gehört immer auch das Erzählen), und zwar ganz besonders an Abenteuer, strukturiert durch klare Anfänge und Enden, Ziele, Rückschläge und Triumphe. In der Epik folgt nicht automatisch ein Tag auf den andern; statt dessen treibt eine auf ein Ziel gerichtete Entwicklung die Gestalten voran – oder der Leser gähnt und wendet sich anderem zu. Paul und Virginie, Anna und Vronsky, Tarzan und Jane – sie alle kämpfen gegen Widerstände, die das Band zwischen ihnen bekräftigen und stärken. Verloren im Dschungel, auf einem gescheiterten Schiff oder am Hang eines Berges, im Kampf gegen die Natur oder die Gesellschaft, erfahren epische Paare die Stärke ihrer Liebe durch die Kraft, mit der sie Widrigkeiten überwinden.

12 Mit der modernen Liebesaffäre verliert das Abenteuer seine Hegemonie: Was geschieht, kann nicht länger eine Widerspiegelung der Seelenzustände der Helden sein. Chloe und ich waren modern, eher Helden des inneren Monologs als Abenteurer. Die Welt war der Möglichkeiten, romantische Kämpfe zu führen, weitgehend beraubt. Die Eltern mischten sich nicht mehr ein, der Dschungel war gezähmt, die Gesellschaft verbarg ihre Mißbilligung hinter universaler Toleranz, Restaurants hatten bis spät in die Nacht hinein geöffnet, fast überall wurden Kreditkarten akzeptiert, und Sex war Pflicht, kein Verbrechen. Und doch hatten Chloe und ich eine Geschichte, eine gemeinsame Geschichte, die unsere Verbindung bekräftigen würde (das Gewicht des Vergangenen, das die oft gewichtslose Gegenwart niederdrückte …)

13 Es war nicht der Stoff, aus dem Thriller gemacht sind, die Bedeutung unserer Geschichte lag anderswo, darin, daß sie uns erlaubte, durch eine Reihe gemeinsamer Erfahrungen verbunden zu sein. Was ist eine Erfahrung? Etwas, das die glatte Oberfläche der Gewohnheit durchbricht und uns eine kurze Zeitspanne lang gestattet, mit der erhöhten Empfindsamkeit, wie sie uns durch Neuheit, Gefahr oder Schönheit gewährt wird, Zeugen von Dingen zu werden. Etwas erleben heißt, die Augen weit aufzumachen, so wie wir es aus Gewohnheit in der Regel nicht tun, und wenn zwei Menschen auf diese Art ihre Augen gleichzeitig öffnen, dann dürfen wir erwarten, daß es sie einander näherbringt. Zwei Menschen, die in einer Lichtung des Dschungels von einem Löwen überrascht werden, werden (sofern sie lebendig davonkommen) durch das, was sie durchlebt haben, »dreieckig« verbunden sein.

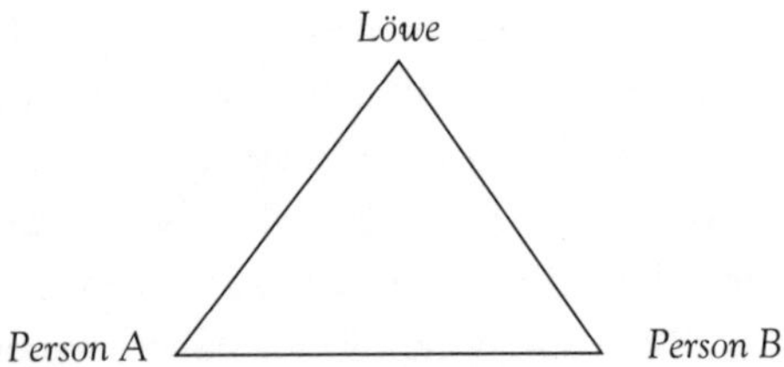

Abbildung 13.1

14 Chloe und ich wurden niemals von einem Löwen überrascht, doch wir durchlebten eine ganze Reihe von kleineren Großstadterfahrungen. Als wir eines Abends von einer Party zurückkehrten, entdeckten wir einen Toten. Die Leiche lag an der Ecke Charlwood Street und Belgrave Road. Es war eine Frau; zuerst sah es so aus, als hätte sie sich zum Schlafen auf das Pflaster gelegt, vielleicht weil sie betrunken war. Nirgendwo war Blut zu sehen, nichts deutete

auf einen Kampf hin, aber als wir eben vorbeigehen wollten, bemerkte Chloe den Griff eines Messers, der aus dem Bauch der Frau herausragte. Was weiß man wirklich von einem anderen Menschen, ehe man eine Leiche mit ihm gesehen hat? Wir liefen zu der Toten hin, Chloe nahm ihren Krankenschwester-Lehrerinnen-Tonfall an, befahl mir, nicht zu gaffen, sagte, wir müßten die Polizei rufen, fühlte nach dem Puls der Frau (die jedoch tatsächlich tot war) und achtete sorgfältig darauf, alles so zu lassen, wie sie es vorgefunden hatte. Ich war beeindruckt von ihrer Professionalität, doch inmitten der polizeilichen Vernehmung brach sie plötzlich in hemmungsloses Schluchzen aus, und mehrere Wochen lang war es ihr nicht möglich, das Bild von dem Messergriff aus ihren Gedanken zu verbannen. Es war ein schrecklicher Zwischenfall, aber irgendwie schmiedete er uns zusammen. Wir verbrachten den Rest der Nacht wach, tranken Whisky in meiner Wohnung und erzählten einander eine Reihe immer makabrerer und albernerer Geschichten, wobei wir Leichen und Polizisten verkörperten, um unsere Ängste zu exorzieren.

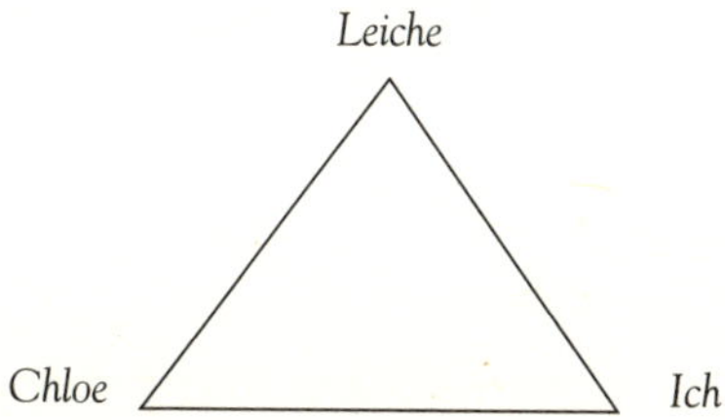

Abbildung 13.2

15 Es war ein paar Monate später, und wir standen in einem Bagelshop im Brick Lane, als ein eleganter Mann in einem Nadelstreifenanzug, der hinter uns in der Schlange stand, Chloe schweigend einen zerdrückten Zettel übergab,

auf dem in großer krakeliger Handschrift die Worte *Ich liebe dich* standen. Chloe faltete den Zettel auseinander, schluckte schwer, als sie die Worte las, dann blickte sie zurück zu dem Mann, der ihr den Zettel gegeben hatte. Der jedoch zog es vor, so zu tun, als ob nichts gewesen wäre, und starrte schlicht hinaus auf die Straße, mit dem würdevollen Ausdruck eines Mannes in einem Nadelstreifenanzug. Also faltete Chloe, ebenso unschuldig, den Zettel zusammen und schob ihn in ihre Tasche. Das Groteske an dem Vorfall führte – ähnlich wie die Geschichte mit der Leiche, nur daß er sehr viel harmloser war – dazu, daß er so etwas wie ein Leitmotiv in unserer Beziehung wurde, ein Zwischenfall in unserer Geschichte, auf den wir immer wieder anspielten und über den wir lachten. In Restaurants schoben wir uns gelegentlich schweigend Zettel zu, mit dem gleichen geheimnisvollen Getue wie der Mann im Bagelshop, aber nur mit der Botschaft *Bitte, reich mir das Salz* darauf. Leuten, die uns beobachteten, muß es ziemlich verrückt und unverständlich vorgekommen sein, wie wir in Gekicher ausbrachen. Aber das ist das Wesen von Leitmotiven: sie beziehen sich auf zurückliegende Vorfälle, so daß andere sie nicht verstehen können, weil sie bei der grundlegenden Szene nicht dabeigewesen sind. Kein Wunder, daß diese Art selbstbezogener Sprache diejenigen, die dabeistehen, verdrießt.

16 Je vertrauter zwei Menschen miteinander werden, um so mehr weicht die Sprache, die sie miteinander sprechen, von der des gewöhnlichen, durch das Wörterbuch definierten Gesprächs ab. Vertrautheit schafft eine neue Sprache, eine *interne* Sprache der Intimität; sie ist voller Hinweise auf die Geschichte, an der die beiden Liebenden zusammen weben, und von anderen nicht leicht zu verstehen. Es ist eine

Sprache, die ständig auf den Vorrat an gemeinsamen Erlebnissen anspielt, sie birgt die Geschichte der Beziehung, sie ist das, was das Sprechen mit der geliebten Person vom Sprechen mit allen anderen Menschen unterscheidet.

17 Es gab viele weitere gemeinsame Erlebnisse: Menschen, denen wir begegnet waren, Dinge, die wir gesehen, getan oder gehört hatten und auf die wir uns dann häufig bezogen, ermutigt durch unser gemeinsames Erbe. Da war der Professor, den wir bei einem Essen trafen und der ein Buch schrieb, in dem er behauptete, daß Freuds Ehefrau die eigentliche Begründerin der Psychoanalyse gewesen sei; da war mein Freund Will Knott mit seinen oft etwas komischen kalifornischen Gewohnheiten; da war die Spielzeuggiraffe, die wir in Bath gekauft hatten, damit Chloes Elefant im Bett Gesellschaft hatte; da war eine Begegnung mit einer Buchhalterin in der Eisenbahn, die gestand, daß sie immer einen Revolver in der Handtasche bei sich trage …

18 Solche Anekdoten stießen nicht unbedingt auf Interesse: die meisten verstanden nur Chloe und ich, wegen der für uns damit verbundenen Assoziationen. Doch diese Leitmotive waren wichtig, weil sie uns das Gefühl vermittelten, daß wir einander nicht Fremde waren, daß wir manches gemeinsam durchlebt hatten und daß wir uns daran erinnerten, welche Bedeutung wir gemeinsam daraus abgeleitet hatten. Wie leichtgewichtig diese Leitmotive auch waren, sie wirkten wie Zement; die Sprache der Intimität, die sie zu schaffen halfen, war eine Erinnerung daran, daß Chloe und ich (ohne daß wir Dschungel durchquerten, Drachen töteten oder Wohnungen teilten) gemeinsam so etwas wie eine Welt erschaffen hatten.

KAPITEL VIERZEHN

❦ »Ich«-Bestätigung ❦

1 Eines Sonntags Mitte Juli saßen wir spätabends in einem Café an der Portobello Road. Es war ein schöner Tag gewesen, den wir, uns bräunend und Bücher lesend, zu einem großen Teil im Hyde Park verbracht hatten. Doch von fünf Uhr an ungefähr war ich in eine Depression geglitten. Am liebsten wäre ich nach Hause gegangen und hätte mir die Bettdecke über den Kopf gezogen; ich tat es nur nicht, weil es nichts weiter gab, wovor ich mich hätte verstecken können. Sonntagabende hatten mich schon lange traurig gemacht – sie erinnerten an den Tod, an unerledigte Arbeiten, an Schuld und Verlust. Wir hatten schweigend dagesessen; Chloe las Zeitung, ich starrte durch das Fenster nach draußen, auf den Verkehr und die Leute. Plötzlich beugte sie sich herüber, gab mir einen Kuß und flüsterte: »Du hast wieder diesen Blick des armen verirrten Waisenjungen.« Das hatte noch nie jemand über meinen Gesichtsausdruck gesagt, doch als Chloe es aussprach, fand ich sogleich, daß es der konfusen Traurigkeit entsprach, die ich gerade empfand, und sie linderte. Ich empfand auf Grund dieser Bemerkung eine tiefe (und vielleicht unverhältnismäßige) Liebe zu ihr – daß sie wahrgenommen hatte, was ich empfand, selber aber nicht hätte formulieren können, daß sie bereit war, in meine Welt einzutreten und sie für mich zu objektivieren. Ich war ihr dankbar dafür, daß sie den Waisenjungen daran erinnerte, daß er ein Waisenjunge war, und ihn so nach Hause holte.

2 Vielleicht stimmt es, daß wir nicht wirklich existieren, bis jemand da ist, der uns existieren sieht, und daß wir nicht eigentlich sprechen können, bis jemand da ist, der versteht, was wir sagen; kurz, wir sind nicht ganz lebendig, solange wir nicht geliebt werden.

3 Was bedeutet es, daß der Mensch ein »soziales Wesen« ist? Nur daß Menschen einander brauchen, um sich selbst zu definieren und ein Bewußtsein zu erlangen, wie es Mollusken oder Regenwürmer nicht entwickeln. Wir können nicht zu einem vernünftigen Selbstgefühl gelangen, wenn nicht andere um uns herum sind, die uns zeigen, wo wir aufhören und andere beginnen. »Der Mensch kann alles in Einsamkeit erwerben außer Charakter«, schrieb Stendhal. Er wollte damit sagen, daß der Charakter aus den Reaktionen anderer auf die eigene Person entsteht. Denn das »Ich« ist keine integrierte Struktur, seine fließende Beschaffenheit macht es erforderlich, daß andere ihm die Konturen geben. Ich brauche jemanden, der mir hilft, meine Geschichte zu tragen, jemanden, der mich ebensogut kennt wie ich mich selbst kenne, und manchmal vielleicht sogar besser.

4 Ohne Liebe verlieren wir die Fähigkeit, eine eigene Persönlichkeit zu besitzen; in der Liebe finden wir eine beständige Selbstbestätigung. Kein Wunder, daß in der Religion das Angesicht Gottes so wichtig ist: gesehen werden heißt, der eigenen Existenz vergewissert zu werden. Um so besser, wenn man es mit einem Gott zu tun hat oder mit einem Partner, der uns *liebt*. Die eigene Gegenwart erfährt ihre Legitimation in den Augen des anderen Wesens, das für einen selbst (und für das man selbst) die Welt ist. Umgeben von Menschen, die sich eben *nicht* daran erinnern, wer wir

sind, Menschen, denen wir unsere Geschichten bei zahllosen Gelegenheiten erzählen und die doch immer wieder vergessen werden, wie viele Male wir verheiratet waren, wie viele Kinder wir haben, und ob wir Brad oder Bill, Catrina oder Catherine heißen (und wir vergessen das gleiche von ihnen) – ist es da nicht tröstlich, daß wir in der Lage sind, Zuflucht zu finden vor unserer Schizophrenie, und zwar in den Armen eines Menschen, der unsere Persönlichkeit fest vor Augen hat?

5 Es ist kein Zufall, daß, semantisch gesprochen, Liebe und Interesse fast austauschbar sind. »Ich liebe Schmetterlinge« bedeutet nahezu das gleiche wie »Ich interessiere mich für Schmetterlinge«. Jemanden lieben bedeutet, ein tiefes Interesse an ihm zu haben und ihm so, durch diese Anteilnahme, zum Bewußtsein zu bringen, was er tut und was er sagt. Dank ihres Verständnisses für mich wurde Chloes Verhalten mir gegenüber mit der Zeit immer reicher an Elementen dessen, was man *»Ich«-Bestätigung* nennen könnte. Tief in ihrem intuitiven Verstehen vieler meiner Stimmungen, in ihrer Kenntnis meiner Vorlieben, in dem, was sie mir von sich selbst erzählte, in ihrer Erinnerung an meine Gewohnheiten und Angewohnheiten und in ihrem humorvollen Eingehen auf meine Phobien lag eine Vielzahl dieser verschiedenartigen *»Ich«-Bestätigungen* – das liebende Wesen agiert wie ein Handschuh, der der Hand die Konturen wiedergibt. Chloe bemerkte, daß ich ein Hypochonder war, daß ich scheu war und ungern telefonierte, daß ich obsessiv war in meinem Bedürfnis, nachts mindestens acht Stunden Schlaf zu bekommen, daß ich es haßte, nach dem Essen noch länger in Restaurants herumzuhängen, daß ich Höflichkeit als eine aggressive Form der Verteidigung benutzte und es vorzog,

»*vielleicht*« zu sagen statt *ja* oder *nein*. Sie zitierte mir oft meine eigenen Aussprüche (»*Das letzte Mal hast du gesagt, dir gefiele diese Art Ironie nicht ...*«) und zeigte, wie sehr sie mein Wesen begriff, indem sie sich bestimmte Elemente – gleichermaßen gute und schlechte – meiner Lebensgeschichte merkte (»*Du gerätst immer in Panik, wenn ...*«, »*Ich habe noch nie jemanden erlebt, der so oft zu tanken vergißt wie du ...*«). Ich befand mich mitten in einem Reifeprozeß, und die Reife erwuchs aus den tieferen Einsichten in meine Person, die ich Chloes Gegenwart verdankte. Es bedarf der Intimität eines liebenden Menschen, um auf Facetten des Charakters hinzuweisen, mit denen andere sich schlicht nicht abgeben, auf Seiten vielleicht, mit denen konfrontiert zu werden schwerfällt. Es gab Zeiten, da Chloe mir freimütig erklärte, daß ich defensiv sei oder kritisch, feindselig oder eifersüchtig oder erschütternd kindisch oder eine ganze Reihe anderer (aber wahrer) Dinge – Momente, da ich mit Bereichen meiner selbst konfrontiert wurde, die ich bei normaler Introspektion (im Interesse innerer Harmonie) gemieden und die andere zu uninteressant gefunden hätten, um mich darauf anzusprechen. Es bedurfte der Aufrichtigkeit des Schlafzimmers, um sie zu enthüllen.

6 Liebe scheint begrenzt durch zwei Formen der Auflösung – die eine ist das Leben unter zu vielen Augen, die andere das Leben unter zu wenig Augen. Chloe hatte immer das erstere für die größte Gefahr gehalten. Eingeengt und bedrückt in ihrer Kindheit, hatte sie ihr Erwachsensein als eine Chance gesehen, dem lähmenden Blick anderer Augen auf alles, was sie tat, zu entkommen. Sie hatte davon geträumt, allein auf dem Land zu leben, in einem geräumigen weißen Haus mit großen Fenstern und nur wenigen Möbeln – Sym-

bol für die Flucht aus einer Welt, deren bedrückendes Starren sie fertigmachte. Als sie neunzehn war, hatte sie ihren Wunsch zu verwirklichen versucht: sie reiste nach Arizona, wo sie sich in einer Hütte am Rande einer kleinen Stadt niederließ, in der sie niemanden kannte, Tausende von Meilen von zu Hause entfernt. Von jugendlicher Romantik erfüllt, hatte sie sich einen Koffer voll Klassikerausgaben mitgenommen, die sie zu lesen und mit Randbemerkungen zu versehen gedachte, während sie zusah, wie über der Mondlandschaft der Wüste die Sonne auf- und unterging. Doch binnen weniger Wochen nach ihrer Ankunft begann sie die Einsamkeit, nach der sie sich ihr Leben lang gesehnt hatte, als verwirrend, erschreckend, unwirklich zu empfinden. Der Klang ihrer eigenen Stimme war wie ein Schock, wenn sie sich einmal in der Woche auf dem Mini-Markt sprechen hörte; sie machte es sich zur Gewohnheit, sich lange im Spiegel anzustarren, um das Gefühl des Existierens, ihrer Grenzen nicht zu verlieren. Schließlich, nach nur einem Monat, verließ sie die Stadt und nahm einen Job als Kellnerin in einem Restaurant in Phoenix an; sie konnte die »Irrealität«, die sich auf sie herabgesenkt hatte, keinen Tag länger ertragen. Als sie in Phoenix ankam, empfand sie alle sozialen Kontakte als gewaltigen Schock. Sie stellte fest, daß sie nicht imstande war, auf so einfache Fragen wie, was sie gemacht habe, zu antworten. Sie hatte jedes Gefühl dafür, ein »Ich« zu sein, verloren: die Erfahrungen, die sie gemacht hatte, ließen sich, wie es schien, nicht in Sprache ausdrücken.

7 Wenn Liebe uns unser Spiegelbild zurückwirft, dann ist Einsamkeit wie die Weigerung, einen Spiegel zu gebrauchen: sie erlaubt der Phantasie, aus einem Schnitt oder einem Fleck, den wir, wie wir wissen, im Gesicht haben, zu ma-

chen, was sie will. Wie groß der Schaden auch sei, zumindest vermittelt der Spiegel uns ein Bewußtsein unserer selbst, gibt uns klare Umrisse, mit denen wir auf die Grenzenlosigkeit unserer Phantasie reagieren können. Denn das Gefühl, wer wir sind, entsteht nicht aus sich selbst heraus: Undeutlichkeit begleitete Chloe in der Wüste, die Umrisse ihres Wesens entschwanden dem Blick anderer, zerfaserten; ihre Phantasie ergriff sie und dehnte sie aus zu einer monströsen Kreatur, angeschwollen von Paranoia und den Wahnvorstellungen, die sie erzeugen kann. Die Reaktion anderer auf unser Verhalten ist einem Spiegel vergleichbar, weil sie ein Bild von uns zurückwirft, *das wir selbst so nicht zu sehen vermögen*. Es ist das, was andere so unverzichtbar macht, daß sie in der Lage sind, uns etwas zu vermitteln, das wir allein nicht zu erfassen vermögen, das flüchtige Gefühl unserer Grenzen, das Bewußtsein unseres eigenen Charakters. Wer bin ich ohne andere, die mir eine Antwort andeuten? (Wer war ich ohne Chloe, die mir die richtige Antwort andeutete?)

8 Es dauerte lange Zeit, ehe ich Chloe als *Charakter* zu begreifen vermochte, ehe ich allmählich sah, welche Rolle sie in ihrer eigenen Geschichte spielte, der Geschichte, die sie sich selbst über ihr Leben erzählte. Nur langsam begann ich, unter den Millionen Worten, die sie sprach, und den Handlungen, die ihr Körper vollführte, die strukturierenden Fäden, die Chloe durchzogen, die Verbindungspunkte, die vielleicht ihre Vielfältigkeit in sich bargen, aufzudecken. Bei unserem Wissen von anderen sind wir gezwungenermaßen darauf angewiesen, aus Teilen auf ein Ganzes zu schließen. Um jemanden ganz zu kennen, müßte man theoretisch jede Minute seines Lebens mit ihm verbracht haben, in ihm. Da das nie gegeben ist, stehen wir wie Detektive und Analytiker

(Psychodetektive) da und setzen die Bilder aus Anhaltspunkten zusammen. Aber wir kommen immer zu spät – wenn das Verbrechen/die Ur-Szene längst stattgefunden hat, und sind daher gezwungen, aus den Sedimenten langsam eine Vergangenheit zu rekonstruieren – so wie wir nach dem Erwachen einen Traum analysieren.

9 Bei meinem Bemühen, Chloe zu verstehen, verhielt ich mich wie ein Arzt, der die Hände über einen Körper gleiten läßt und das Innere intuitiv zu erfassen gedachte. Ich war gezwungen, an der Oberfläche zu arbeiten, während ich doch die Tiefen zu ergründen gedachte, wenn ich mir zusammenreimte, warum eine plötzliche schlechte Stimmung, warum wütender Haß oder heftige Freude aufgekommen war und was mir dies darüber verriet, wer Chloe wirklich war. Aber es brauchte alles Zeit, und immer stellte sich das Gefühl ein, daß ich zu spät zum Schauplatz kam, daß ich rennen mußte, um ein sich bewegendes Ziel einzuholen. Um ein Beispiel zu nennen: Es dauerte lange, bis ich begriff, von wie wesentlicher Bedeutung Chloes Neigung war, eher allein zu leiden als andere zu behelligen. Eines Morgens erzählte sie mir, in der Nacht sei ihr furchtbar schlecht gewesen, sie sei sogar zu einer nachts geöffneten Apotheke gefahren – und trotzdem hatte sie die ganze Zeit sorgfältig darauf geachtet, daß sie mich nicht aufweckte. Meine erste Reaktion war verwunderter Zorn: Warum hatte sie nichts gesagt? War unsere Beziehung wirklich so distanziert, daß sie mich selbst in einer Krise nicht wecken mochte? Aber mein Zorn (nur eine Form von Eifersucht) war unreif, er versäumte in Betracht zu ziehen, was ich erst allmählich lernen sollte, nämlich welch ein tiefsitzender und durchdringender Charakterzug von Chloe es war, Schuld auf sich zu laden, sich in Stücke zu reißen,

statt zurückzuschlagen – oder jemanden aufzuwecken. Sie hätte schon dem Tode sehr nahe sein müssen, ehe sie mich geweckt hätte, denn alles in ihr hatte nur den Wunsch, nicht anderen Verantwortung aufzubürden. Diesen Wesenszug hatte ich einst bei ihr festgestellt, doch ließen sich hundert verschiedene Aspekte ihrer Person als Manifestationen dieses Wesenszugs interpretieren – ihr Mangel an erkennbarem Zorn auf ihre Eltern (ein Zorn, der sich nur in wilder Ironie auszudrücken erlaubte), ihre immense Hingabe an die Arbeit, ihre Selbstverachtung, ihre harsche Art gegenüber selbstmitleidigen Menschen, ihr Pflichtbewußtsein, ja selbst ihre Art zu weinen (gedämpfte Schluchzer, nie hysterisches Geheul).

10 Wie ein Telefoningenieur identifizierte ich die dominierenden Stränge in dem Spaghetti-Gewirr eines Ichs, das sich in Bewegung befand: Ich erkannte allmählich ihren Haß auf Geiz, der zum Vorschein kam, wenn wir in einer Gruppe in einem Restaurant saßen, ihre Bereitschaft, lieber für alle zu bezahlen, als einen Streit über Geld mit anzuhören. Ich spürte mit der Zeit ihren dringlichen Wunsch, nicht in eine Falle zu geraten – die Wüstenfluchtseite ihrer Natur. Ich bewunderte ihre ständige visuelle Kreativität, die sich nicht nur in ihrer Arbeit zeigte, sondern auch in der Art, wie sie den Tisch deckte oder Blumen in einer Schale arrangierte. Ich entdeckte ihre Verlegenheit gegenüber anderen Frauen und ihre größere Ungezwungenheit im Umgang mit Männern. Ich erkannte ihre grimmige Treue gegenüber denen, die sie für ihre Freunde hielt, ein instinktives Clan- und Gemeinschaftsgefühl. Mit solchen Wesenszügen nahm Chloe in meiner Vorstellung allmählich Gestalt an, wurde eine Person von einiger Beständigkeit und mit einem gewis-

sen Grad an Vorhersagbarkeit, eine Person, deren Vorlieben für einen Film oder eine Person ich jetzt oft erahnen konnte, ohne sie danach zu fragen.

11 Aber Chloe als Spiegel zu dienen war nicht immer leicht. Im Gegensatz zu dem realen Spiegel kann der metaphorische niemals passiv sein. Er ist ein aktiver Spiegel, der das Bild des anderen *suchen* muß, er ist ein forschender, umherschweifender Spiegel, einer, der die Dimensionen einer sich bewegenden Gestalt zu erfassen versucht, die unglaubliche Komplexität eines anderen Charakters. Er ist ein Handspiegel, und die Hand, die ihn hält, ist unstet, denn sie hat ihre eigenen Interessen und Belange – ist das Bild, das man zu finden wünscht, wirklich dasjenige, das existiert? *Was siehst du in ihr?* fragt der Verstand den Spiegel. *Was möchtest du in ihr sehen?* fragt das Herz den Spiegel.

12 Die Gefahr der »Ich«-Bestätigung liegt darin, daß wir andere brauchen, damit sie unsere Existenz legitimieren, womit wir jedoch der Gnade dieser anderen ausgeliefert sind, wenn wir wollen, daß sie uns eine korrekte Persönlichkeit zuschreiben. Wenn uns, wie Stendhal sagt, ohne andere ein Charakter fehlt, dann muß der eine andere, mit dem wir unser Bett teilen, ein geschickter Reflektor sein – oder wir finden uns am Ende deformiert wieder. Was machen wir, wenn wir von Menschen geliebt werden, denen die gröbsten Mißverständnisse unterlaufen, solchen, die uns mit ihrem armseligen Einfühlungsvermögen eine Seite von uns selbst verweigern? Und was machen wir mit dem größeren Zweifel: Ist es nicht so, daß andere uns definitionsgemäß (weil die gespiegelte Oberfläche niemals glatt ist) verzerren, sei es nun zu unseren Gunsten oder zu unserem Nachteil?

13 Jeder vermittelt uns ein anderes Bewußtsein von uns, denn wir werden ein wenig von dem, der wir ihrer Vorstellung nach sind. Man könnte das Ich mit einer Amöbe vergleichen, deren äußere Wände elastisch sind und sich daher der Umgebung anpassen können. Nicht daß die Amöbe keine *Dimensionen* hätte, sie hat lediglich keine selbstdefinierte *Gestalt.* Eine absurde Person wird meine absurdeste Seite zum Vorschein bringen, während eine ernste Person meine ganze Ernsthaftigkeit beschwören wird. Wenn jemand denkt, ich sei scheu, werde ich am Ende wahrscheinlich scheu sein; wenn jemand mich komisch findet, werde ich wahrscheinlich immer weiter Witze reißen. Die Entwicklung bewegt sich im Kreis:

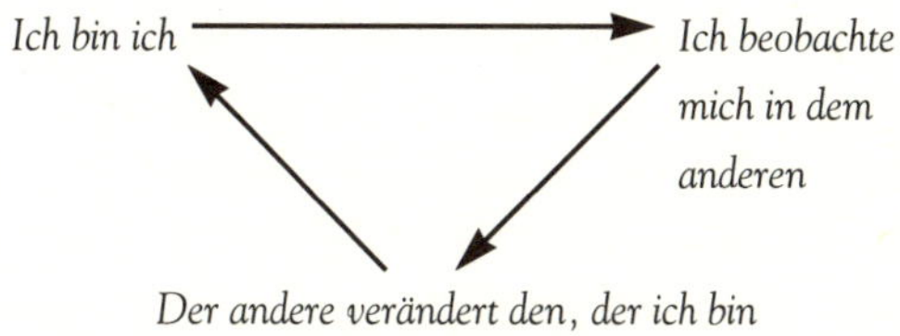

Abbildung 14.1

14 Chloe aß mit bei meinen Eltern zu Mittag; sie war die ganze Zeit hindurch sehr still. Als wir nach Hause zurückfuhren, fragte ich sie, ob irgend etwas nicht stimme. Sie konnte es selbst überhaupt nicht verstehen: Sie hatte sich bemüht, lebhaft und interessant zu sein, doch hatte das Mißtrauen der zwei Fremden, die ihr am Tisch gegenübersaßen, sie daran gehindert, sich zu ihrem üblichen Ich zu entfalten. Meine Eltern hatten nichts offenkundig Unrechtes getan, doch irgend etwas an ihnen hatte Chloe gehindert, aus ihrer Einsilbigkeit hervorzukommen. Es zeigte wieder einmal, daß die Etikettierung anderer nicht unbedingt ein

durchsichtiges Verfahren ist. Die meisten Menschen zwingen uns nicht in Rollen, sie legen sie uns nur nahe durch ihre Reaktionen und hindern uns in aller Freundlichkeit daran, uns über die uns zugedachte Gußform hinauszubewegen.

15 Ein paar Jahre zuvor war Chloe eine Zeitlang mit einem Akademiker der Londoner Universität zusammengewesen. Der analytische Philosoph, der fünf Bücher und viele Beiträge für gelehrte Zeitschriften geschrieben hatte, hinterließ ihr ein Erbe – ein unbegründetes Gefühl völliger geistiger Unzulänglichkeit. Wie hatte er das geschafft? Wieder wußte Chloe es nicht zu sagen. Ohne daß er sich in diesem Sinne je präzise geäußert hätte, war es ihm gelungen, die Amöbe nach seinen vorgefaßten Meinungen zu formen – nämlich daß Chloe eine hübsche junge Studentin sei, die Dinge des Geistes aber besser ihm überlasse. Es war wie eine sich selbst erfüllende Prophezeiung: Chloe handelte von nun an unbewußt auf der Grundlage dieses Urteilsspruchs über ihren Charakter, der ihr wie ein Semesterschein ausgehändigt worden war – von dem weisen Philosophen, der fünf Bücher und viele Beiträge für gelehrte Zeitschriften geschrieben hatte. Am Ende war sie sich genauso dumm vorgekommen, wie es ihr gesagt worden war.

16 Die Chronologie bringt es mit sich, daß vom Kind immer aus der Perspektive einer dritten Person erzählt wird (*»Ist Chloe nicht ein niedliches/häßliches/intelligentes/dummes Kind?«*), bevor es die Fähigkeit erlangt, die Erzählungen über seine Person selbst zu beeinflussen. Die Bewältigung der Kindheit könnte verstanden werden als ein Versuch, die falschen Berichte anderer, zum Beispiel unserer märchenerzählenden Eltern, zu korrigieren. Aber der Kampf

gegen das Erzählen geht über die Kindheit hinaus: Ein Reklamekrieg begleitet die Entscheidung, wer wir sind; eine Anzahl von Interessengruppen kämpfen, um ihre Ansicht von der Realität zur Geltung zu bringen, um zu erreichen, daß ihre Geschichte Gehör findet. Doch die Wirklichkeit bleibt verzerrt – eine Folge feindseliger Eifersucht oder gleichgültiger Nachlässigkeit oder aber unserer eigenen egozentrischen Blindheit. Selbst Liebe zu einem Menschen schließt ein schweres Vorurteil ein, die nur vage begründete Schlußfolgerung, daß jemand ein Genie oder die schönste Person auf Erden sei, eine Annäherung, die meilenweit entfernt ist von der neutralen Haltung, die wirkliches Verstehen doch wohl erfordert – eine liebenswürdige Verzerrung, aber eben doch eine Verzerrung. In eines anderen Augen zu blicken, um Selbstbestätigung zu finden, das ist, wie wenn man auf dem Jahrmarkt in einen Zerrspiegel sieht: die winzige Person erscheint plötzlich drei Meter hoch, die dünne Frau wird eine gewaltige Matrone, der Dicke schmal, wir entwickeln einen Giraffenhals oder Elefantenfüße, einen schlechten Charakter oder den eines Heiligen, ein großes Gehirn oder ein winziges, schöne lange Beine oder überhaupt keine Beine. Wie Narziß sind wir zu einer gewissen Enttäuschung verurteilt, wenn wir in den wässerigen Augen eines anderen auf unser Spiegelbild starren. *Kein Auge kann gänzlich unser »Ich« enthalten.* Irgendwo, an der einen oder anderen Stelle, wird immer etwas von uns abgehackt, ob mit fatalen Folgen oder nicht.

17 Als ich Chloe von meiner Idee erzählte, daß der Charakter ein bißchen wie eine Amöbe sei, lachte sie und erzählte, in der Schule hätte sie immer gern Amöben gezeichnet. Dann nahm sie einen Bleistift.

»Komm, gibt mir die Zeitung, ich werde dir den Unterschied zeichnen zwischen der Form, die mein Amöben-Ich im Büro hat, und der, die es bei dir hat.« Dann zeichnete sie diese beiden Gebilde:

Büro-Chloeba *Haus-Chloeba*

Abbildung 14.2

»Was bedeuten denn all die schlängeligen Teilchen?« fragte ich.

»Oh, die hängen damit zusammen, daß ich mich bei dir schlängelig fühle.«

»Wie bitte?«

»Na ja, verstehst du, du läßt mir Raum. Ich empfinde mich als komplizierter, als ich im Büro bin. Du interessierst dich für mich, und du verstehst mich besser, deshalb habe ich's schlängelig gemacht, also sozusagen natürlich.«

»O.K., ich verstehe, und was bedeutet dann diese gerade Seite?«

»Wo?«

»Oben, im Nordwesten der Amöbe.«

»Du weißt doch, ich bin in Geographie nie ein Glanzlicht gewesen. Ach so, ich glaube, ich verstehe. Also, du begreifst ja nicht *alles* an mir, nicht wahr? Also habe ich gedacht, ich sollte es lieber etwas realistischer machen. Die gerade Linie steht für all die Seiten an mir, die du nicht verstehst oder für die du keine Zeit hast oder so.«

»Oh.«

»Gott, mach nicht so ein trauriges Gesicht. Du hast keine Ahnung, was passieren könnte, wenn diese Linie auch krakelig wäre! Und mach dir keine Sorgen – wenn es ganz so ernst wäre, würde ich mich nicht hier bei dir aalen wie eine glückliche Amöbe.«

18 Was wollte Chloe mit ihrer amöbisch geraden Linie sagen? Meinte sie nur, daß ich sie nicht *ganz* verstehen konnte – nicht überraschend vielleicht, aber eine Erinnerung an die Grenzen des Einfühlungsvermögens. Was beschränkte meine Bemühungen? Die Tatsache, daß ich sie nur über oder durch Bezugnahme auf meine existierenden Vorstellungen von der menschlichen Natur begreifen konnte? Mein Verstehen war nur eine Modifikation dessen, was ich von anderen zu erwarten gelernt hatte, meine Kenntnisse von ihr waren zwangsläufig durch meine früheren sozialen Interaktionen gefiltert. Wie ein Europäer, der sich irgendwo in den Rocky Mountains zu orientieren versucht und sagt: »Sieht aus wie in der Schweiz«, so war ich vielleicht am Ende nur fähig, die Quelle einer von Chloes deprimierten Stimmungen zu begreifen, indem ich mir sagte: »Ihr ist genauso zumute wie X … – *wie meiner Schwester, wenn* …« Alle meine Erfahrungen mit Frauen und Männern wurden gebraucht, um Chloe zu verstehen – mein ganzes, sehr subjektives und daher verzerrtes Verständnis von der menschlichen Natur, das abhängig war von meiner Biologie, meiner Klasse, meinem Land und meiner Psychobiographie, kam ins Spiel.

19 Man könnte den starrenden Blick eines Liebenden mit einem Barbecuespieß vergleichen. Im Rahmen der Komplexität unserer Natur greifen alle Liebenden bestimmte Elemente auf und vernachlässigen andere; mein Blick, zum Beispiel, richtete sich (oder schätzte oder verstand oder bezog sich) auf Chloes

>>— *Ironie — Augenfarbe — Lücke zwischen den Schneidezähnen — Intellekt — Talent zum Brotbacken — Verhältnis zu ihrer Mutter — soziale Angst — Liebe zu Beethoven — Haß auf Trägheit — Vorliebe für Kamillentee — Abneigung gegen Snobismus — Begeisterung für Wollkleider — Klaustrophobie — Wunsch nach Aufrichtigkeit* —>

Aber es war nicht alles von ihr. Wäre es ein anderer Barbecuespieß und ich ein anderer Liebhaber gewesen, hätte ich vielleicht mehr Zeit gehabt für ihr/ihre/ihren

>>— *Interesse an gesunder Ernährung — Fußgelenke — Freude an Märkten im Freien — mathematisches Talent — Beziehung zu ihrem Bruder — Hang, in Nachtclubs zu gehen — Gedanken an Gott — Begeisterung für Reis — Degas — Rollschuhlaufen — lange Spaziergänge draußen auf dem Land — Abneigung gegen Musik im Auto — Vorliebe für viktorianische Architektur* —>

20 Obwohl ich gemeint hatte, ich sei aufgeschlossen für die Komplexität von Chloes Wesen, gab es zwangsläufig Momente, in denen etwas sträflich zu kurz kam, Bereiche, für deren Verständnis mir einfach das nötige Einfühlungsvermögen oder die nötige Reife fehlte. Ich machte mich der unvermeidlichsten, aber schlimmsten aller Verkürzungen schuldig, nämlich der, daß ich nur als Außenseiter an Chloes Leben teilzunehmen vermochte: ich konnte mir ihr

inneres Leben vorstellen, es aber nie unmittelbar erleben. Wir waren geteilt durch die Ich-Du-Polarität, das Ich und Nicht-Ich. Wie nahe wir einander auch sein mochten, Chloe war am Ende *ein anderer Mensch*, mit all den Geheimnissen und der Distanz, die das bedeutet (der unvermeidlichen Distanz, die in dem Gedanken beschlossen ist, daß wir allein sterben müssen ...).

21 Wir sehnen uns nach einer Liebe ohne gerade Grenzen oder gerade Linien, einer Liebe, in der wir nicht reduziert werden. Wir haben einen morbiden Widerstand gegen jede Klassifizierung durch andere, gegen die Etiketten, die andere uns anheften (der Mann, die Frau, der Reiche, der Arme, der Jude, der Katholik etc.). Unsere Abneigung richtet sich nicht so sehr dagegen, daß diese Etiketten falsch sind, sondern dagegen, daß sie nicht akkurat das subjektive Gefühl der Nicht-Klassifizierbarkeit widerspiegeln. Für uns selbst sind wir, letzten Endes, immer *unetikettierbar*. Solange wir allein sind, für uns, sind wir immer schlicht »ich« und wandern mühelos zwischen etikettierten Teilen hin und her, ohne den Zwang, der uns durch die Vorurteile anderer auferlegt wird. Als ich Chloe von *»diesem Typ, mit dem ich vor ein paar Jahren zusammen war«*, reden hörte, wurde ich plötzlich tieftraurig: ich stellte mir vor, wie sie in ein paar Jahren (während sie über ihren Thunfischsalat hinweg einen anderen Mann anblickte) mich als *»diesen Typ, mit dem ich vor einiger Zeit zusammen war ...«* beschrieb. Ihr beiläufiger Hinweis auf einen ehemaligen Liebhaber verhalf mir zu der notwendigen Objektivierung: Wie besonders ich für sie zum gegenwärtigen Zeitpunkt auch sein mochte, ich wußte jetzt, daß ich noch immer im Rahmen bestimmter Definitionen existierte (»ein Typ«, »ein Freund«), daß ich (wie besonders

auch immer) nicht mehr als eine Spiegelung in Chloes Augen war.

22 Aber da wir von anderen etikettiert, charakterisiert und definiert werden müssen, ist die Person, die wir am Ende lieben, definitionsgemäß der *ausreichend gute Barbecuespieß-Träger*, die Person, die uns mehr oder weniger für jene Dinge liebt, für die wir uns selber liebenswert finden, die an uns mehr oder weniger gerade jene Dinge versteht, um derentwillen wir verstanden werden möchten. Daß Chloeba und ich zusammen waren, bedeutete, daß uns, für den Augenblick zumindest, genügend Raum gelassen wurde und wir uns so ausdehnen konnten, wie es das Fließen in uns verlangte.

KAPITEL FÜNFZEHN

❦ *Vom Aussetzen des Herzens* ❦

1 Mit ihrer Stabilität schmeichelt die Sprache unseren Unentschlossenheiten. Sie gibt uns die Möglichkeit, uns hinter einer illusorischen Permanenz und Festigkeit zu verstecken, während die Welt sich jede Minute verändert. »Niemand steigt zweimal in denselben Fluß«, sagt Heraklit, ein Hinweis auf das unausweichliche Fließen, wobei er eines übersieht: Wenn das *Wort* für Fluß sich nicht ändert, dann ist es in einem bedeutsamen Sinne doch derselbe Fluß, in den wir gestiegen zu sein scheinen. Ich war ein Mann, der eine Frau liebte – aber wieviel von den Bewegungen und der Unbeständigkeit meiner Gefühle konnten solche Worte vermitteln? War da noch Raum in ihnen für all die Untreue, Langeweile, Gereiztheit und Gleichgültigkeit, die sich oft mit dieser Liebe verknüpft fanden? Gab es irgendwelche Wörter, die den Grad der Ambivalenz, zu denen meine Gefühle verurteilt schienen, einigermaßen genau widerzuspiegeln vermochten?

2 Ich nenne mich selbst mit einem Namen, und der Name bleibt bei mir, mein Leben lang – das »Ich«, das ich auf einem Bild von mir im Alter von sechs Jahren sehe und das ich vielleicht auf einem Bild von mir mit sechzig Jahren sehen werde: sie werden beide von denselben Buchstaben gerahmt sein, obwohl die Zeit mich fast bis zur Unkenntlichkeit verändert haben wird. Ich nenne einen Baum einen Baum, obwohl noch im Laufe dieses Jahres der Baum sich

verändert. Es wäre wohl zu verwirrend, den Baum in jeder Jahreszeit neu zu benennen, also richtet die Sprache sich auf Kontinuität ein, vergißt, daß in der einen Jahreszeit Blätter an dem Baum sind, die in einer anderen fehlen werden.

3 Wir behelfen uns also mit Verkürzungen: wir nehmen das dominierende Merkmal (eines Baumes, eines emotionalen Zustands) und etikettieren etwas als das Ganze, das nur ein Teil ist. Ähnlich ist die Geschichte, die wir von einem Erlebnis erzählen, nur ein Segment der Totalität, die der Moment umfaßte; sobald der Moment erzählt wird, verliert er im Namen einer abstrahierten Bedeutung und erzählerischen Absicht seine Vielfalt und Ambivalenz. Die erzählte Geschichte verkörpert die Armut des erinnerten Augenblicks. Die Liebesgeschichte, die Chloe und ich durchlebten, erstreckte sich über eine Zeitspanne, in der meine Gefühle sich so weit auf der emotionalen Skala bewegten, daß es mir wie eine brutale Verkürzung der Ereignisse vorkäme, wenn ich nur sagte, ich sei *verliebt* gewesen, ich hätte sie *geliebt*. Gedrängt von Zeitnot und immer darauf aus, die Dinge zu vereinfachen, sehen wir uns gezwungen, Ereignisse mit Hilfe von Ellipsen zu erzählen und zu erinnern, da wir andernfalls von unserer Ambivalenz und von unserer Unbeständigkeit überwältigt würden. Die Gegenwart wird degradiert, zuerst zu Geschichte, dann zu Nostalgie.

4 Chloe und ich verbrachten ein hübsches Wochenende in Bath. Wir besuchten die von den Römern angelegten Bäder, aßen in einem italienischen Restaurant zu Abend und machten am Sonntagnachmittag einen Spaziergang durch die halbmondförmigen Straßen. Was bleibt von diesem Wochenende in Bath? Ein paar gleichsam fotografische Erinne-

rungsbilder – die purpurroten Vorhänge des Zimmers, in dem wir schliefen, der Anblick der Stadt vom Zug aus, ein Park, eine Uhr auf einem Kaminsims. So weit die Bilderreste. Die emotionalen Überbleibsel sind eher noch skizzenhafter. Ich erinnere mich daran, daß ich glücklich war, ich erinnere mich daran, daß ich Chloe liebte. Und doch, wenn ich mich anstrenge und zurückdenke, auf mehr als die unmittelbare Erinnerung hoffe, dann erinnere ich mich an eine kompliziertere Geschichte: Frustration angesichts der Menschenmenge im Museum, Unruhe beim Schlafengehen am Samstagabend, eine leichte Magenverstimmung nach einem Kalbskotelett, nervendes Warten auf den verspäteten Zug im Bahnhof von Bath, ein Streit mit Chloe im Taxi.

5 Vielleicht sollten wir der Sprache ihre Heuchelei nachsehen: sie befähigt uns, ein Wochenende in Bath mit einem einzigen Wort – *hübsch* – in Erinnerung zu rufen, und schafft so eine handhabbare Ordnung und Identität. Doch gibt es Zeiten, da wird man direkt konfrontiert mit dem Fließen unter dem Wort, dem Wasser, das unter Heraklits *Fluß* dahinströmt – und man sehnt sich nach der Einfachheit, die Dinge annehmen, wenn Buchstaben die einzigen Wächter ihrer Grenzen sind. Ich liebte Chloe – wie leicht das klingt, wie wenn Leute sagen, sie lieben Apfelsaft oder Marcel Proust. Und doch: wieviel komplexer war die Wirklichkeit, so komplex, daß ich mich dagegen wehre, irgend etwas Schlüssiges über irgendeinen bestimmten Moment zu sagen, denn das eine zu sagen bedeutet automatisch, etwas anderes auszulassen – jede Behauptung ist ein Symbol für die Unterdrückung von tausend Gegenbehauptungen.

6 Als ihre Freundin Alice uns zum Essen an einem Freitagabend einlud, nahm Chloe die Einladung an und sagte voraus, daß ich mich in Alice verlieben würde. Wir saßen zu acht an Alices Eßtisch, alle mit den Ellenbogen jonglierend, während wir das Essen zum Munde zu führen versuchten – an einem Tisch, der für vier Personen gedacht war. Alice lebte allein im obersten Stockwerk eines Hauses in Balham; sie arbeitete als Sekretärin beim Arts Council, und ich mußte zugeben: Ich verliebte mich ein wenig in sie.

7 Wie glücklich wir mit unserem Partner auch sind, unsere Liebe zu ihm hindert uns (sofern wir nicht in einer polygamen Gesellschaft leben) zwangsläufig daran, andere Liebschaften anzufangen. Doch warum sollten wir dies als Einengung betrachten, wenn wir ihn wirklich lieben? Warum sollten wir es als Verlust empfinden, sofern unsere Liebe zu ihm nicht schon im Schwinden begriffen ist? Die Antwort liegt womöglich in dem unbequemen Gedanken, daß eine Lösung für unser Liebesbedürfnis nicht immer auch zugleich eine Lösung für unser Bedürfnis, uns zu sehnen, bedeutet.

8 Während ich Alice beobachtete, wie sie redete, eine Kerze, die erloschen war, wieder anzündete, wie sie mit den Tellern in die Küche lief und sich eine Strähne ihres blonden Haars aus dem Gesicht strich, ertappte ich mich dabei, wie ich romantischer Nostalgie zum Opfer fiel. Romantische Nostalgie überkommt uns, wenn wir uns Menschen gegenübersehen, die unsere Geliebten hätten sein können, hätte nicht der Zufall beschlossen, daß wir sie nie näher kennenlernen werden. Die Möglichkeit eines anderen Liebeslebens erinnert uns daran, daß das Leben, das wir führen, nur *eines* von einer Myriade möglicher Leben ist, und vielleicht

ist es eben die Unmöglichkeit, sie alle zu führen, was uns in tiefe Traurigkeit stürzt. Es ist eine Sehnsucht nach Rückkehr in eine Zeit, in der es nicht nötig war zu wählen, eine Zeit, die unbeschwert war von der Traurigkeit über den unabänderlichen Verlust, den jede Wahl (wie wunderbar sie auch sei) nach sich zieht.

9 In den Straßen der Innenstadt oder in vollen Restaurants drängte sich mir oft der Gedanke auf, daß da Hunderte (und, fing man an zu rechnen, sogar Millionen) von Frauen waren, deren Leben gleichzeitig mit meinem verlief, die mir aber, weil es das Schicksal so wollte, ein Geheimnis bleiben sollten. Obwohl ich Chloe liebte, erfüllte der Anblick dieser Frauen mich manchmal mit Bedauern. Wenn ich auf einem Bahnsteig stand oder in einer Schlange in der Bank, erhaschte ich manchmal den Anblick eines bestimmten Gesichts, hörte vielleicht einen Gesprächsfetzen mit (jemandes Auto hatte eine Panne, jemand bereitete sich auf sein Studienexamen vor, eine Mutter war krank ...) – und empfand im gleichen Augenblick spontane Traurigkeit bei dem Gedanken, daß ich den Rest der Geschichte nicht erfahren konnte. Ich tröstete mich, indem ich selbst eine möglicherweise passende Fortsetzung erfand.

10 Ich hätte mich nach dem Essen zu Alice aufs Sofa setzen und mit ihr sprechen können, aber irgend etwas hielt mich davon ab, etwas zu unternehmen, und ich beließ es beim Träumen. Alices Gesicht beschwor eine Leere in mir, die weder klare Dimensionen noch irgendwelche Absichten erkennen ließ und die meine Liebe zu Chloe irgendwie nicht hatte ausfüllen können. Das Unbekannte führt einen Spiegel mit sich, der uns unsere tiefsten, unaussprech-

lichsten Wünsche zeigt. Das Unbekannte ist der fatale Vorschlag, den ein quer durch den Raum erblicktes Gesicht dem bekannten immer entgegenhalten wird. Ich mag Chloe geliebt haben, aber da ich Chloe *kannte*, *sehnte* ich mich nicht nach ihr. Das Sehnen kann sich nicht immer und ewig auf jene richten, die wir kennen; ihre guten Eigenschaften sind längst ausgemessen, und insofern fehlt ihnen das Geheimnis, nach dem unser Sehnen verlangt. Ein Gesicht, einige Momente oder ein paar Stunden gesehen, nur um dann für immer zu entschwinden, ist der notwendige Katalysator für Träume, die nicht in Worte gefaßt werden können, ein leerer Raum, ein unermeßliches Verlangen in einem selbst, das ebenso undefinierbar erscheint, wie es unstillbar ist.

11 »Und? Hast du dich in sie verliebt?« fragte Chloe im Auto.

»Natürlich nicht.«

»Sie ist dein Typ.«

»Nein, ist sie nicht. Und im übrigen, du weißt, daß ich dich liebe.«

In dem typischen Betrugsszenario fragt der eine Partner den anderen: »Wie konntest du mich mit X betrügen, wenn du doch gesagt hast, du liebtest *mich*?« Aber es muß nicht unbedingt ein Widerspruch zwischen dem Betrug und einer Liebeserklärung bestehen, wenn die verstreichende Zeit in Betracht gezogen wird. »Ich liebe dich« kann immer nur gewertet werden in der Bedeutung: »Ich liebe dich *jetzt*.« Ich log nicht, als ich Chloe auf dem Nachhauseweg von Alices Dinnerparty sagte, daß ich sie liebte, aber meine Liebeserklärungen waren immer nur zeitgebundene Versprechen gewesen.

12 Daß meine Gefühle Chloe gegenüber wechselten, lag zu einem Teil auch daran, daß sie ja selber kein unveränderliches Wesen war, sondern ein ständig sich verändernder Bedeutungszusammenhang. Die Beständigkeit ihres Jobs und ihrer Telefonnummer war eine Irreführung oder vielmehr eine Vereinfachung. Einem aufmerksamen Auge verriet ihr Gesicht die geringsten Veränderungen in ihrem seelischen und körperlichen Befinden; man konnte bemerken, wie ihr Tonfall sich änderte, je nachdem, mit wem sie zusammen war oder welchen Film sie gerade gesehen hatte; ihre Schultern sanken herab, wenn sie müde war, ihre Körpergröße wuchs mit ihrer Selbstachtung. Da war ihr Gesicht, wie es an einem Montag und wie es an einem Freitag aussah, da waren ihre Augen, wie sie aussahen, wenn sie traurig und wenn sie erregt war, die Adern auf ihrem Handrücken, wenn sie Zeitung las und wenn sie unter der Dusche stand. Da war ihr Gesicht, aus einem Dutzend von Winkeln gesehen, quer über den Tisch hinweg oder ganz nahe, kurz vor einem Kuß oder auf einem Bahnsteig. Da war Chloe mit ihren Eltern und Chloe mit ihrem Lover, Chloe lächelnd und Chloe, wie sie sich die Zähne mit Zahnseide reinigte.

13 Ich hätte ein grenzenloser Biograph sein müssen, um alle diese Wechsel zu verzeichnen; statt dessen war ich ein träges Gewohnheitstier. Erschöpfung bedeutete oftmals, den reichsten Teil von Chloes Leben – ihre Lebhaftigkeit – unbeachtet vorbeiziehen zu lassen. Oft bemerkte ich (weil Chloe mir so vertraut geworden war) über längere Phasen hin gar nicht all die Mutationen, die durch ihren Körper gingen, oder die Linien, die sich über ihr Gesicht zogen, den Unterschied zwischen Chloe an einem Montag und Chloe an einem Freitag. Die Vorstellung von ihr war

jetzt etwas Gewohntes, ein festes Bild vor meinem inneren Auge.

14 Doch dann gab es Augenblicke, in denen die glatte Oberfläche der Gewohnheit plötzlich zerriß und es mir einmal mehr vergönnt war, Chloe genau zu sehen, mit den Augen eines Menschen, der sie nie zuvor gesehen hatte. Eines Wochenendes blieben wir auf der Autostraße liegen und mußten Hilfe rufen. Als eine Viertelstunde später ein Wagen von der Automobile Association anhielt, übernahm Chloe die Verhandlungen mit dem Beamten. Während ich sie mit dem Fremden sprechen sah (und mich gleichsam mit ihm identifizierte), wurde die Frau, die ich kannte, plötzlich eine Fremde für mich. Ich betrachtete ihr Gesicht und hörte ihre Stimme ohne die abstumpfende Decke der Vertrautheit. Ich sah sie, wie sie jemandem erscheinen mußte, der nie zuvor den Blick auf sie gerichtet hatte, und nicht als die, die sie für mich geworden war. Ich sah sie entblößt von all den Vorurteilen, welche die Zeit ihr auferlegt hatte.

15 Und plötzlich, als ich sie so von Zündkerzen und Ölfiltern reden hörte, überkam mich ein unbezwingbares Verlangen. Die Unterbrechung des Gewohnten hatte einen Verfremdungseffekt: sie machte Chloe zu einer unbekannten und exotischen Frau – und daher begehrenswert mit all der Macht eines anderen Menschen, dessen Körper man niemals berührt hat. Der AA-Mann brauchte nur wenige Minuten, um den Fehler zu beheben – es hatte irgend etwas mit der Batterie zu tun –, dann konnten wir die Fahrt nach London fortsetzen. Aber mein Begehren signalisierte etwas anderes. »Wir müssen anhalten, in ein Hotel gehen oder auf einem Waldweg parken. Wir müssen uns lieben.«

»Wieso? Was ist los? Was ist in dich gefahren? Bitte, nicht jetzt, mein Gott ... Ohhh, Gott, nein, laß das — hhhmmm. O.K., warte, wir sollten lieber erst anhalten, laß uns hier abbiegen ...«

16 Die Anziehungskraft von Chloe-der-Fremden war eine Erinnerung an die Beziehung zwischen Bewegung und Sexualität, nämlich, der Bewegung vom angekleideten zum unbekleideten Körper. Wir hielten auf einem Weg ganz in der Nähe der M 4. Meine Hand griff nach ihr, um ihre Brüste zu streicheln, durch das leichte Gewebe ihres Kleides – das erotische Auftauchen nach der Rückkehr zu dem, was fremd gewesen war, dem verlorenen und wiedergewonnenen Körper. Es war ein ekstatisches Intervall zwischen Nacktheit und Bekleidetsein, dem Vertrauten und dem Unvertrauten, eine Grenzüberschreitung und Initiation.

17 Wir liebten uns zweimal auf dem Rücksitz von Chloes Volkswagen, zwischen Gepäckstücken und alten Zeitungen. Doch wie willkommen auch immer – unser plötzliches und unvorhersagbares Verlangen, das Greifen nach des anderen Kleidern und Körper war eine Erinnerung daran, wie destruktiv das Fließen der Leidenschaften sein konnte. Abseits der Autostraße von Verlangen überkommen, hätten wir nicht ganz ähnlich, auf dem Rücken eines anderen Hormons, zu einem etwas späteren Zeitpunkt auseinanderdriften können? Wahrscheinlich wäre es Vertrauen auf einen unrealistischen Grad von Logik gewesen, hätten wir unsere Emotionen zyklisch genannt. Unsere Liebe glich offenbar mehr dem turbulenten Dahinstürzen eines Gebirgsbachs als den zarten Veränderungen der Jahreszeiten.

18 Es gab zwischen Chloe und mir eine scherzhafte, Heraklitische Praxis, die das fließende Auf und Ab unserer Gefühle anerkannte und die weitverbreitete Forderung, daß das Licht der Liebe mit der Beständigkeit einer Glühbirne brenne, aufhob.

»Ist etwas nicht in Ordnung? Magst du mich heute nicht?« fragte beispielsweise einer von uns.

»Ich mag dich, aber weniger als sonst.«

»Wirklich? Viel weniger?«

»Nein, so viel nicht.«

»Bei einer Skala von eins bis zehn?«

»Heute? Oh, wahrscheinlich sechseinhalb oder, nein, vielleicht doch eher sechs dreiviertel. Und du? Wie ist es bei dir?«

»Gott, ich würde sagen, ungefähr minus drei, obwohl es heute früh eher schon minus zwölfeinhalb war, als du mich …«

19 In einem anderen chinesischen Restaurant (Chloe schätzte chinesisches Essen) wurde mir bewußt, daß Begegnungen mit anderen vielleicht ganz ähnlich waren wie die Drehplatte, die in der Mitte des Tisches stand und mit den Speisen, die darauf gestellt wurden, gedreht werden konnte, so daß man im einen Augenblick Shrimps und im nächsten Schweinefleisch vor der Nase hatte. Folgte die Liebe zu einem anderen Menschen nicht dem gleichen kreisförmigen Muster, so daß Gutes und Schlechtes, einander abwechselnd, kreisten? Sonst so mobil, hängen wir irrtümlich an der Beständigkeit menschlicher Gefühle und an der Idee einer hermetischen Trennlinie zwischen Liebe und Nicht-Liebe, eine Linie, die nur zweimal überschritten werden darf, am Anfang und am Ende einer Beziehung – und nicht etwa

pendelnd, in einem täglichen oder sogar stündlichen Hin und Her. Einem Impuls folgend, möchten wir einen Trennungsstrich zwischen Liebe und Haß ziehen, statt beides als legitime Antworten auf die vielen Seiten einer einzelnen Person zu sehen. Wir haben das kindische Bedürfnis, das ganz und gar Gute zu lieben und das durch und durch Schlechte zu hassen, jeweils ein einzelnes, unzweifelhaft geeignetes Ziel für die aggressiven wie für die liebenden Regungen zu finden. Aber solche Beständigkeit konnte es Chloe gegenüber nicht geben. Es bedurfte nur eines Augenblicks, und ich sah jedes Gericht auf Chloes chinesischer Drehplatte an mir vorbeisausen – so daß mir schwindlig war vor Verwirrung. Ich konnte das Gefühl haben, sie sei

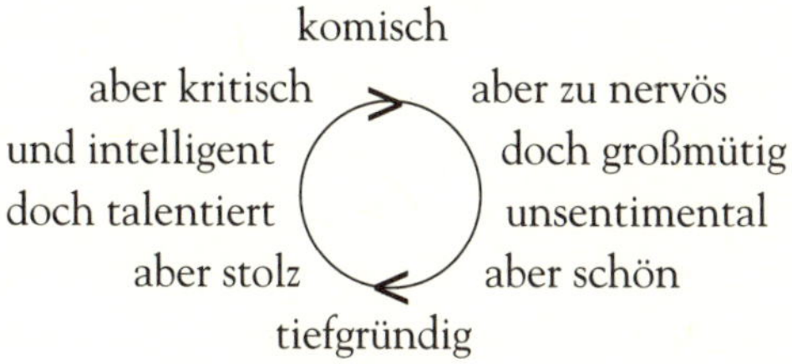

Abbildung 16.1

20 Es war oft schwer zu durchschauen, was die Drehplatte in Bewegung setzte. Es konnte sein, daß ich Chloe auf eine bestimmte Art sitzen sah oder etwas sagen hörte und plötzlich über die Maßen von ihr irritiert war, wenn doch vor einer kleinen Weile noch alles süß und hell gewesen war. Ich war damit nicht allein, denn es gab Augenblicke, in denen auch Chloe Attacken von Zorn gegen mich richtete. Eines Abends, als wir mit Freunden über einen Film diskutierten, ließ sie plötzlich eine feindselige Rede über meine herablassende Haltung gegenüber anderer Leute Geschmack und Meinungen vom Stapel. Ich war zuerst völlig

verblüfft, denn ich hatte überhaupt noch nichts gesagt, aber ich vermutete, daß irgend etwas, was ich vorher getan hatte, sie aufgeregt haben mußte und daß sie nun diese Gelegenheit benutzte, ihrer Frustration Luft zu machen – oder aber daß irgend jemand anders sie aufgeregt hatte und ich nun herhalten mußte für ein abwesendes Ziel. Viele unserer Streitigkeiten zeichneten sich durch diese Art von Ungerechtigkeit aus, in dem Sinne, daß sie Vorwände waren, um Gefühle auszudrücken, die mit dem gegenwärtigen Moment oder sogar mit uns beiden überhaupt nichts zu tun hatten. Es konnte geschehen, daß ich auf Chloe wütend wurde, nicht aus dem oberflächlichen Grund, daß sie die Geschirrspülmaschine so geräuschvoll leerte, während ich gerade die Nachrichten sehen wollte, sondern weil es mich bedrückte und mir Schuldgefühle bereitete, daß ich einen schwierigen geschäftlichen Anruf tagsüber nicht erledigt hatte. Chloe wiederum mochte absichtlich viel Lärm gemacht haben in dem Bemühen, einen Zorn zu bekunden, den sie mir am Morgen nicht mitgeteilt hatte. (Wir könnten Reife – dieses doch immer ungreifbare Ziel – vielleicht als die Fähigkeit definieren, allen Menschen das zu geben, was sie verdienen, und zwar dann, wenn sie es verdienen, und Emotionen, die mit uns selbst zu tun haben und auf uns selbst beschränkt bleiben sollten, abzutrennen von denen, die ihren Urhebern gegenüber sogleich ausgedrückt werden sollten, statt daß wir sie auf spätere und unschuldigere Gelegenheiten verschieben.)

21 Man mag sich fragen, wie es möglich ist, daß jene, die behaupten, sie liebten uns, gleichzeitig so augenscheinlich unfaire Feindseligkeiten und Groll gegen uns hegen können. Wir beherbergen in uns eine unendliche Anzahl widersprüchlicher Gefühle, breite Schichten infantiler

Reaktionen, über die wir wenig oder gar keine Kontrolle haben. Tobsuchtsanfälle, kannibalische Triebe, zerstörerische Phantasien, bisexuelle Vorstellungen und paranoide Regungen aus der Kindheit finden sich unter die respektableren Gefühle gemischt. »Wir sollten nie sagen, daß die Menschen zivilisiert sind«, schrieb der französische Philosoph Alain, »wir sollten nur nach der Nadel Ausschau halten« – das heißt, nach der Irritation suchen, die hinter einem Streit oder einer Aggression liegt. Chloe und ich waren durchaus bereit, es zu versuchen, aber manchmal überwältigten uns die Schwierigkeiten, die alles umfaßten, von den Launen sexueller Impulse bis hin zu den Einflüssen von Kindheitstraumen.

22 Philosophen, traditionell Befürworter eines nach den Grundsätzen der Vernunft gelebten Lebens, verurteilen ein von Trieben geleitetes Leben, weil Vernunft die Grundlage aller Beständigkeit ist: sie hat keine zeitgebundene Dimension, sie trägt kein Verfallsdatum. Im Gegensatz zum Romantiker ist der Philosoph zum Beispiel nicht so unvernünftig, sein Interesse von Chloe zu Alice zu Chloe schweifen zu lassen, weil feste Gründe für die einmal getroffene Entscheidung sprechen. In ihren wechselnden Wünschen werden Philosophen immer nur Entwicklungen sehen, niemals Widersprüche. In der Liebe werden sie treu und beständig bleiben, ihr Leben wird so sicher verlaufen wie die Flugbahn eines Pfeils.

23 Aber wichtiger noch ist dies: der Philosoph wird einer *Identität* sicher sein. Was ist Identität? Vielleicht ist sie rundherum um das geformt, wozu eine Person geneigt ist: *Ich bin, was ich gern mag.* Wer ich bin, wird in hohem Maße durch das bestimmt, *was ich möchte.* Wenn ich seit mei-

nem zehnten Lebensjahr gern Golf gespielt habe und nun einhundertundzwanzig bin und den Sport immer noch liebe, dann hat sich meine Identität (als Golfer wie auch indirekt als Person) als stabil erwiesen. Wenn ich von meinem dritten Lebensjahr an bis ins Alter von neunzig Jahren am katholischen Glauben festhalte, dann bin ich in der Lage, die Identitätskrise des Juden zu vermeiden, der mit fünfunddreißig eines Morgens mit dem Wunsch aufwacht, Bischof zu werden, oder die des Papstes, der am Ende seines Lebens zum Islam konvertieren will.

24 Für gefühlsbestimmte Menschen ist das Leben sehr anders, besteht es aus schwindelerregenden Drehungen der Uhr, denn das, *was sie möchten*, verändert sich so rasch, daß das *wer sie sind* ständig in Frage steht. Wenn der gefühlsbestimmte Mann heute Samantha liebt und morgen Sally, wer ist er dann? Wenn ich am Abend beim Zubettgehen Chloe liebte und sie am nächsten Morgen haßte, *wer* war dann »Ich«? Ich gab nicht ganz das Vorhaben auf, ein vernünftigerer Mensch zu werden, doch sah ich mich schlicht dem schwer zu lösenden Problem konfrontiert, solide *Gründe* dafür auszumachen, daß ich Chloe liebte oder daß ich sie nicht liebte. Objektiv gesehen gab es keine zwingenden Gründe, weder für das eine noch für das andere, was meine gelegentlich ambivalente Haltung ihr gegenüber noch unentschiedener machte. Hätte es vernünftige, unangreifbare (darf ich es wagen, zu sagen logische) Gründe gegeben, sie zu lieben oder zu hassen, dann hätte ich Fixpunkte gehabt, an die ich mich hätte halten können. Doch so wie die Lücke zwischen ihren beiden Schneidezähnen nie ein *Grund* gewesen war, mich Hals über Kopf in sie zu verlieben, hätte ich doch wohl auch die Art, wie sie sich am Ellenbogen

kratzte, nicht ernstlich als Grundlage für Haß angeben können? Wie immer die Gründe aussehen, die wir bewußt angeben mögen: wir sind uns nie mehr als teilweise der Grundlage unseres Angezogenseins (*und folglich auch des unumkehrbaren und tragischen Prozesses, den das »Entlieben« bedeutet* . . .) bewußt.

25 Im Gegensatz zu den Diskontinuitäten gab es allerdings einen natürlichen homöostatischen Trieb: er zielte darauf ab, *die Beständigkeit der emotionalen Umgebung aufrechtzuerhalten*. Der homöostatische Impuls milderte Fluktuationen, trachtete nach Stabilität, suchte Turbulenzen zu vermeiden, strebte nach Kontinuität und Zusammenhang. Homöostasie verankerte mich in einer linearen Liebesgeschichte, der von Chloe und mir, brachte mich zur Raison, wenn ich einen Impuls verspürt haben mochte, Nebenhandlungen zu entwickeln, abzuweichen von meiner Geschichte oder sie gar in Frage zu stellen mit der Schizophrenie moderner Dichtung. Nach dem Erwachen aus einem erotischen Traum, den ich mit einer Mischung aus zwei tags zuvor in einem Laden gesehenen Gesichtern verbracht hatte, nahm ich sogleich meinen Platz wieder ein, wenn ich Chloe neben mir fand. Ich »stereotypisierte« meine Möglichkeiten, ich kehrte zu der Rolle zurück, die mir durch meine Geschichte zugewiesen worden war, ich beugte mich der mächtigen Autorität dessen, was bereits existierte.

26 Fluktuationen wurden in Schach gehalten durch die Kontinuitäten der Umgebung, durch die stabileren Annahmen und Vermutungen derer, die uns umgaben. Ich erinnere mich an einen furiosen Krach, der eines Sonntags, wenige Minuten bevor wir Freunde zum Kaffee treffen soll-

ten, zwischen uns ausbrach. Damals hatten wir beide das Gefühl, daß dieser Krach ernst war, so ernst, daß wir darüber hätten brechen können. Doch die Möglichkeit, unsere Geschichte zu beenden, war beschnitten durch die Freunde, die sich dergleichen nicht vorstellen konnten. Beim Kaffee dann wurden Fragen an das glückliche Paar gerichtet, Fragen, die keinerlei Ahnung von der Möglichkeit eines Bruches verrieten und folglich halfen, ihn zu vermeiden. Die Gegenwart der anderen milderte die Ausschläge unserer Emotionen; wenn wir uns unsicher waren, was wir wollten und folglich wer wir waren, konnten wir es hinter der tröstlichen Analyse der Außenstehenden verbergen, die nur die Kontinuitäten wahrnahmen, ohne zu bemerken, daß der rote Faden unserer Geschichte nicht unverletzlich war.

27 In unseren besseren Augenblicken fanden wir auch Trost in der Illusion einer geplanten Zukunft. Da immer die bedrohliche Aussicht bestand, daß Liebe ebenso plötzlich endete, wie sie begonnen hatte, war es nur natürlich, daß wir die Gegenwart mit einem Appell an eine gemeinsame Zukunft bekräftigten, eine Zukunft, die allermindestens bis zu unserem Tod dauerte. Wir träumten davon, wo wir leben, wie viele Kinder wir haben, für welches Pensionsschema wir optieren würden. Wir identifizierten uns mit den Alten, die ihre Enkelkinder an die Hand nahmen und mit ihnen in Kensington Gardens spazierengingen. Indem wir uns gegen das Ableben unserer Liebe wehrten, fanden wir Vergnügen daran, gemeinsam unser Leben auf einer grandiosen Zeitskala zu planen. Bei Notting Hill gab es Häuser, die wir beide liebten und die wir nun gemeinsam in Gedanken einrichteten und um zwei kleine Studios im Dachgeschoß, eine große, fertig eingerichtete Küche, mit den schicksten

Geräten im Keller und einem Garten voller Blumen und Bäume vervollständigten. Obwohl die Dinge aller Voraussicht nach nie so weit gedeihen würden, *mußten wir glauben, daß es keinen Grund gab, der dagegen sprach.* Wie ist es möglich, jemanden zu lieben und sich gleichzeitig vorzustellen, daß man sich von ihm trennt, um jemand anders zu heiraten und sich ein Haus mit ihm einzurichten? Nein, es war unentbehrlich für uns, Betrachtungen darüber anzustellen, wie es sein würde, wenn wir gemeinsam alt würden und uns mit unseren Gebissen in ein Häuschen am Meer zurückzogen. Hätten wir daran geglaubt, wir hätten sogar geplant zu heiraten – erbarmungslosester aller Versuche, das Herz in eine endlose Liebe zu zwingen.

28 Meine Abneigung, mit Chloe über frühere Freundinnen von mir zu sprechen, war vielleicht Teil des gleichen Phänomens, jenes Wunsches, daß etwas ewig dauerte. Die früheren Freundinnen erinnerten nur daran, daß Situationen, die ich zu einer bestimmten Zeit für dauerhaft hielt, sich als temporär erwiesen hatten und daß meine Beziehung mit Chloe womöglich das gleiche Schicksal ereilte. Eines Abends, im Buchladen der Hayward Gallery, erblickte ich eine frühere Freundin, die vor einem Regal an der gegenüberliegenden Seite des Raumes stand und in einem Buch über Picasso blätterte. Chloe war nur wenige Schritte von mir entfernt und suchte nach ein paar Postkarten, die sie Freunden schicken wollte. Picasso hatte dieser ehemaligen Freundin und mir viel bedeutet. Ich hätte leicht zu ihr hingehen und hallo sagen können. Immerhin hatte ich mehrere von Chloes früheren Liebhabern kennengelernt, von denen sie viele noch regelmäßig traf. Aber ich verspürte ein Unbehagen, und das lag lediglich daran, daß diese Frau mich an

die Unbeständigkeit meiner Gefühle erinnerte und ich daran lieber nicht erinnert werden wollte. Ich fürchtete, die Intimität, die ich zusammen mit ihr geschaffen und dann verloren hatte, könnte sich als ein Muster erweisen, das sich mit Chloe wiederholte.

29 Die Tragödie der Liebe besteht darin, daß sie sich der zeitlichen Dimension nicht zu entziehen vermag. Wenn man mit einem gegenwärtig geliebten Menschen zusammen ist, empfindet man den Gedanken an die eigene Gleichgültigkeit gegenüber früheren Lieben als besondere Grausamkeit. Die Vorstellung, daß du der Person, für die du heute alles hingeben würdest, in ein paar Monaten vielleicht schon ausweichst, indem du auf die andere Straßenseite (oder auf die andere Seite des Buchladens) gehst, hat etwas Erschreckendes. Wenn meine Liebe zu Chloe in jenem Moment die Essenz meines Ichs darstellte, dann, so wurde mir jetzt bewußt, würde das definitive Ende meiner Liebe zu ihr nicht weniger als den Tod eines Teils von mir bedeuten.

30 Wenn Chloe und ich trotz alledem weiterhin glaubten, wir liebten einander, dann vielleicht deshalb, weil letzten Endes die Momente der Liebe (eine Zeitlang zumindest) die Momente der Langeweile oder der Gleichgültigkeit bei weitem überwogen. Doch blieb uns immer bewußt, daß das, was Liebe zu nennen wir uns entschieden hatten, vielleicht so etwas wie eine Abkürzung für eine sehr viel komplexere und am Ende auch weniger schmackhafte Wirklichkeit war.

KAPITEL SECHZEHN

❦ *Die Furcht vor dem Glück* ❦

1 Einer der größten Nachteile der Liebe ist, daß sie, zumindest eine Weile, Gefahr läuft, uns glücklich zu machen.

2 Chloe und ich beschlossen, in der letzten Augustwoche nach Spanien zu reisen – Reisen ist (wie die Liebe) ein Versuch, einen Traum in die Wirklichkeit hinein zu verfolgen. In London hatten wir die Prospekte von Utopia Travel studiert, Spezialisten für den spanischen Ferienhausmarkt, und hatten uns geeinigt auf ein umgebautes Bauernhaus in dem Dorf Aras de Alpuente, in den Bergen hinter Valencia. Das Haus sah in der Wirklichkeit besser aus als auf den Abbildungen. Die Räume waren schlicht, aber bequem möbliert; im Badezimmer funktionierte alles; es gab eine von Weinblättern beschattete Terrasse, einen See in der Nähe, in dem man schwimmen konnte, und einen Bauern nebenan, der eine Ziege hielt und uns mit einer Gabe von Olivenöl und Käse willkommenhieß.

3 Wir waren am späten Nachmittag angekommen, hatten am Flughafen ein Auto gemietet und waren die schmalen Gebirgsstraßen hinaufgefahren. Wir gingen sofort schwimmen, sprangen in das klare blaue Wasser und ließen uns von der sinkenden Sonne trocknen. Dann kehrten wir zum Haus zurück und setzten uns mit einer Flasche Wein und Oliven auf die Terrasse, um zuzusehen, wie die Sonne hinter den Hügeln unterging.

»Ist es nicht wunderbar?« bemerkte ich in lyrischem Ton.

»Nicht wahr?« kam das Echo von Chloe.

»Aber ist es das wirklich?« fragte ich im Scherz.

»Pscht, du verdirbst die Szene!«

»Nein, im Ernst, es ist wirklich wunderbar. Ich hätte mir ein Fleckchen wie dieses nie vorstellen können. Es wirkt so abgeschieden von allem – wie ein Paradies, so klein, daß niemand sich die Mühe macht, es zu zerstören.«

»Ich könnte mein ganzes Leben hier verbringen.«

»Ich auch.«

»Wir könnten hier zusammen leben. Ich würde die Ziegen hüten, du würdest dich um die Oliven kümmern, wir würden Bücher schreiben, malen und –«

»Was ist? Ist dir nicht gut?« fragte ich, denn ich sah, daß Chloe sich plötzlich vor Schmerzen wand.

»So. Jetzt geht's wieder. Ich weiß nicht, was da passiert war. Ich hatte plötzlich so einen furchtbaren Schmerz im Kopf, wie ein gräßliches Pochen oder so. Ist wahrscheinlich nichts. Oh, verdammt, Scheiße, es kommt schon wieder.«

»Laß mich fühlen.«

»Du kannst bestimmt gar nichts fühlen, es ist drinnen im Kopf.«

»Ich weiß, aber ich will mitfühlen.«

»O Gott, ich glaube, ich sollte mich hinlegen. Wahrscheinlich ist es nur die Reise oder die Höhe, oder so. Aber ich gehe besser rein. Bleib du nur hier draußen, ich komme schon zurecht.«

4 Chloes Schmerzen wurden nicht besser. Sie nahm ein Aspirin und ging zu Bett, konnte aber nicht schlafen. Unsicher, wie ernst ich ihren Zustand nehmen mußte, aber besorgt, weil er angesichts ihrer Neigung, Dinge herunterzu-

spielen, wahrscheinlich ernster war, als es schien, beschloß ich, einen Arzt zu rufen. Der Bauer und seine Frau waren in ihrem Häuschen und saßen beim Abendessen, als ich anklopfte und in bruchstückhaftem Spanisch fragte, wo ich den nächsten Doktor fände. Es stellte sich heraus, daß er in Villar del Arzobispo wohnte, einem ungefähr zwanzig Kilometer entfernten Dorf.

5 Dr. Saavedra war über die Maßen würdevoll für einen Landarzt. Er trug einen weißen Leinenanzug, hatte in den fünfziger Jahren ein Semester am Imperial College studiert, war ein Liebhaber der englischen Theater-Tradition und schien mich mit dem größten Vergnügen zurückzubegleiten, um der jungen Dame zu helfen, die so schnell nach Beginn ihres spanischen Aufenthalts krank geworden war. Als wir in Aras de Alpuente ankamen, hatte sich Chloes Zustand noch nicht gebessert. Ich ließ den Doktor mit ihr allein und wartete nervös im Nebenzimmer. Zehn Minuten später kam der Arzt wieder zum Vorschein.

»Ees notting to worry about – Sie brauchen sich keine Sorgen zu machen.«

»Wird sie bald wieder O.K. sein?«

»Yes, my friend. Morgen früh wird sie wieder O.K. sein.«

»Was fehlt ihr?«

»Nichts Besonderes, ein bißchen Magen, ein bißchen Kopf, etwas sehr Verbreitetes unter den Feriengästen. Ich gebe ihr Tabletten. Im Grunde nur eine kleine Anhedonia, das kann schon vorkommen.«

6 Dr. Saavedra hatte einen Fall von Anhedonia diagnostiziert, eine Krankheit, die von der British Medical Association als eine dem Bergkoller auffällig verwandte Reaktion

beschrieben wird; sie resultiert aus dem plötzlichen Schrecken, den drohendes Glück hervorbringen kann. Es war eine verbreitete Krankheit unter den Touristen in dieser Region Spaniens: in dieser idyllischen Umgebung mit der plötzlichen Erkenntnis konfrontiert, daß irdisches Glück anscheinend in Reichweite lag, erlitten sie eine starke psychologische Reaktion, die darauf abzielte, einer solchen Möglichkeit entgegenzuwirken.

7 Das Problem mit dem Glück besteht darin, daß es sich, selten wie es ist, als höchst erschreckend und Angst einflößend und darum als schwer anzunehmen erweist. Daher hatten Chloe und ich (auch wenn ich nicht krank geworden war) mehr oder weniger unbewußt immer dazu geneigt, die *Hedonie* entweder in der Erinnerung oder in der Vorfreude anzusiedeln. Obwohl das Streben nach Glück ein erklärtes zentrales Ziel war, schwang dabei immer der Glaube mit, daß die Verwirklichung dieses Aristotelismus irgendwo in einer sehr fernen Zukunft liege – ein Glaube, der herausgefordert wurde durch die Idylle, die wir in Aras de Alpuente und, in einem geringeren Maße, einer in des anderen Armen gefunden hatten.

8 Warum lebten wir so? Vielleicht, weil glücklich sein in der Gegenwart auch bedeutet hätte, sich in einer unvollkommenen oder gefährlich ephemeren Realität zu engagieren, statt sich hinter dem bequemen Glauben an ein Nachleben zu verstecken. Leben im *Futur Perfekt* bedeutete, festzuhalten an einem idealen Leben im Gegensatz zum gegenwärtigen, einem Leben, das uns vor der Notwendigkeit bewahrte, uns für die Situation, die uns umgab, verantwortlich zu fühlen. Es war ein Muster, jenem verwandt, dem wir

in bestimmten Religionen begegnen, in denen das Erdenleben nur ein Vorspiel zu einer ewigen und weitaus freudenreicheren himmlischen Existenz ist. Unsere Haltung Ferien, Partys, Arbeit und vielleicht auch der Liebe gegenüber hatte etwas an sich, als hielten wir uns für unsterblich, als weilten wir lange genug auf Erden, um uns nicht so tief herablassen zu müssen, etwa zu denken, daß die Zahl dieser Gelegenheiten begrenzt und wir daher gezwungen seien, Nutzen aus ihnen zu ziehen. Es liegt eine gewisse Bequemlichkeit im Leben im Futur Perfekt: es bewahrt uns vor der Notwendigkeit, die Gegenwart als real zu empfinden, oder vor der Erkenntnis, daß wir einander lieben oder sterben müssen.

9 Daß Chloe gerade jetzt krank geworden war – lag es nicht vielleicht auch daran, daß die Gegenwart ihre Unzufriedenheit einholte? Sie hatte, einen kurzen Augenblick lang, aufgehört, irgend etwas zu vermissen, was die Zukunft bereithalten mochte. Aber war ich nicht ebenso schuld an der Erkrankung wie Chloe? Hatte es nicht viele Gelegenheiten gegeben, bei denen die Freuden der Gegenwart rüde übergangen worden waren, im Namen einer nicht näher zu bezeichnenden Zukunft? Liebesgeschichten, bei denen ich es, unmerklich fast, vermieden hatte, mich dieser Liebe vorbehaltlos hinzugeben, indem ich mich mit dem Unsterblichkeitsgedanken tröstete, daß es andere Liebesaffären gäbe, die ich eines Tages mit der Sorglosigkeit der Männer in den Magazinen genießen würde, künftige Lieben, die meine unglücklichen Versuche wettmachten, mit einem anderen Menschen zu kommunizieren, den die Geschichte zu mehr oder weniger derselben Zeit auf Erden herumwirbeln ließ?

10 Aber die Sehnsucht nach einer Zukunft, die nie kommt, ist nur die Kehrseite der Sehnsucht nach einer Zeit, die immer bereits vergangen ist. Ist die Vergangenheit nicht oft besser, einfach weil sie vergangen ist? Ich erinnerte mich daran, daß in meiner Kindheit die Ferien immer erst dann vollkommen wurden, wenn sie vorbei waren, denn dann hatte sich die Furcht vor der Gegenwart auf ein paar wenige überschaubare Erinnerungen reduziert. Es machte nicht so viel aus, was geschah, Hauptsache, daß es alles möglichst schnell geschah und mir die Möglichkeit gab, eine Wunde zu pflegen oder ein Spiel wiederzuspielen. Ich verbrachte ganze Jahre meiner Kindheit in der Vorfreude auf die Winterferien, wenn die Familie von Zürich in die Berge fuhr, um zwei Wochen skilaufend im Engadin zu verbringen. Doch wenn ich dann oben am Hang stand und eine makellos weiße Piste hinunterblickte, wurde ich mir einer Furcht bewußt, die aus der Erinnerung an das Ereignis verflogen sein würde, einer Erinnerung, die sich ausschließlich aus objektiven Bedingungen zusammensetzte (der Gipfel eines Berges, ein strahlender Tag) und daher frei sein würde von allem, was den eigentlichen Moment zur Hölle gemacht hatte. Es war mehr als nur der Umstand, daß mir vielleicht die Nase lief oder daß ich durstig war oder meinen Schal vergessen hatte, was die Gegenwart unerfreulich machte – es war einfach Widerwille zu akzeptieren, daß ich endlich eine Möglichkeit durchlebte, die das ganze Jahr hindurch in den tröstlichen Rockfalten der Zukunft gewartet hatte. Das Skilaufen, eingebettet zwischen jiepriger Vorfreude und rosiger Erinnerung, war im Nu über die Gegenwart hinweggeschlittert. Sobald ich den Fuß des Hangs erreicht hatte, blickte ich zurück, den Berg hinauf, und erklärte mir, daß es eine perfekte und wunderbare Abfahrt gewesen sei. Und so verliefen die Ski-

ferien (und ein großer Teil meines Lebens allgemein): Vorfreude am Abend, Furcht, wenn es dann wirklich soweit war, und angenehme Erinnerungen am Abend.

11 Lange Zeit gab es etwas von diesem angespannten Paradox in meiner Beziehung zu Chloe: Ich freute mich den ganzen Tag lang auf eine gemeinsame Mahlzeit mit ihr, verließ diese dann auch mit den besten Eindrücken, sah mich aber mit einer Gegenwart konfrontiert, die niemals der Vorfreude oder der Erinnerung daran gleichgekommen wäre. An einem Abend, den ich, kurz bevor wir nach Spanien reisten, mit Chloe und Freunden von uns auf Will Knotts Hausboot verbrachte, geschah es, daß ich mir, eben weil alles so perfekt war, zum erstenmal deutlich meines ständig lauernden Mißtrauens gegenüber der Gegenwart bewußt wurde. Meistens ist die Gegenwart zu gemischt, um uns daran zu erinnern, daß die Krankheit, im *Imperfekt* zu leben, in uns selber steckt und nichts mit der Außenwelt zu tun hat. Aber an diesem Abend in Chelsea war einfach nichts, was ich dem Augenblick hätte anlasten können, und so mußte ich einsehen, daß das Problem bei mir lag: das Essen war köstlich, Freunde waren da, Chloe sah hübsch aus, saß neben mir und hielt meine Hand. Und doch, irgend etwas stimmte nicht – es war der Umstand, daß ich es nicht abwarten konnte, bis das Ereignis in die Geschichte hinübergeglitten war.

12 Die Unfähigkeit, in der Gegenwart zu leben, liegt vielleicht in der Furcht vor der Erkenntnis, daß dies nun womöglich die Ankunft dessen sei, worauf man ein Leben lang gewartet hat, der Furcht vor dem Verlassen der relativ geschützten Position der Vorfreude oder Erinnerung und damit vor dem stillschweigenden Eingeständnis, daß dies das

einzige Leben ist, das wir aller Wahrscheinlichkeit nach (eine Intervention des Himmels ausgenommen) je leben werden. Wenn wir Hingabe einmal als eine Anzahl von Eiern betrachten, dann bedeutet Hingabe an die Gegenwart, daß wir es riskieren, alle Eier, die uns gehören, in den Gegenwartskorb zu legen, statt sie auf die Körbe Vergangenheit und Zukunft zu verteilen. Und, analog auf die Liebe angewandt: Hätte ich endlich akzeptiert, daß ich mit Chloe glücklich war, hätte das bedeutet zu akzeptieren, daß, trotz aller Risiken, alle meine Eier fest in ihrem Korb lagen.

13 Ich weiß nicht, was für Tabletten der gute Doktor ihr gegeben hatte, jedenfalls schien Chloe am nächsten Morgen vollkommen geheilt. Wir bereiteten ein Picknick vor und gingen wieder zu dem See, wo wir den Tag schwimmend und am Wasser sitzend und lesend verbrachten. Wir blieben zehn Tage in Spanien, und ich glaube (soweit man der eigenen Erinnerung trauen kann), daß wir beide es zum erstenmal riskierten, diese Tage in der Gegenwart zu leben. In dieser Zeitform zu leben bedeutete nicht immer himmlisches Glück; die Ängste, die aus unstabilem Liebesglück entstehen, explodierten regelmäßig in Streit. Ich erinnere mich an einen heftigen Krach in dem Dorf Fuentelespino de Moya, wo wir haltgemacht hatten, um zu Mittag zu essen. Es hatte mit einem Scherz über eine frühere Freundin angefangen und hatte sich ausgewachsen zu dem Verdacht in Chloes Kopf, daß ich diese Freundin noch liebte. Nichts hätte der Wahrheit ferner liegen können, doch war ich inzwischen dazu übergegangen, solche Verdächtigungen als eine Projektion der abnehmenden Gefühle Chloes für mich zu werten, und eben das warf ich ihr vor. Bis das Streiten, Schmollen und Versöhnen hinter uns lag, war es Nachmittag geworden, und am Ende frag-

ten wir uns beide, worüber wir eigentlich Tränen vergossen und uns angeschrien hatten. Es gab weitere Streitigkeiten. Ich erinnere mich an einen Krach in der Nähe von Losa del Obispo darüber, ob wir uns miteinander langweilten oder nicht, und an einen weiteren bei Sot de Chera, der angefangen hatte, als ich Chloe vorwarf, sie sei als Kartenleserin unfähig, und sie meinem Vorwurf damit begegnete, daß sie mich des kartographischen Faschismus bezichtigte.

14 Die Gründe für solche Streitigkeiten waren nie diejenigen, um die es an der Oberfläche ging. Chloes Unzulänglichkeiten im Umgang mit dem *Guide Michelin* oder meine Intoleranz, wenn ich in weiten Kreisen durch die spanische Landschaft fuhr, mochten noch so groß sein, das, worum es eigentlich ging, waren tiefere Ängste. Die Heftigkeit, mit der wir einander beschuldigten, der Mangel unserer Vorwürfe an Plausibilität zeigten, daß wir nicht stritten, weil wir einander haßten, sondern weil wir einander zu sehr liebten – oder, auf die Gefahr hin, es noch komplizierter zu machen: weil wir es haßten, einander in dem Maße zu lieben, in dem wir uns liebten. Unsere Beschuldigungen waren immer mit einem komplizierten Subtext geladen: *Ich hasse dich, weil ich dich liebe*. Wir verstiegen uns zu dem fundamentalen Protest: *Ich hasse es, daß ich keine andere Wahl habe, als zu riskieren, dich so sehr zu lieben*. Die Freuden, von jemandem abzuhängen, verblassen neben den paralysierenden Ängsten, die solche Abhängigkeit mit sich bringt. Unsere mehrfachen wilden und einigermaßen unerklärlichen Streitigkeiten, während wir durch Valencia gingen, waren nichts als ein notwendiger Abbau von Spannungen, die aus der Erkenntnis herrührten, daß wir beide alle unsere Eier in des anderen Korb gelegt hatten – und uns nun hilflos um eine vernünfti-

gere Haushaltsführung bemühten. Unsere Kräche hatten manchmal etwas nahezu Theatralisches: Freude und Überschwang traten zutage, wenn wir darangingen, das Bücherregal zu zertrümmern, das Geschirr zu zerschlagen oder mit den Türen zu knallen: »Es ist ein schönes Gefühl, daß ich imstande bin, dich so sehr zu hassen«, hatte Chloe einmal zu mir gesagt. »Es gibt mir die Sicherheit, daß du es aushältst; daß ich zu dir sagen kann: Verpiß dich doch! und du schmeißt mit irgend etwas nach mir, aber du bleibst.« Daß wir einander anschrien, brauchten wir teilweise, um zu sehen, ob einer des anderen Geschrei ertragen konnte oder nicht. Wir wollten einer des anderen Überlebensfähigkeit testen: Erst wenn wir vergeblich einander zu vernichten versucht hätten, würden wir wissen, daß wir sicher waren.

15 Am leichtesten ist Glück zu akzeptieren, wenn es durch Dinge hervorgebracht wird, die man kontrollieren kann, die man nach großen Mühen und viel Nachdenken erreicht hat. Doch das Glück, das ich mit Chloe erlangt hatte, war mir nicht nach tiefgründigem Philosophieren oder als Belohnung für eine persönliche Leistung zuteil geworden. Es war einzig und allein so, daß ich, durch das Wunder einer göttlichen Intervention, eine Person gefunden hatte, deren Gesellschaft mir mehr wert war als die fast aller anderen in der Welt. Solches Glück war gefährlich, eben weil es ihm an selbstgenügsamer Dauer mangelte. Hätte ich nach Monaten steter harter Arbeit eine wissenschaftliche Formel zustande gebracht, welche die Welt der Molekularbiologie bewegt hätte, ich hätte keinerlei Bedenken gehabt, das Glück zu akzeptieren, das auf solche Entdeckungen folgte. Die Schwierigkeit, das Glück, das Chloe repräsentierte, anzunehmen, rührte daher, daß ich bei dem eigentlichen Prozeß, der es be-

gründet hatte, nicht dabeigewesen war und folglich keine Kontrolle über das Glück einflößende Element in meinem Leben hatte. Es schien von den Göttern arrangiert und war daher begleitet von all den uralten Ängsten vor göttlicher Vergeltung.

16 »Alles Unglück des Menschen rührt von seiner Unfähigkeit her, allein in seinem Zimmer zu sitzen«, hat Pascal einmal gesagt, als er sich dafür aussprach, daß die Menschen sich ihre eigenen Mittel gegen eine schwächende Abhängigkeit von allem Gesellschaftlichen schafften. Aber wie ließe sich dies in der Sphäre der Liebe erreichen? Proust erzählt die Geschichte von Mohammed II., der, als er spürte, daß er sich in eine seiner Haremsfrauen verliebte, diese sogleich töten ließ, da er nicht in der geistigen Knechtschaft eines anderen Menschen leben wollte. Um es kurz zu machen, ich hatte vor langer Zeit jede Hoffnung aufgegeben, Selbstzufriedenheit zu erlangen. Ich war aus meinem Zimmer hinausgegangen und hatte einen anderen Menschen zu lieben begonnen – womit ich das Risiko auf mich nahm, das untrennbar damit verbunden war, wenn man die eigene Existenz um ein anderes menschliches Wesen herum gründete.

17 Die Sorge, Chloe zu sehr zu lieben, war zu einem Teil auch die Angst davor, in einer Lage zu sein, in der der Grund meines Glücks so leicht schwinden konnte: Chloe konnte plötzlich das Interesse verlieren, sterben oder einen anderen Menschen heiraten. Auf dem Höhepunkt unserer Liebesgeschichte tauchte daher die Versuchung auf, die Beziehung vorzeitig zu beenden, so daß entweder Chloe oder ich den Initiator unserer Trennung spielen konnte, statt mitanzusehen, wie der andere – oder wie Gewohnheit und Ver-

trautheit – den Dingen ein Ende machte. Manchmal überkam uns der Drang (der sich in unseren Streitereien über nichts und wieder nichts manifestierte), unsere Liebesgeschichte abzutöten, bevor sie ihr natürliches Ende finden würde, ein Mord, nicht aus Haß begangen, sondern aus einem Übermaß an Liebe – oder vielmehr aus der Furcht, die ein Übermaß an Liebe mit sich bringen kann. Liebende sind imstande, ihre eigene Liebesgeschichte zu töten, nur weil sie unfähig sind, die Ungewißheit ihrer Zukunft zu ertragen, das schiere Risiko, das ihr Versuch mit dem Glück ihnen eingebracht hat.

18 Drohend schwebt über jeder Liebesgeschichte die ebenso schreckliche wie unsinnige, weil nicht zu beantwortende Frage, wie sie einmal enden wird. Es ist, wie wenn wir uns bei voller Gesundheit und im Vollbesitz unserer Kraft unseren eigenen Tod vorzustellen versuchen – der einzige Unterschied zwischen Liebesende und Lebensende besteht darin, daß zumindest bei letzterem uns der tröstliche Gedanke gewiß ist, daß wir *nach* unserem Tod nichts mehr fühlen werden. Dem Liebenden winkt kein solcher Trost: er weiß, daß das Ende der Beziehung nicht unbedingt das Ende der Liebe sein wird, und nahezu mit Sicherheit nicht das Ende des Lebens.

KAPITEL SIEBZEHN

❦ *Kontraktionen* ❦

1 Zuerst fiel es mir schwer, mir eine Unwahrheit von 3,2 Sekunden Dauer innerhalb einer Folge von acht Kontraktionen von 0,8 Sekunden Dauer vorzustellen, von denen die ersten und die letzten beiden (insgesamt 3,2 Sekunden) echt waren. Es war leichter, sich eine komplette Wahrheit oder eine komplette Lüge vorzustellen, aber der Gedanke an ein Schema Wahrheit-Lüge-Wahrheit schien pervers und unnötig. Entweder hätte die ganze Folge falsch sein sollen, oder die ganze Folge echt. Vielleicht hätte ich jede Absicht zugunsten einer physiologischen Erklärung ausschließen sollen. Doch was auch immer der Grund war und auf welcher Ebene auch immer die Erklärung lag – ich hatte bemerkt, daß Chloe (seit unserer Rückkehr aus Spanien) angefangen hatte, ihre Orgasmen, oder Teile davon, vorzutäuschen.

0,8+/0,8+/0,8-/0,8-/0,8-/0,8-/0,8+/0,8+ = *Gesamtlänge* 6,4*

2 Die bei ihr übliche Anzahl von Kontraktionen wurde durch eine übertriebene Aktivität ersetzt, die möglicherweise darauf abzielte, mich von ihrem Mangel an echtem Beteiligtsein abzulenken. Wenn ich soviel Interesse am Vorkommen oder Nichtvorkommen von Kontraktionen nahm, dann nicht, weil Kontraktionen *per se* wichtig gewesen wären (es gab Beweise, die zeigten, daß Lust nichts mit

* + = positive Kontraktion, – = fehlende Kontraktion

der Anzahl der Kontraktionen zu tun hatte), sondern nur weil sie bei einer Frau (die sich in der Vergangenheit einer schnellen Folge von Kontraktionen erfreut hatte) ein bedeutsames Symbol für eine möglicherweise verstärkte Neigung zur Bewußtseinsspaltung waren.

3 Die abnehmende Anzahl von Kontraktionen ging nicht mit irgendwelchen sichtbaren Zeichen von Desinteresse einher. In gewisser Weise wurde gerade zu dieser Zeit unsere Liebe im Bett noch leidenschaftlicher. Wir schliefen nicht nur häufiger miteinander, sondern auch in den verschiedensten Stellungen und zu den unterschiedlichsten Tageszeiten. Es war turbulenter als früher, es gab Schreie, sogar Tränen, nahezu wahnsinnige Gesten, der Wut näher als der Zärtlichkeit, die normalerweise mit dem Akt assoziiert wird. Ich war mir nicht sicher, wieviel Bedeutung ich dem beimessen sollte. Es genügt zu erwähnen, daß Mißtrauen in mir erwacht war.

4 Was Chloe hätte gesagt werden sollen, wurde statt dessen einem Freund anvertraut.

»Ich weiß nicht, was los ist, Will, mit dem Sex ist es bei uns einfach nicht mehr so, wie es früher war.«

»Mach dir keine Sorgen, das sind Phasen. Du kannst nicht erwarten, daß die Oktanzahl jedesmal so hoch ist.«

»Tue ich auch nicht, ich fühle einfach, daß irgend etwas nicht stimmt. Ich weiß nicht, was es ist, aber in den Monaten, seit wir aus Spanien zurück sind, habe ich immer wieder irgendwelche Dinge bemerkt. Und nicht etwa nur im Schlafzimmer, das ist für mich nur so etwas wie ein Symptom. Ich meine, in allen Bereichen.«

»Zum Beispiel?«

»Also, nichts, wo ich direkt den Finger drauflegen könnte.

Aber gut, hier ist ein Beispiel, das mir gerade einfällt. Sie bevorzugt ein anderes Müsli als ich, aber da ich oft in ihrer Wohnung bin, kauft sie immer auch die Sorte, die ich gern esse, so daß wir zusammen frühstücken können. Letzte Woche hat sie dann plötzlich aufgehört, es zu kaufen, und sagt, es wäre zu teuer. Ich will daraus keine Schlußfolgerungen ziehen. Es fällt mir einfach auf.«

5 Will und ich standen in der Empfangshalle unseres Büros. Eine Cocktailparty anläßlich des zwanzigsten Bestehens der Firma war in vollem Gange. Ich hatte Chloe mitgebracht, für die es die erste Gelegenheit war, zu sehen, wo ich arbeitete.

»Warum hat Will so viel mehr Aufträge als du?« fragte Chloe Will und mich, nachdem wir durch die Ausstellung spaziert waren.

»Das mußt du beantworten, Will.«

»Das liegt daran, daß wahre Genies es immer schwer haben, bis ihre Arbeiten akzeptiert werden«, antwortete Will barmherzig.

»Ihre Entwürfe sind brillant«, sagte Chloe zu Will. »Ich habe noch nie etwas so Phantasievolles gesehen, vor allem nicht für Bürogebäude. Unglaublich, wie Sie die Materialien einsetzen und wie es Ihnen gelungen ist, Ziegelstein und Metall so vollkommen zu integrieren. Könntest du nicht auch so was machen?« fragte Chloe mich.

»Ich arbeite gerade an einer Anzahl von Projekten, aber mein Stil ist sehr anders – ich arbeite mit anderen Materialien.«

»Aber ich finde Wills Arbeit großartig, unglaublich geradezu. Ich bin so froh, daß ich mitgekommen bin und sie gesehen habe.«

»Chloe, es ist großartig für mich, wie Sie das sagen«, erwiderte Will.
»Ich bin tief beeindruckt, Ihre Arbeiten sind genau das, was mich interessiert, und ich finde es sehr bedauerlich, daß nicht mehr Architekten das machen, was Sie zu tun versuchen. Ich kann mir vorstellen, daß es nicht einfach ist.«
»Einfach ist es nicht, aber ich habe immer die Erfahrung gemacht, daß es richtig für mich ist, mich an das zu halten, woran ich glaube. Ich baue Häuser, die mir das Gefühl vermitteln, wirklich dazusein, dann werden die Menschen, die darin wohnen, am Ende so etwas wie Energie daraus schöpfen.«
»Ich glaube, ich verstehe, was Sie meinen.«
»Sie könnten es noch besser verstehen, wenn wir drüben in Kalifornien wären. Ich habe an einem Projekt in Monterrey gearbeitet, und ich glaube, dort bekommt man wirklich ein Gefühl dafür, was man machen kann, wie man verschiedene Steinarten sowie Stahl und Aluminium einsetzen und *mit* der Landschaft arbeiten kann statt *gegen* sie.«

6 Es gehört zum guten Benehmen, nicht nach den Kriterien zu fragen, die ausschlaggebend dafür sind, daß man eines anderen Menschen Liebe hervorlockt. Unser Wunschtraum ist, überhaupt nicht aufgrund von Kriterien geliebt zu werden, sondern *als der, der man ist*, aufgrund des ontologischen Status, jenseits von Besitz oder Eigenschaften. Es rührt vom Umgang mit Liebe und Reichtum her, daß ein Tabu die Mittel des Erwerbs und des Bewahrens von Zuneigung/Besitz umgibt. Nur die Armut, weder Liebe noch Geld, bringt uns dazu, das System in Frage zu stellen – vielleicht ist das der Grund, weshalb Liebende keine großen Revolutionäre abgeben.

7 Als wir eines Tages auf der Straße an einer unglückseligen Frau vorbeigingen, hatte Chloe mich gefragt: »Hättest du dich auch in mich verliebt, wenn ich ein großes Muttermal im Gesicht gehabt hätte wie diese Frau?« Wir sehnen uns danach, daß die Antwort »ja« laute – eine Antwort, welche die Liebe über die irdischen Oberflächlichkeiten des Körpers erheben würde oder, genauer noch, über seine grausam unveränderlichen Merkmale. Ich will dich nicht nur wegen deines Geistes, deiner Begabung und deiner Schönheit lieben, sondern einfach weil du du bist, ohne irgendwelche Haken und Bedingungen. Ich liebe dich für das, was du tief in deiner Seele bist, nicht wegen der Farbe deiner Augen, der Länge deiner Beine oder der Ansehnlichkeit deines Bankkontos. Wir wünschen uns, daß der geliebte Mensch uns auch ohne unsere äußeren Vorzüge bewundert, daß er das Wesen unseres Seins auch ohne unsere Leistungen schätzt, daß er bereit ist, die bedingungslose Liebe, wie sie zwischen Eltern und Kind bestehen soll, wieder zu empfinden. Das wirkliche Selbst ist das, das zu sein man sich frei aussuchen kann, und wenn ein Muttermal auf unserer Stirn hervortritt oder das Alter uns welken läßt oder die Rezession uns bankrott macht, dann sollte man uns diese Unfälle nachsehen, die nur unsere Oberfläche beschädigt haben. Und selbst wenn wir schön und reich sind, wollen wir nicht deswegen geliebt werden, denn Schönheit und Reichtum können uns abhanden kommen, und mit ihnen dann die Liebe. Ich zöge es vor, daß du mich wegen meines Kopfes beglückwünschst und nicht wegen meines Gesichts, aber wenn es denn schon sein muß, hätte ich lieber einen Kommentar zu meinem Lächeln (motorisch und von Muskeln kontrolliert) als über meine Nase (statisch und von Gewebe bestimmt). Meine Sehnsucht ist, daß ich geliebt werde, auch wenn ich alles ver-

liere, wenn nichts übrigbleibt als »ich«, dieses geheimnisvolle »Ich« an dem Punkt, wo es am schwächsten und verletzlichsten ist. *Liebst du mich genug, daß ich bei dir schwach sein darf?* Jeder liebt Stärke, aber: *Liebst du mich wegen meiner Schwäche?* lautet die eigentliche Testfrage. Liebst du mich auch noch, wenn ich nichts mehr zu verlieren habe, und nur um das, was ich bis in alle Ewigkeit habe?

8 An jenem Abend im Architekturbüro spürte ich zum erstenmal, daß Chloe im Begriff war, mir zu entgleiten, daß sie ihre Bewunderung für meine Arbeit verlor und meinen Wert in Relation zu anderen Männern in Frage stellte. Da ich müde war, Chloe und Will dagegen nicht, ging ich nach Hause, während sie beschlossen, im West End noch etwas zu trinken. Chloe sagte, sie werde mich gleich anrufen, wenn sie nach Hause komme, aber gegen elf Uhr beschloß ich, sie anzurufen. Ihr Anrufbeantworter sprang an, und als ich in der Frühe um halb drei wieder anrief, war es das gleiche. Einem Impuls folgend, hätte ich beinahe meine Ängste der Maschine anvertraut, aber sie zu formulieren machte sie, wie mir schien, noch wirklicher, drohte einen Verdacht in den Bereich der Beschuldigung und Gegenbeschuldigung zu ziehen. Vielleicht war es ja gar nichts – oder aber es war alles: Ich stellte mir lieber vor, daß sie einen Unfall gehabt hatte, als daß sie mit Will herumbummelte. Um vier Uhr morgens rief ich bei der Polizei an und fragte in dem sachlichsten und nüchternsten Tonfall, den jemand, der sich mit Wodka betrunken hat, aufzubringen vermag, ob sie irgend etwas bemerkt hätten, eine verstümmelte Leiche vielleicht oder das Wrack des Volkswagens meines Engels in kurzem grünen Rock und schwarzem Jackett, der sich zuletzt in einem Büro in der Nähe von Barbican aufgehalten habe. Nein, Sir, der-

gleichen hatte niemand gesehen, ob es sich um eine Verwandte oder nur um eine Freundin handle? Ob ich bis zum Morgen warten und mich dann wieder mit der Wache in Verbindung setzen könne?

9 »*Man kann Probleme auch herbeigrübeln*«, hatte Chloe zu mir gesagt. Ich wagte nicht zu grübeln, aus Angst davor, was ich dabei herausfinden würde. Die Freiheit zu denken ist der Mut, über unsere Dämonen zu stolpern. Aber der verschreckte Geist kann nicht frei umherschweifen; ich blieb an meine Paranoia gekettet, zerbrechlich wie Glas. Bischof Berkeley und später Chloe hatten gesagt, wenn man die Augen schließe, könne man von der Außenwelt sagen, daß sie nicht realer sei als ein Traum – und jetzt, mehr denn je, wurde mir die Macht der Illusion zum Trost, der Drang, der Wahrheit nicht ins Gesicht zu sehen, der Drang, zu glauben, daß eine unerfreuliche Wahrheit, wenn man nicht daran dachte, auch nicht existierte.

10 Trotz der Gefühle, die ihre Abwesenheit hervorgerufen hatte, Schuldgefühle, weil ich sie verdächtigte, und Wut, weil ich mich schuldig fühlte, tat ich so, als hätte ich nichts bemerkt, als Chloe und ich uns am nächsten Morgen um zehn wiedersahen. Doch sie mußte sich schuldig gefühlt haben – warum sonst wäre sie zu ihrem Supermarkt gegangen und hätte ihre Küche mit dem fehlenden Frühstücksmüsli vervollständigt, damit der junge Werther sich satt essen konnte? Sie bezichtigte sich selbst, nicht durch ihre Gleichgültigkeit, sondern durch ihr Pflichtgefühl: eine große Packung *Three Cerial Golden Bran* stand deutlich sichtbar auf dem Fensterbrett.

»Stimmt etwas nicht damit? Ist es nicht die Sorte, die du

gern magst?« fragte Chloe, während sie beobachtete, wie ich mit meinem vollen Mund ins Stolpern geriet.

11 Sie sagte, sie habe die Nacht bei ihrer Freundin Paula verbracht. Will und sie hätten sich noch lange in einer Bar in Soho unterhalten, und sie habe einiges getrunken, und so sei es bequemer gewesen, in Bloomsbury zu bleiben, als den Weg zurück nach Islington zu fahren. Sie habe mich noch anrufen wollen, aber ihr Anruf hätte mich bestimmt aus dem Schlaf geweckt. Ich hätte doch gesagt, daß ich früh schlafen gehen wolle, war es so nicht am besten? Warum ich denn so ein Gesicht mache? Ob ich mehr Milch haben wolle für meine Dreikornmischung?

12 Ein seltsamer Drang begleitet willentlich verkürzte Darstellungen der Wirklichkeit – der Drang, wenn sie angenehm sind, sie zu glauben. Wie die optimistische Weltsicht eines Simpels war Chloes Version ihres Abends wünschenswert glaubhaft – wie ein heißes Bad, in dem ich am liebsten immer sitzen geblieben wäre. *Wenn sie daran glaubt, warum dann nicht auch ich? Wenn es für sie so einfach ist, warum sollte es dann für mich so kompliziert sein?* Ich hätte mich von ihrer Geschichte, wie sie die Nacht in Paulas Wohnung in Bloomsbury auf dem Fußboden geschlafen hatte, am liebsten einwickeln lassen, weil ich dann in der Lage gewesen wäre, meine andere Version des Abends (ein anderes Bett, ein anderer Mann, Kontraktionen) wegzuschieben. Wie der Wähler, dem die Bonbonversprechungen des Politikers Tränen entlocken, ließ ich mich von der Fähigkeit der Falschheit verführen, an meine tiefsten Sehnsüchte zu rühren.

13 Deshalb, weil sie die Nacht bei Paula verbracht und am Morgen das Müsli gekauft hatte und alles vergeben und vergessen war, spürte ich eine Woge von Vertrauen und Erleichterung, wie jemand, der aus einem Alptraum erwacht. Ich stand vom Tisch auf und schlang die Arme um den dicken weißen Pullover der Geliebten, streichelte ihre Schultern durch die Wolle hindurch, und dann beugte ich mich hinunter, um ihren Hals zu küssen, knabberte an ihrem Ohr und atmete den vertrauten Duft ihrer Haut und ihres mein Gesicht streifenden Haars. »*Nicht, nicht jetzt*«, sagte der Engel. Doch ungläubig, gefangen in dem vertrauten Duft ihrer Haut und ihres sein Gesicht streifenden Haars, fuhr Cupido fort, seine Lippen auf ihrem Fleisch zu spitzen. »*Ich habe doch gesagt, nicht jetzt!*« wiederholte der Engel, so daß sogar Cupido es hörte.

14 Das Muster dieses Kusses hatte sich in der ersten gemeinsamen Nacht der beiden ergeben. Sie hatte ihren Kopf an seinen gelegt, und er hatte, gebannt von diesem zarten Bindeglied zwischen Geist und Körper, seine Lippen über ihren geschwungenen Hals gleiten lassen. Erbebend, lächelnd hatte sie mit seiner Hand gespielt und die Augen geschlossen. Mit der Zeit war zwischen ihnen ein Spiel daraus geworden, ein Ausdruck der Sprache ihrer Intimität. *Nicht, nicht jetzt.* Haß ist die verborgene Schrift im Liebesbrief, er teilt seine Grundlagen mit seinem Gegenteil. Die Frau, verführt durch ihres Partners Art, ihren Hals zu küssen, während sie die Seiten ihres Buches umblättert oder einen Witz erzählt, ist irritiert durch eben diese Verbindungen. Es ist, als sei das Ende der Liebe schon in ihrem Beginn enthalten, die Ingredienzien des Zusammenbruchs der Liebe werden gespenstisch von denen ihrer Erschaffung überschattet.

15 *Ich habe doch gesagt, nicht jetzt!* Es kommt vor, daß erfahrene Ärzte, Spezialisten im Entdecken erster Anzeichen von Krebs bei ihren Patienten, es fertigbringen, das Wachstum eines fußballgroßen Tumors in ihrem eigenen Körper zu ignorieren. Es gibt Beispiele von Menschen, die in den meisten Dingen des Lebens klar und vernünftig sind, aber einfach nicht akzeptieren können, daß eines ihrer Kinder gestorben ist oder daß ihre Frau oder ihr Mann sie verlassen hat – und an dem Glauben festhalten, das Kind habe sich nur verlaufen oder der Ehepartner werde aus seiner neuen Ehe in die alte zurückkehren. Der gescheiterte Liebhaber kann die Tatsache, daß er Schiffbruch erlitten hat, nicht hinnehmen, er verhält sich weiterhin so, als hätte sich nichts verändert, in der vergeblichen Hoffnung, er könne, wenn er das Todesurteil einfach ignoriere, den Tod noch abwenden. Die Zeichen des Todes waren überall und warteten darauf, gelesen zu werden – wäre ich nicht von einem durch Schmerz verursachten Analphabetentum befallen worden.

16 Das Opfer des Todes der Liebe wird zunehmend unfähig, originelle Strategien zur Wiederbelebung der Leiche zu entwickeln. Zu eben dem Zeitpunkt, als sich die Dinge mit Einfallsreichtum vielleicht noch hätten retten lassen, erwies ich mich als ängstlich *und folglich unoriginell*, wurde ich wehmütig. Als ich spürte, daß Chloe sich zurückzog, versuchte ich, sie durch blinde Wiederholung der Elemente, die uns in der Vergangenheit zusammengeschmiedet hatten, zurückzuholen. Ich wiederholte den Kuß und bestand in den darauffolgenden Wochen darauf, daß wir wieder in die Kinos und Restaurants gingen, in denen wir angenehme Abende verbracht hatten. Ich wärmte Witze auf, über die wir

gemeinsam gelacht hatten, und griff auf Stellungen zurück, in denen unsere Körper einst verschmolzen waren.

17 Ich suchte Trost in der Vertrautheit unserer internen Sprache, der Sprache, die wir benutzt hatten, um frühere Konflikte zu mildern, in dem Heraklitischen Scherz, der darauf abzielte, die vorübergehenden Schwankungen der Liebe anzuerkennen und ihnen damit ihre Bedrohlichkeit zu nehmen.

»Ist irgend etwas nicht in Ordnung heute?« fragte ich eines Morgens, als Venus fast ebenso bleich und traurig aussah wie ich.

»Heute?«

»Ja, heute. Ist etwas?«

»Nein, wieso? Was sollte sein?«

»Ich weiß nicht.«

»Warum fragst du dann?«

»Ich weiß nicht. Weil du so unglücklich aussiehst.«

»Tut mir leid, ich bin eben auch nur ein Mensch.«

»Ich versuche ja nur, dir zu helfen. Wie viele von zehn Punkten würdest du mir heute geben?«

»Das weiß ich wirklich nicht.«

»Warum nicht?«

»Ich bin müde.«

»Sag's mir doch.«

»Ich kann nicht.«

»Komm, von zehn Punkten. Sechs? Drei? Minus zwölf? Plus zwanzig?«

»Ich weiß nicht.«

»Schätzungsweise.«

»Um Himmels willen, ich weiß es nicht. Laß mich in Ruhe, verdammt noch mal!«

18 Unsere interne Sprache zerfaserte, Chloe verlor die Vertrautheit mit ihr – oder vielmehr sie täuschte Vergessen vor, um nicht zugeben zu müssen, daß es Ablehnung war. Sie verweigerte den Zusammenhalt in der Sprache, sie spielte die Fremde, fing an, jedes meiner Worte auf die Goldwaage zu legen, und fand Fehler. Ich konnte nicht verstehen, warum die Dinge, die ich sagte und die sich in der Vergangenheit als so anziehend erwiesen hatten, jetzt plötzlich so irritierend waren. Ich verstand nicht, wieso ich, der ich mich nicht verändert hatte, plötzlich beschuldigt wurde, auf hunderterlei Art aggressiv und feindselig zu sein. In meiner Panik versuchte ich, ins Goldene Zeitalter zurückzukehren, und fragte mich: *Was habe ich damals getan, was ich vielleicht jetzt nicht mehr tue?* Ich paßte mich verzweifelt und demütig an ein früheres Ich an, das der Gegenstand von Liebe gewesen war. Was mir dabei entging, war der Umstand, daß das frühere Ich dasjenige war, das sich nunmehr als so ärgerlich erwies, und daß ich insofern den Prozeß der Auflösung nur noch beschleunigte.

19 Ich wurde ein Ärgernis, *einer, dem es nicht mehr darauf ankommt, ob seine Gefühle erwidert werden.* Ich schenkte ihr Bücher, ich brachte ihre Jacken zur Reinigung, ich lud sie zum Essen ein, ich schlug ihr vor, über Weihnachten gemeinsam nach Paris zu fahren und dort unser Einjähriges zu feiern. Aber Demütigung war oft das einzige Ergebnis dieser Liebe wider besseres Wissen. Sie konnte ihre schlechte Laune an mir auslassen, mich anschreien, mich ignorieren, sich über mich lustig machen, mich austricksen, mich schlagen, mich anrempeln, und ich reagierte immer noch nicht – und wurde so tatsächlich verabscheuungswürdig.

20 Am Ende einer Mahlzeit, die ich in zweistündiger Arbeit zubereitet hatte (und die größtenteils beherrscht wurde von einem Streit über die Geschichte des Balkans), nahm ich Chloes Hand und sagte: »Ich wollte dir doch nur sagen, und ich weiß, es klingt sentimental, daß mir nach wie vor sehr an dir liegt, auch wenn wir uns noch so oft streiten, und so. Und wie sehr ich möchte, daß zwischen uns alles wieder gut wird. Du bedeutest mir alles, das weißt du.« Chloe (die immer mehr Psychoanalyse als Romane gelesen hatte) sah mich mißtrauisch an und erwiderte: »Hör zu, es ist lieb von dir, daß du das sagst, aber es beunruhigt mich, du mußt endlich aufhören, mich zu deinem Ichideal zu machen.«

21 Die ganze Geschichte hatte sich auf ein tragikomisches Szenario reduziert: auf der einen Seite der Mann, der in der Frau einen Engel sah, auf der anderen Seite der Engel, der in der Liebe eine Krankheit sah.

KAPITEL ACHTZEHN

Romantischer Terrorismus

1 *Warum liebst du mich nicht?* ist eine ebenso unmögliche Frage (wenn auch weit weniger angenehm) wie zu fragen *Warum liebst du mich?* In beiden Fällen stoßen wir auf unseren Mangel an bewußter (verführerischer) Kontrolle über die Struktur der Liebe, den Umstand, daß die Liebe uns als Geschenk dargebracht worden ist, aus Gründen, die wir nie ganz verstehen, und ohne unser *Verdienst.* In einem gewissen Sinne geht uns die Antwort nichts an, sie kann nichts erklären, weil wir auf der Basis ihrer Offenbarungen nicht agieren können. Es handelt sich nicht um einen ursächlich effektiven Grund, sondern um eine nachträgliche Begründung, eine Rechtfertigung für eher unterirdische Verschiebungen, eine oberflächliche *post hoc*-Analyse. Um solche Fragen zu stellen, sind wir gezwungen, einerseits auf komplette Arroganz umzuschwenken, andererseits auf komplette Demut: *Was habe ich getan, um Liebe zu verdienen?* fragt der demütige Liebende; es kann sein, daß ich gar nichts getan habe. *Was habe ich getan, daß mir Liebe versagt wird?* protestiert der betrogene oder im Stich gelassene Liebende, indem er arrogant Anspruch auf den Besitz eines Geschenks erhebt, das einem niemals von irgend jemandem geschuldet wird. Auf beide Fragen kann die Person, die Liebe schenkt, nur erwidern: *Weil du du bist* – eine Antwort, die den Geliebten in gefährliche und unvorhersehbare Schwingungen zwischen Hochgefühl und Niedergeschlagenheit versetzt.

2 Es mag vorkommen, daß Liebe auf den ersten Blick entsteht, aber sie stirbt nicht mit entsprechender Geschwindigkeit. Chloe muß gefürchtet haben, mich zu verlassen oder auch nur über ihre Zweifel an unserer Beziehung zu sprechen, wäre voreilig gewesen, eine Entscheidung für ein Leben, das keine günstigere Alternative bot. Infolgedessen war es eine langsame Trennung; das Mauerwerk der Zuneigung bröckelte nach und nach vom Körper des Geliebten ab. Da spielten Schuldgefühle wegen der Untreue mit, Schuldgefühle angesichts eines Bodensatzes von Verantwortungsbewußtsein gegenüber einem einst hoch gepriesenen Objekt, ein sirupartiger Rest im Glas, der seine Zeit brauchte, sich aufzulösen.

3 Wenn jede mögliche Entscheidung schwierig ist, wird überhaupt keine Entscheidung getroffen. Chloe machte Ausflüchte, und ich tat es ihr gleich (denn wie hätte irgendeine Entscheidung angenehm für mich sein können?). Also trafen wir uns weiterhin, schliefen miteinander, machten Pläne für unsere Reise über Weihnachten nach Paris. Doch Chloe war dabei seltsam unbeteiligt, als mache sie die Pläne für eine andere Person – vielleicht weil es leichter war, sich um Flugtickets zu kümmern als um die Fragen, die hinter ihrem Erwerb oder Nichterwerb standen. In ihrer Entschlußlosigkeit drückte sich die Hoffnung aus, wenn sie nichts tue, nähme vielleicht jemand anders ihr die Entscheidung ab; oder wenn sie sich ihre Unentschlossenheit und Enttäuschung nur deutlich anmerken ließ, ohne selber irgend etwas zu unternehmen, täte am Ende vielleicht ich den Schritt, den sie selber hätte tun müssen (vor dem sie sich aber zu sehr fürchtete).

4 Wir traten in das Zeitalter des romantischen Terrorismus ein.

»Ist irgend etwas nicht in Ordnung?«

»Wieso, was meinst du?«

»Ich dachte nur, du wolltest vielleicht über gewisse Dinge sprechen.«

»Worüber denn?«

»Über uns.«

»Du meinst, über dich«, fuhr mich Chloe an.

»Nein, ich meine, über uns.«

»Und was über uns?«

»Ich weiß nicht so recht. Ich habe nur so das Gefühl, daß wir seit ungefähr Mitte September nicht mehr wirklich miteinander gesprochen haben. Als ob eine Mauer zwischen uns ist, und du weigerst dich, zuzugeben, daß sie da ist.«

»Ich sehe keine Mauer.«

»Genau das meine ich. Du weigerst dich sogar, zuzugeben, daß es da je etwas anderes gegeben hat als dies.«

»Als was?«

5 Sobald einer der Partner das Interesse am andern verliert, kann der andere offenbar wenig tun, um diesen Prozeß aufzuhalten. Wie die Verführung wird auch der Liebesentzug erschwert durch eine Decke des Schweigens, die über einen Angelpunkt der Beziehung gebreitet wird: *Ich begehre dich/Ich begehre dich nicht* – in beiden Fällen braucht es eine Ewigkeit, die Botschaft zu artikulieren. Über den eigentlichen Zusammenbruch der Kommunikation ist schwer zu diskutieren, es sei denn, beide Seiten hätten den Wunsch, sie wiederhergestellt zu sehen. Das versetzt den Liebenden in eine verzweifelte Lage: der verführerische Zauber des richtigen Zwiegesprächs scheint erschöpft und bringt

nur noch Gereiztheit hervor. Soweit der Liebende sich richtig verhält (lieb), ist es normalerweise ein *ironisches* Verhalten, sein Versuch, die Liebe wiederzubeleben, erstickt diese vollends. Und so verfällt der Liebende zu diesem Zeitpunkt in dem verzweifelten Versuch, den Partner um jeden Preis wiederzugewinnen, auf romantischen Terrorismus, das Produkt hoffnungsloser Situationen, eine Skala von Tricks (Schmollen, Eifersucht, Schuldgefühle), mit denen er den anderen zu zwingen versucht, seine Liebe zu erwidern, indem er sich (durch Weinkrämpfe, Wutanfälle oder dergleichen) vor dem geliebten anderen groß in Szene setzt. Der terroristische Partner weiß, daß er oder sie nicht wirklich auf Erwiderung seiner/ihrer Liebe hoffen kann, aber die Vergeblichkeit einer Bemühung ist (in der Liebe wie auch in der Politik) nicht immer ein ausreichendes Argument dagegen. Bestimmte Dinge werden nicht gesagt, weil sie Aussicht hätten, gehört zu werden, sondern weil es wichtig ist zu sprechen.

6 Wenn das politische Gespräch zur Behebung eines Mißstands gescheitert ist, kann es sein, daß die Seite, der Unrecht widerfahren ist, in ihrer Verzweiflung Zuflucht bei terroristischen Aktivitäten sucht, um mit Gewalt das Zugeständnis zu erzwingen, das sie friedlich von der Gegenseite nicht zu erlangen vermochte. Politischer Terrorismus entsteht aus festgefahrenen Situationen, aus einem Verhalten, das die Notwendigkeit einer Seite zu handeln mit der (bewußten oder halb bewußten) Erkenntnis verbindet, daß diese Aktion sowieso nicht zu dem gewünschten Ziel führen und, wenn überhaupt, die Gegenseite nur noch mehr entfremden wird. Das Negative des Terrorismus verrät alle Zeichen kindlicher Wut, einer Wut über die eigene Ohnmacht angesichts eines stärkeren Gegners.

7 Im Mai 1972 landeten drei Angehörige der Japanischen Roten Armee, die von der Palästinensischen Befreiungsfront (PLFO) bewaffnet, instruiert und bezahlt worden waren, mit einer Linienmaschine auf dem Flughafen Lod bei Tel-Aviv. Sie gingen von Bord, folgten den anderen Passagieren in das Terminalgebäude, und kaum waren sie drinnen, zogen sie Maschinengewehre und Handgranaten aus ihrem Handgepäck und feuerten wahllos in die Menge; sie metzelten vierundzwanzig Menschen nieder und verletzten weitere sieben schwer, bevor sie ihrerseits von den Sicherheitskräften getötet wurden. In welcher Beziehung steht ein solches Massaker zu der Sache der Palästinensischen Autonomie? Die Morde beschleunigten den Friedensprozeß nicht, sie verhärteten nur die öffentliche Meinung Israels gegen die Sache der Palästinenser, und es mutet wie ein ironisches i-Tüpfelchen an, daß die Mehrzahl der Opfer der Terroristen nicht Israelis waren, sondern Teilnehmer einer Reisegesellschaft puertoricanischer Christen, die eine fromme Pilgerfahrt nach Jerusalem unternommen hatten. Doch aus anderer Perspektive fand die Aktion ihre logische Erklärung: in dem Bedürfnis, der Enttäuschung in einer Sache Luft zu machen, wo das Gespräch keine Ergebnisse mehr zeitigte.

8 Wir konnten beide nur ein Wochenende für Paris erübrigen, und so verließen wir London mit dem letzten Flug von Heathrow am Freitagabend und hatten vor, spät am Sonntag zurückzukehren. Obwohl wir in Frankreich den Tag, an dem wir uns kennengelernt hatten, feiern wollten, war es wie die Reise zu einem Begräbnis. Als die Maschine in Paris landete, war das Flughafengebäude düster und menschenleer. Es hatte angefangen zu schneien, und ein grimmiger arktischer Wind blies. Da mehr Passagiere als Taxis da waren, teil-

ten wir uns am Ende ein Taxi mit einer Frau, die wir an der Paßkontrolle kennengelernt hatten, einer Anwältin aus London, die zu einer Konferenz nach Paris reiste. Es war eine attraktive Frau. Ich war überhaupt nicht in der Stimmung, sie attraktiv zu finden, dennoch flirtete ich mit ihr, während wir in die Stadt fuhren. Jedesmal wenn Chloe an dem Gespräch teilzunehmen versuchte, unterbrach ich sie mit einer Bemerkung, die ausschließlich (und verführerisch) an die Frau gerichtet war. Doch ob es gelingt, einem anderen Menschen Eifersucht einzuflößen, hängt von einem bedeutsamen Faktor ab: der Bereitschaft des als Zielscheibe auserwählten Zuhörers, darauf einzugehen. Insofern ist terroristische Eifersucht immer ein gewagtes Spiel: Wie weit konnte ich gehen bei dem Versuch, Chloe eifersüchtig zu machen? Und was, wenn sie überhaupt nicht reagierte? Ob sie ihre Eifersucht lediglich verbarg, um meinen Bluff auflaufen zu lassen (wie Politiker, die im Fernsehen erklären, wie kalt sie die Drohung der Terroristen läßt), oder ob es ihr wirklich nichts ausmachte – ich war mir darüber nicht im klaren. Eines jedoch war gewiß: Chloe gönnte mir nicht das Vergnügen einer eifersüchtigen Reaktion, und sie war freundlicher, als sie seit langem gewesen war, als wir uns schließlich in unserem Zimmer in einem kleinen Hotel in der rue Jacob einrichteten.

9 Terroristen riskieren ein Spiel in der Annahme, ihre Aktionen würden sich als erschreckend genug erweisen, um ihnen eine Art Faustpfand zu verschaffen. Da ist die Geschichte von dem reichen italienischen Geschäftsmann, der eines späten Nachmittags in seinem Büro den Anruf einer Terroristengruppe erhielt: sie sagten ihm, sie hätten seine jüngste Tochter gekidnappt. Sie forderten eine riesige Summe als Lösegeld und drohten, falls das Lösegeld nicht ge-

zahlt würde, werde der Vater seine Tochter nicht lebend wiedersehen. Aber der Geschäftsmann geriet nicht in Panik und erwiderte beiläufig, tatsächlich würden sie ihm, wenn sie seine Tochter umbrächten, sogar einen großen Gefallen tun. Er erklärte, er habe zehn Kinder, und sie seien allesamt eine Enttäuschung und eine harte Prüfung für ihn gewesen, kostspielig im Unterhalt und das unselige Ergebnis doch nur einiger weniger Momente der Anstrengung seinerseits im Schlafzimmer. Das Lösegeld werde er nicht zahlen, und wenn sie seine Tochter umbringen wollten, dann sei das ihre Entscheidung. Und mit dieser herben Botschaft legte der Mann den Hörer auf. Die Terroristen glaubten ihm, und binnen weniger Stunden wurde das Mädchen freigelassen.

10 Es schneite noch immer, als wir am nächsten Morgen aufwachten, aber es war zu warm, so daß der Schnee nicht liegenblieb, sondern sich auf dem Pflaster in Matsch verwandelte – braun, unter einem niedrigen grauen Himmel. Wir hatten beschlossen, nach dem Frühstück ins Musée d'Orsay zu gehen, und am Nachmittag wollten wir uns in irgendeinem Kino einen Film ansehen. Ich hatte gerade die Tür des Hotelzimmers hinter mir zugezogen, als Chloe mich in brüskem Ton fragte:

»Hast du auch den Schlüssel?«

»Nein«, antwortete ich. »Du hast mir vor einer Minute gesagt, du hättest ihn.«

»Wirklich? Nein, das kann nicht sein«, sagte Chloe. »Ich habe den Schlüssel nicht. Jetzt hast du uns ausgesperrt.«

»Ich habe uns nicht ausgesperrt. Ich habe die Tür zugezogen, weil ich glaubte, du hättest den Schlüssel. Weil der Schlüssel nicht da war, als ich hinausging.«

»Das ist nun wirklich albern von dir. Ich habe ihn jedenfalls auch nicht. Also sind wir ausgesperrt – dank *dir.*«

»Dank mir! Um Himmels willen, hör auf, mir die Schuld dafür zu geben, daß du den Schlüssel vergessen hast.«

»Ich habe den Schlüssel nicht angerührt.«

In diesem Moment, während sich Chloe dem Lift zuwandte, fiel (mit einem Timing wie im Roman) der Zimmerschlüssel aus ihrer Manteltasche auf den kastanienbraunen Hotelteppich.

»Oh, tut mir leid. Ich habe ihn doch gehabt. Na, gut«, sagte Chloe.

Aber ich beschloß, ihr nicht ohne weiteres zu verzeihen, und sagte bissig: »Das wär's.«

Damit eilte ich stumm und melodramatisch auf die Treppe zu, während Chloe hinter mir herrief:

»Warte doch, sei nicht albern, wohin gehst du? Ich habe doch gesagt, es tut mir leid.«

11 Ein strukturell erfolgreiches terroristisches Grollen muß sich an irgendeinem, wenn auch noch so geringfügigen Versehen dessen, dem man grollt, entzünden und ist doch geprägt durch ein krasses Mißverhältnis zwischen der zugefügten Beleidigung und dem durch sie hervorgerufenen Groll: eine Bestrafung, die in keinem rechten Verhältnis zu der Schwere des äußeren Anlasses steht – einer Kränkung, die auf normalen Wegen nicht ohne weiteres beigelegt werden kann. Ich hatte lange darauf gewartet, Chloe gegenüber den Beleidigten spielen zu können, aber mit dem Grollen zu beginnen, solange einem nicht irgendwie definitiv Unrecht getan worden ist, ist kontraproduktiv, denn dann besteht die Gefahr, daß der Partner nichts bemerkt und daß seine Schuldgefühle nicht gedeihen.

12 Ich hätte Chloe kurz anschreien können, sie hätte zurückschreien können, und der Streit über den Zimmerschlüssel hätte sich von selbst erledigt. An der Wurzel allen Grolls liegt ein Unrecht, das sogleich hätte zur Sprache gebracht und bereinigt werden können, statt dessen aber von dem verletzten Partner hingenommen und für eine spätere und schmerzlichere Detonation aufgespart worden ist. Verzögerungen bei der Aufklärung verleihen einem Kummer ein Gewicht, das er gar nicht erst angenommen hätte, wäre die Sache gleich, nachdem sie sich ergeben hatte, zur Sprache gekommen. Seinen Ärger sofort zu bekunden, wenn einem eine Kränkung zugefügt wurde, ist das Großmütigste, was man tun kann, denn es bewahrt den anderen davor, Schuldgefühle zu entwickeln, und erspart ihm die Notwendigkeit, den Grollenden durch langes Reden von seiner Festungsmauer herunterzuholen. Ich wollte Chloe diese Gunst nicht erweisen, und so spazierte ich allein aus dem Hotel und schritt in Richtung Saint-Germain, wo ich mich zwei Stunden lang in einer Reihe von Buchhandlungen umsah. Statt danach zum Hotel zurückzugehen und eine Nachricht zu hinterlassen, aß ich in einem Restaurant allein zu Mittag und sah mir sodann nacheinander zwei Filme an, bis ich schließlich gegen sieben Uhr abends zum Hotel zurückkehrte.

13 Das Entscheidende am Terrorismus ist, daß seine Aktionen hauptsächlich dazu bestimmt sind, Aufmerksamkeit zu erregen – eine Form psychologischer Kriegführung mit Zielen (zum Beispiel der Schaffung eines palästinensischen Staates), die zu militärischen Techniken (Schießerei in der Ankunftshalle des Flughafens Lod) in keinem Verhältnis stehen. Es besteht eine Diskrepanz zwischen Mitteln und Zielen, ein Groll wird dazu benutzt, auf etwas zu

dringen, was mit dem Groll selbst relativ wenig zu tun hat: *Ich bin wütend auf dich, weil du mir vorwirfst, ich hätte den Schlüssel vergessen* symbolisiert die gewichtigere (aber unaussprechliche) Botschaft: *Ich bin wütend auf dich, weil du mich nicht mehr liebst.*

14 Chloe war nicht unvernünftig, und was immer ich behauptete, sie hatte eine großmütige Neigung, sich selbst zu beschuldigen. Sie hatte noch versucht, mir zu folgen, als ich nach Saint-Germain ging, hatte mich aber in der Menge aus den Augen verloren. So war sie zum Hotel zurückgekehrt, hatte eine Weile gewartet und war dann zum Musée d'Orsay gegangen. Als ich schließlich ins Zimmer trat, lag sie im Bett und ruhte sich aus, doch ich ging wortlos ins Bad und duschte ausgiebig.

15 Der Grollende ist eine komplizierte Kreatur. Er sendet höchst widersprüchliche Botschaften aus: er ruft um Hilfe und sucht Aufmerksamkeit, weist aber beides, sollte es ihm angeboten werden, zurück. *Er möchte verstanden werden, ohne sprechen zu müssen.* Chloe fragte, ob ihr nicht verziehen werden könne, sie hasse schwelende Streitigkeiten und wünsche uns, daß wir einen schönen Abend zur Feier unserer einjährigen Bekanntschaft verbringen könnten. Ich sagte nichts. Unfähig, das volle Ausmaß meines Zorns auf sie zum Ausdruck zu bringen (eines Zorns, der nichts mit einem Schlüssel zu tun hatte), hatte ich jedes Maß verloren. Warum war es so schwer für mich geworden, zu sagen, was ich meinte? Weil die Gefahr bestand, daß ich dann meinen eigentlichen Kummer mitteilte: daß Chloe aufgehört hatte, mich zu lieben. Die Kränkung war so unaussprechlich, hatte so wenig mit dem vergessenen Zimmerschlüssel zu tun, daß

ich mir wie ein Narr vorgekommen wäre, hätte ich in diesem Stadium die Sache zur Sprache gebracht. Mein Zorn war folglich in den Untergrund verbannt. Unfähig, direkt zu sagen, was ich meinte, hatte ich eine Zuflucht darin gesucht, es symbolisch auszudrücken, halb hoffend, halb fürchtend, daß das Symbol entschlüsselt werden würde.

16 Nachdem ich geduscht hatte, legten wir den Schlüsselzwischenfall schließlich bei und machten uns auf den Weg, um in einem Restaurant auf der Ile de la Cité zu Abend zu essen. Wir waren beide auf tadelloses Verhalten bedacht, eifrig bemüht, Spannungen zu vermeiden, auf neutralem Boden über Bücher, Filme und Metropolen zu plaudern. Es könnte so ausgesehen haben (aus der Sicht des Kellners), als wären wir ein glückliches Paar – und als ob der romantische Terrorismus einen bedeutsamen Sieg davongetragen hätte.

17 Gewöhnliche Terroristen haben gegenüber romantischen Terroristen einen klaren Vorteil. Es ist der Umstand, daß ihre Forderungen (wie kühn auch immer) zumindest nicht die kühnste aller Forderungen einschließen, die Forderung, *geliebt zu werden.* Ich wußte, daß das Glück, das wir an jenem Abend in Paris genossen, illusorisch war, weil die Liebe, die Chloe zur Schau stellte, nicht spontan gegeben worden war. Es war die Liebe einer Frau, die sich schuldig fühlt, weil sie aufgehört hat, Zuneigung zu empfinden, sich aber dennoch bemüht, Treue zu bekunden (ebensosehr um sich selbst wie um ihren Partner zu überzeugen). Insofern war es für mich kein glücklicher Abend; mein Grollen hatte funktioniert, aber der Erfolg hatte sich als hohl erwiesen.

18 Gewöhnliche Terroristen können gelegentlich Konzessionen von Regierungen erzwingen, indem sie Gebäude oder Schulkinder in die Luft jagen; romantische Terroristen dagegen sind zur Enttäuschung verdammt, wegen eines fundamentalen Widerspruchs in ihrem Vorgehen. *Du mußt mich lieben*, sagt der romantische Terrorist, *ich werde dich zwingen, mich zu lieben, indem ich dir grolle oder dich eifersüchtig mache.* Aber dann kommt das Paradox; denn wenn die Liebe erwidert wird, dann wird sie als etwas betrachtet, das mit einem Makel behaftet ist, und der romantische Terrorist muß beklagen: *Wenn ich deine Liebe nur durch Zwang erlangt habe, dann kann ich sie nicht akzeptieren, weil sie nicht spontan geschenkt wurde.* Romantischer Terrorismus ist eine Forderung, die sich im Verlauf ihrer Erfüllung negiert: sie bringt den Terroristen auf gegen eine unbequeme Wirklichkeit – daß der Tod der Liebe nicht aufzuhalten ist.

19 Während wir zum Hotel zurückgingen, schob Chloe ihre Hand in meine Manteltasche und küßte mich auf die Wange. Ich erwiderte ihren Kuß nicht. Nicht daß ein Kuß nicht das am heißesten ersehnte Ende eines schrecklichen Tages gewesen wäre, aber ich hatte einfach nicht mehr das Gefühl, daß Chloes Kuß echt war. Ich hatte den Willen verloren, der unwilligen Empfängerin Liebe aufzuzwingen.

KAPITEL NEUNZEHN

❦ *Jenseits von Gut und Böse* ❦

1 Am frühen Sonntagabend saßen Chloe und ich in der Economy-Abteilung einer Düsenmaschine der British Airways und flogen von Paris nach London zurück. Wir hatten gerade die Küste der Normandie überflogen, wo die Winterwolkendecke dem ununterbrochenen Anblick dunklen Wassers unter uns gewichen war. Angespannt und unfähig, mich zu konzentrieren, rutschte ich unruhig auf meinem Sitz hin und her. Der Flug hatte etwas Bedrohliches, das dumpf dröhnende Hintergrundgeräusch der Düsenaggregate, das gedämpfte Grau der Kabine, das zuckersüße Lächeln der Besatzungsmitglieder. Ein Wagen mit Getränken und Snacks kam langsam den Gang herunter, und obwohl ich hungrig und durstig war, löste sein Anblick in mir den unbestimmten Ekel aus, den Mahlzeiten im Flugzeug hervorrufen können.

2 Chloe hatte Musik aus ihrem Walkman gehört und gedöst, doch jetzt zog sie die Stöpsel aus den Ohren und starrte mit ihren großen wässerigen Augen auf den Sitz vor ihr.

»Geht es dir gut?« fragte ich.

Ein Schweigen, als hätte sie meine Frage nicht gehört. Dann sprach sie.

»Du bist zu gut für mich«, sagte sie.

»Wie bitte?«

»Ich sagte: ›Du bist zu gut für mich.‹«

»Was? Wieso?«

»Weil du es bist.«
»Warum sagst du das, Chloe?«
»Ich weiß nicht.«
»Wenn überhaupt, dann würde ich es andersherum sagen. Du bist immer diejenige, die bereit ist, etwas zu tun, wenn es ein Problem gibt, du bist immer selbstkritischer gegenüber deinen ...«
»Pst, hör auf, sprich nicht weiter«, sagte Chloe und wandte den Kopf von mir ab.
»Warum?«
»Weil ich Will wiedergesehen habe.«
»*Was hast du?*«
»Ich habe Will wiedergesehen. Ja.«
»Was? Was heißt das, *gesehen*? *Will wiedergesehen*?«
»Mein Gott, ich bin mit Will ins Bett gegangen.«
»Etwas zu trinken, Madam, oder einen kleinen Snack?« fragte die Stewardess, die in diesem Moment mit ihrem Wagen ankam.
»Nein, vielen Dank.«
»Gar nichts? Wirklich nicht?«
»Nein danke, ich bin zufrieden.«
»Und Sie, Sir?«
»Nein danke, nichts.«

3 Chloe hatte angefangen zu weinen. »Ich kann es nicht glauben. Ich kann das einfach nicht glauben. Sag mir, daß es ein Scherz ist, ein schlechter, schrecklicher Scherz, daß du mit Will ins Bett gegangen bist. Wann? Wie? Wie konntest du?«
»Gott, es tut mir so leid, aber es stimmt. Es tut mir leid, aber ich ... Es tut mir leid ...«
Chloe weinte so sehr, daß sie nicht sprechen konnte. Tränen

strömten ihr über das Gesicht, ihr lief die Nase, ihr ganzer Körper wurde von Krämpfen geschüttelt, ihr Atem stockte, sie rang keuchend nach Luft. Sie sah so leidend, so gequält aus, daß ich einen Moment lang die Tragweite ihrer Offenbarung vergaß, nur darum besorgt, den Fluß ihrer Tränen zu stoppen.

»Chloe, bitte, weine nicht, es ist ja gut. Wir können darüber reden, Tidge, bitte, hier, nimm das Taschentuch. Es wird alles wieder gut, ganz bestimmt, ich verspreche es dir ...«

»Mein Gott, es tut mir so leid, Gott, tut es mir leid, das hast du nicht verdient, wirklich nicht.«

Chloes Unglück erleichterte vorübergehend die Bürde des Betrugs. Ihre Tränen bedeuteten einen kurzen Aufschub für meine eigenen Tränen. Die Ironie der Situation entging mir nicht – der Liebende tröstet seine Geliebte über die Aufregung hinweg, die es ihr verursacht, daß sie ihn betrogen hat.

4 Die Tränen hätten wohl noch den letzten Passagier ertränkt und das ganze Flugzeug verschlungen, hätte der Kapitän nicht bald, nachdem sie zu fließen begonnen hatten, zur Landung angesetzt. Es war wie die Sintflut, eine Überschwemmung von Traurigkeit auf beiden Seiten angesichts der Unausweichlichkeit und Grausamkeit dessen, was da geschah: Es ging einfach nicht, es würde ein Ende haben. Alles wirkte plötzlich um so trostloser, um so ausgesetzter in unserer materiellen Umgebung, dem technischen Ambiente der Kabine, unter den klinischen Aufmerksamkeiten der Stewardessen, dem Starren der anderen Passagiere, denen die selbstgefällige Erleichterung anzusehen war, mit der Menschen auf die emotionalen Krisen von Fremden reagieren.

5 Als das Flugzeug durch die Wolken stieß, versuchte ich mir eine Zukunft vorzustellen: eine Phase meines Lebens ging brutal zu Ende, und ich hatte nichts, was ich an ihre Stelle setzen konnte; ich empfand nur eine erschreckende Leere. *Wir wünschen Ihnen einen angenehmen Aufenthalt in London und hoffen, daß Sie bald wieder mit uns fliegen werden*. Bald wieder fliegen – aber würde ich auch bald wieder leben? Ich beneidete die anderen um ihre Überheblichkeit, um die Sicherheit ihres geregelten Lebens und ihre Pläne, bald wieder abzuheben. Wie würde das Leben von nun an sein? Obwohl wir uns noch die Hände hielten, wußte ich, daß Chloe und ich bald beobachten würden, wie unsere Körper einander fremd wurden. Mauern würden errichtet werden, die Trennung würde institutionalisiert werden, ich würde sie in ein paar Monaten oder Jahren wiedertreffen, wir würden locker sein, heiter, maskiert, geschäftsmäßig gekleidet, und in einem Restaurant einen Salat bestellen – unfähig anzurühren, was wir einzig und allein jetzt zeigen konnten, das schiere menschliche Drama, die Nacktheit, die Abhängigkeit, den unabänderlichen Verlust. Wir würden wie Zuschauer sein, die aus einem herzzerreißenden Theaterstück kommen, aber nicht imstande sind, irgend etwas von den Empfindungen in ihrem tiefsten Innern mitzuteilen, fähig nur, auf einen Drink in eine Bar zu eilen, wissend, daß da etwas Besonderes war, aber unfähig, daran zu rühren. Obwohl es Agonie war, zog ich diesen Moment denen, die kommen würden, vor, den einsamen Stunden, in denen ich mir das Stück vergegenwärtigen, mir und ihr Vorwürfe machen, in denen ich versuchen würde, eine Zukunft zu bauen, eine andere Geschichte, wie ein verwirrter Stückeschreiber, der nicht weiß, was er mit seinen Gestalten anfangen soll (außer sie der Reihe nach abzumurksen, um zu einem klaren Ende zu

kommen ...). All dies, bis die Räder auf der Landebahn von Heathrow aufsetzten, die Triebwerke auf Umkehrschub geschaltet wurden und die Maschine auf den Terminal zurollte, wo sie ihre Fracht in die Ankunftshalle ausspuckte. Zu der Zeit, als Chloe und ich unser Gepäck beisammen und den Zoll passiert hatten, war die Beziehung formell beendet. Wir würden versuchen, gute Freunde zu sein, wir würden versuchen, nicht zu weinen, wir würden versuchen, uns nicht als Opfer oder Scharfrichter zu fühlen.

6 Zwei Tage vergingen, stumpf und dumpf. Einen schweren Schlag zu erleiden und nichts zu fühlen – das bedeutet, modern ausgedrückt, daß es ein echt schwerer Schlag gewesen sein muß. Dann erhielt ich eines Morgens einen handgeschriebenen Brief von Chloe, ihre vertraute schwarze Schrift über zwei Seiten cremeweißen Papiers hingegossen:

Es tut mir leid, Dir meine Verwirrung gezeigt zu haben, es tut mir leid, unsere Parisreise verdorben zu haben, ich entschuldige mich für das unvermeidliche Drama. Ich glaube nicht, daß ich jemals wieder so weinen werde wie in diesem elenden Flugzeug, oder jemals wieder dermaßen von meinen Gefühlen zerrissen werde. Du warst so lieb zu mir, und das bewirkte, daß ich um so mehr weinen mußte. Jeder andere Mann hätte mich zur Hölle geschickt, aber Du hast das nicht getan, und das hat es so extrem schwer gemacht.

Du fragtest mich in der Ankunftshalle, wie ich weinen und mir dennoch so sicher sein könne. Du mußt verstehen, ich weinte, weil ich wußte, daß es so nicht weitergehen konnte, und doch war da noch so viel, was mich an Dich band. Ich erkenne, daß ich Dir nicht länger die Liebe versagen kann, die Du verdienst, aber daß ich die Fähigkeit verloren habe, sie Dir zu geben. Es wäre unfair, es würde uns beide zerstören.

Ich werde nie in der Lage sein, den Brief zu schreiben, den ich Dir wirklich gern schriebe. Dies ist jedenfalls nicht der Brief, den ich Dir in den letzten Tagen in Gedanken geschrieben habe. Ich wünschte, ich könnte Dir ein Bild zeichnen, ich war nie besonders gut im Umgang mit dem Füllfederhalter. Ich kann offenbar nicht sagen, was ich sagen möchte, ich hoffe nur, Du wirst die Leerstellen ausfüllen.

Ich werde Dich vermissen, nichts kann uns nehmen, was wir gemeinsam gehabt haben. Die Monate, die wir zusammen verbrachten, habe ich geliebt. Es kommt mir vor wie eine surreale Kombination von Dingen: Frühstücken, Mittagessen, Telefongesprächen am Nachmittag, späte Kinoabende im Electric, Spaziergänge in Kensington Gardens. Ich möchte nicht, daß dies durch irgendwas verdorben wird. Wenn man jemanden geliebt hat, zählt nicht die Länge der Zeit, sondern daß alles, was man fühlte und tat, dadurch noch intensiver wurde. Für mich gehört es zu den wenigen Gelegenheiten, bei denen das Leben nicht anderswo stattfindet. Du wirst immer wunderbar zu mir sein, ich werde nie vergessen, wie ich es geliebt habe, neben Dir aufzuwachen. Ich möchte Dir einfach nicht länger weh tun. Ich könnte nicht ertragen, wenn nach und nach alles schal würde.

Ich weiß nicht, wie es jetzt bei mir weitergeht. Vielleicht möchte ich über Weihnachten eine Zeitlang allein sein oder die Weihnachtstage bei meinen Eltern verbringen. Will geht demnächst nach Kalifornien, also werden wir sehen. Sei nicht unfair, mach ihm keine Vorwürfe. Er mag Dich sehr gern und hat eine enorme Achtung vor Dir. Er war nur ein Symptom, nicht die Ursache dessen, was geschehen ist. Entschuldige diesen unordentlichen Brief, seine Verworrenheit wird Dich wahrscheinlich daran erinnern, wie ich mit Dir umgegangen bin. Verzeih mir, Du warst zu gut für mich. Ich hoffe, wir können Freunde bleiben. Alles Liebe …

7 Der Brief brachte keine Erleichterung, nur Erinnerungen. Ich erkannte ihre Kadenzen und ihren Tonfall wieder, und ihre Worte vergegenwärtigten mir das Bild ihres Gesichts, den Duft ihrer Haut – und die Wunde, die mir geschlagen worden war. Ich weinte über die Endgültigkeit ihres Briefes, der die Situation bekräftigte, analysierte, in die Vergangenheitsform übertrug. Ich spürte die Zweifel und die widerstreitenden Gefühle in ihrer Syntax, aber die Botschaft war endgültig. Es war aus, es tat ihr leid, daß es aus war, aber die Liebe war verebbt. Ich war überwältigt von dem Gefühl, betrogen worden zu sein – betrogen, weil eine Beziehung, in die ich so viel investiert hatte, für bankrott erklärt worden war, ohne daß ich das Gefühl hatte, daß dem so war. Chloe hatte ihr keine Chance gegeben, haderte ich mit mir, obwohl ich wußte, wie hoffnungslos diese inneren Gerichtsverfahren waren, bei denen morgens gegen halb fünf hohle Urteile verkündet wurden. Obwohl es keinen Vertrag gegeben hatte, nur den Vertrag des Herzens, fühlte ich mich tief verletzt durch Chloes Untreue, durch ihre Abtrünnigkeit, durch ihre Nächte mit einem anderen Mann. Wie war es moralisch möglich, daß dies hatte geschehen können?

8 Es ist überraschend, wie oft Zurückweisung in Liebesdingen sprachlich in den Rahmen einer moralischen Begrifflichkeit gestellt wird, die Sprache von Recht und Unrecht, Gut und Böse – als gehörte die Frage, zurückweisen oder nicht zurückweisen, lieben oder nicht lieben, ihrem Wesen nach zu einem Zweig der Ethik. Es ist überraschend, wie oft derjenige, der zurückweist, mit dem Etikett böse versehen wird, und der Zurückgewiesene am Ende das Gute verkörpert. Etwas von dieser moralischen Attitüde war sowohl in Chloes als auch in meinem Verhalten. Durch den

Rahmen, den Chloe ihrer Zurückweisung gab, hatte sie ihre Unfähigkeit, mich zu lieben, mit dem Bösen gleichgesetzt und meine Liebe zu ihr als Beweis meiner Güte hingestellt – daher die Schlußfolgerung, die sich einzig und allein darauf gründete, daß ich sie noch begehrte, ich sei »*zu gut*« für sie. Vorausgesetzt, daß Chloe weitgehend meinte, was sie sagte, und nicht lediglich höflich war, hatte sie die ethische These, daß sie für mich nicht gut genug sei, einzig und allein daraus abgeleitet, daß sie aufgehört hatte, mich zu lieben – irgend etwas, hatte sie gemeint, machte sie zu einer weniger wertvollen Person, als ich es war, ein Mann, der sich in all seiner Herzensgüte immer noch in der Lage fühlte, sie zu lieben.

9 Doch wie verhängnisvoll eine Zurückweisung auch sein mag – können wir wirklich Liebe mit Selbstlosigkeit gleichsetzen und Zurückweisung mit Grausamkeit? Können wir wirklich Liebe mit Güte gleichsetzen und Gleichgültigkeit mit dem Bösen? War meine Liebe zu Chloe moralisch und ihre Zurückweisung meiner Person unmoralisch? Wie weit man Chloe Schuld dafür beimessen konnte, daß sie mich abgewiesen hatte, hing hauptsächlich davon ab, wie weit man Liebe als etwas betrachten konnte, das ich selbstlos gegeben hatte – denn wenn selbstsüchtige Motive in mein Geschenk eingeflossen waren, dann war es Chloes gutes Recht, ebenso selbstsüchtig die Beziehung zu beenden. Aus solcher Perspektive betrachtet, schien das Ende der Liebe eher ein Zusammenprall zweier von Grund auf selbstsüchtiger Impulse und nicht ein Zusammenstoß zwischen Altruismus und Egoismus, Moral und Unmoral.

10 Nach Immanuel Kant muß sich eine moralisch gute Handlung von einer unmoralischen dadurch unterscheiden, daß sie aus Pflichtgefühl vollbracht wird und ohne Ansehen des Schmerzes oder der Lust, die damit verbunden ist. Moralisch verhalte ich mich nur, wenn ich etwas tue, ohne darüber nachzudenken, was ich womöglich dafür bekomme, wenn ich mich einzig und allein von meinem Pflichtgefühl leiten lasse: »Denn bei dem, was moralisch gut sein soll, ist es nicht genug, daß es dem sittlichen Gesetz gemäß sei, sondern es muß auch um desselben willen geschehen.«* Was aus Neigung vollbracht wird, kann nicht als moralisch gelten – eine direkte Zurückweisung der utilitaristischen Anschauung, nach der Sittlichkeit sich auf Neigung gründet. Die Essenz von Kants Theorie ist, daß Sittlichkeit ausschließlich in dem *Beweggrund* zu suchen sei, aus dem heraus eine Tat begangen wird. Einen Menschen zu lieben ist nur dann moralisch gut, wenn diese Liebe ohne Erwartung irgendeiner Gegengabe, wenn sie schlicht um der Liebe willen geschenkt wird.

11 Ich bezeichnete Chloe als unmoralisch, weil sie jemandes Aufmerksamkeiten zurückwies, der ihr Tag für Tag Tröstung, Ermunterung, Unterstützung und Zuneigung hatte angedeihen lassen. Doch war sie in einem *moralischen* Sinne dafür zu tadeln, daß sie diese Aufmerksamkeiten verschmähte? Zu tadeln ist, wenn wir ein Geschenk verschmähen, das unter großen Kosten und Opfern gemacht wurde. Aber wenn der Gebende ebensoviel Freude am Geben hat, wie wir am Empfangen haben, ist dann wirklich die Sprache der Moral angebracht? Wenn Liebe hauptsächlich

* Immanuel Kant: Grundlegung der Metaphysik der Sitten. 1785

aus selbstsüchtigen Motiven heraus geschenkt wird (nämlich zu unserem eigenen Vorteil, auch wenn dieser sich erst aus des anderen Vorteil ergibt), dann ist sie kein moralisches Geschenk, jedenfalls nicht im Kantschen Sinne. War ich denn etwa besser als Chloe, bloß weil ich sie liebte? Natürlich nicht, denn auch wenn meine Liebe zu ihr Opfer einschloß, hatte ich diese mit Freuden gebracht, weil es mich glücklich machte. Ich hatte mich nicht gepeinigt und gequält, ich hatte nur gehandelt, weil es so vollkommen meinen Neigungen entsprach, weil es *keine* Pflicht war.

12 Wir verbringen unsere Liebeszeit wie Utilitarier; im Schlafzimmer sind wir Jünger von Hobbes und Bentham, nicht von Platon und Kant. Wir fällen moralische Urteile auf der Grundlage von Vorlieben, ohne an transzendentale Werte zu denken. Wie Thomas Hobbes es in seinen *Elements of Law* (1640) ausgedrückt hat:

> Jedermann nennt, was ihm gefällt und ergötzlich für ihn ist, *gut*; und jenes *böse*, was ihm mißfällt: insoweit als jedermann sich vom andern in seiner Konstitution unterscheidet, also unterscheiden sie sich auch von einander im Betreff der gemeinen Unterscheidung von Gut und Böse. Auch gibt es kein solches Ding wie ein *agathon haplos*, was heißt, etwas schlechthin Gutes.

13 Ich hatte Chloe böse genannt, weil sie *mir* »mißfiel«, nicht weil sie ihrem Wesen nach böse gewesen wäre. Mein Wertesystem war eher eine *Rechtfertigung* einer Situation als eine Erklärung von Chloes kränkendem Verhalten nach einem absoluten Maßstab. Ich hatte den klassischen Fehler des Moralisten begangen, der von Nietzsche so kurz und bündig beschrieben worden war:

> Zuerst nennt man einzelne Handlungen gut oder böse ohne alle Rücksicht auf deren Motive, sondern allein der nützlichen oder schädlichen Folgen wegen. Bald aber vergißt man die Herkunft dieser Bezeichnungen und wähnt, daß den Handlungen an sich, ohne Rücksicht auf deren Folgen, die Eigenschaft ›gut‹ oder ›böse‹ innewohne...*

Was mir Vergnügen und Schmerz bereitete, bestimmte die moralischen Etiketten, die ich Chloe anheftete – ich war ein egozentrischer Moralprediger, ich beurteilte die Welt und Chloes Pflichten in der Welt nach meinen eigenen Interessen. Mein Moralkodex war lediglich eine Sublimierung meiner Begierden, eine platonische Kränkung, wenn überhaupt.

14 Auf dem Gipfel selbstgerechter Verzweiflung fragte ich: »*Ist es denn nicht mein Recht, geliebt zu werden, und ihre Pflicht, mich zu lieben?*« Chloes Liebe war unverzichtbar, ihre Anwesenheit im Bett neben mir war ebenso wichtig wie die Freiheit oder das Recht auf Leben. Wenn der Staat mir diese zwei zusicherte, warum konnte er mir dann nicht auch das Recht auf Liebe zusichern? Warum legte er soviel Betonung auf das Recht auf Leben und freie Meinungsäußerung, wenn mir doch beides gestohlen bleiben konnte, solange da nicht ein Mensch an meiner Seite war, der diesem Leben Sinn verlieh? Was nützte es zu leben, wenn es ein Leben ohne Liebe war, ohne jemanden, der mir zuhörte? Was war Freiheit, wenn sie die Freiheit bedeutete, verlassen zu werden?

* Friedrich Nietzsche: Menschliches, Allzumenschliches. 1878

15 Aber wie konnte man die Sprache der Rechte auf Liebe ausdehnen, Menschen zwingen, zu lieben, es ihnen zur Pflicht machen? War dieses Bedürfnis nicht lediglich eine weitere Manifestation des romantischen Terrorismus, des romantischen Faschismus? Die Sittlichkeit muß ihre Grenzen haben; sie ist der Stoff für hohe Gerichte, nicht für mitternächtliche salzige Tränen und die herzzerreißenden Trennungen wohlgenährter, wohlbehauster, überbelesener und zu gut bekochter sentimentaler Bürger. Ich hatte immer selbstsüchtig geliebt, spontan, wie ein Utilitarier. Und wenn der Utilitarismus behauptet, daß eine Handlung nur dann richtig sei, wenn sie das größtmögliche Glück für die größtmögliche Anzahl von Menschen hervorbringt, dann war der Schmerz, den es jetzt bedeutete, Chloe zu lieben, und für Chloe, geliebt zu werden, das sicherste Zeichen dafür, daß unsere Beziehung nicht amoralisch, sondern schlicht unmoralisch geworden war.

16 Es war ein Unglück, daß Wut sich nicht mit Schuldzuweisungen vermählen ließ. Mein Schmerz mobilisierte mich, nach einem Schuldigen zu suchen, aber die Verantwortung ließ sich nicht an Chloe festmachen. Ich mußte lernen, daß Menschen in einer Beziehung negativer Freiheit zueinander standen, verpflichtet, einander nicht zu verletzen, aber mit Sicherheit nicht gezwungen, einander zu lieben, wenn sie das nicht wollten. Eine primitive, nicht-tragische Überzeugung vermittelte mir das Gefühl, daß meine Wut mich berechtigte, andere zu beschuldigen, aber ich erkannte, daß sich Schuld nur mit der Möglichkeit der freien Wahl verbinden ließ. Man zürnt nicht dem Affen, weil er nicht singen kann, denn seine Konstitution hat dem Affen nie die Chance gegeben, etwas anderes von sich zu geben als

ein Schnauben. Ähnlich kann man einer geliebten Person nicht vorwerfen, daß sie liebt oder nicht liebt, denn das ist eine Sache jenseits ihrer Wahl und entzieht sich damit ihrer Verantwortung. Eins allerdings bewirkt, daß Zurückweisung in der Liebe schwerer zu ertragen ist als Affen, die nie singen können: der Umstand, daß man die geliebte Person einst lieben sah. Es fällt einem leichter, dem Affen für sein Nichtsingenkönnen keine Vorwürfe zu machen, weil er ja niemals sang, aber die geliebte Person liebte, vielleicht sogar noch vor kurzer Zeit, was bewirkt, daß die Realität der Behauptung *Ich kann dich nicht mehr lieben* um so schwerer zu verkraften ist.

17 Die Anmaßung, mit der ich wünschte, geliebt zu werden, war erst jetzt zum Vorschein gekommen, da die Liebe unerwidert blieb – ich fühlte mich allein gelassen mit meinem Begehren, schutzlos, rechtlos, jenseits des Gesetzes, schockierend grob in meinen Forderungen: *Liebe mich!* Und aus welchem Grund? Ich hatte nur die übliche armselige Entschuldigung: *Weil ich dich liebe . . .*

KAPITEL ZWANZIG

❦ *Psycho-Fatalismus* ❦

1 Immer wenn uns etwas Verhängnisvolles widerfährt, sind wir versucht, nach Gründen zu suchen, die über die alltäglichen Erklärungen hinausgehen. Wir möchten verstehen, warum gerade wir ausersehen wurden, eine so schreckliche, unerträgliche Strafe zu empfangen. Und je verheerender das Geschehen, um so mehr sind wir geneigt, es mit einer Bedeutung zu erfüllen, die es, objektiv gesehen, nicht hat, um so leichter schlittern wir in eine Art Psycho-Fatalismus hinein. Verwirrt und erschöpft von meinem Kummer, erstickte ich in Fragezeichen – Symbolen des Versuchs, das Chaos zu verstehen: »*Warum gerade mir? Warum ausgerechnet dies? Warum gerade jetzt?*« Ich durchforschte die Vergangenheit nach möglichen Ursprüngen, Omen, Kränkungen – irgend etwas, das ich als Grund für die Unvernunft, die mich umgab, ansehen konnte, irgend etwas, das als Balsam auf die mir geschlagene Wunde wirkte, irgend etwas, das disparate Ereignisse verband, ein Muster entstehen ließ, das ich den zufälligen Pünktchen und Strichelchen meines Lebens unterlegen konnte.

2 Ich sah mich gezwungen, den modernen technokratischen Optimismus aufzugeben, ich fiel durch das Netz, das dazu dienen soll, primitiven Ängsten entgegenzuwirken. Ich hörte auf, Tageszeitungen zu lesen oder dem Fernsehen zu vertrauen, ich gab den Glauben an Wettervorhersagen und Wirtschaftsindices auf. Meine Gedanken schufen Platz für

Jahrtausendkatastrophen – Erdbeben, Fluten, Verheerung, Pest. Ich kam der Welt der Götter näher, der Welt der uralten Kräfte, die unser Leben lenkten. Ich empfand die Vergänglichkeit aller Dinge, die Illusionen, auf denen Wolkenkratzer, Brücken, Theorien, Raketenabschußbasen, Wahlprogramme und Fastfood-Restaurants errichtet waren. Ich sah in Glück und Gelassenheit eine verletzende Verleugnung der Realität. Ich sah in die Gesichter von Pendlern und fragte mich, warum sie nie gesehen hatten. Ich stellte mir kosmische Explosionen vor, Meere von fließender Lava, Plünderung und Zerstörung. Ich verstand das Elend der Geschichte – der lange Bericht von einem einzigen Blutbad, eingehüllt in ekelerregende Nostalgie. Ich spürte die Arroganz von Wissenschaftlern und Politikern, von Nachrichtensprechern und Tankstellenwärtern, die Blasiertheit von Buchhaltern und Gärtnern. Ich sah eine Verbindung zwischen mir und den großen Ausgestoßenen, ich wurde ein Jünger Calibans und Dionysos' und all derer, die dafür geschmäht worden waren, daß sie der Fratze der Wahrheit ins Gesicht gesehen hatten. Kurz, ich verlor vorübergehend meinen Verstand.

3 Aber hatte ich eine Wahl? Chloes Fortgehen hatte den Glauben erschüttert, daß ich Herr meines eigenen Hauses war, es erinnerte mich an die Schwäche des Nervensystems, die Ohnmacht und Unzulänglichkeit des bewußten Verstandes. Ich verlor den Halt der Schwerkraft – da war nur noch Zerfall und die seltsame Luzidität, die aus völliger Verzweiflung erwächst. Ich spürte, ich wäre nicht fähig gewesen, meine eigene Geschichte zu erzählen, aber ich war Zeuge gewesen, wie ein Dämon es für mich getan hatte, ein kindischer, launischer Dämon, der es genoß, seine Gestalten in die Höhe zu heben und sie dann auf die Felsen im Abgrund

krachen zu lassen. Ich kam mir vor wie eine Puppe an Fäden, die bis zum Himmel hinaufreichten oder bis in die Tiefen der Seele. Ich war eine Gestalt in einer Meistererzählung, deren Entwurf ich nicht zu ändern vermochte. Ich war der Schauspieler, nicht der Stückeschreiber; blind tappte ich in einem von anderer Hand geschriebenen Stück mit einem vorherbestimmten Schluß, der mich einem unbekannten, aber schmerzlichen Ende entgegenschleuderte. Ich gestand und bereute die Arroganz meines früheren Optimismus, den Glauben, die Antwort liege im Denken. Ich erkannte, daß die Steuerung des Wagens nichts mit seinen Bewegungen zu tun hatte: ich konnte auf die Bremse oder den Gashebel treten, das Vehikel blieb bei seiner Geschwindigkeit. Das Gefühl, das ich zeitweise gehabt hatte, die Pedale hätten eine Wirkung, erwies sich als Irrtum, meine früheren Gewißheiten waren nichts anderes gewesen als ein zufälliges glückliches Übereinstimmen zwischen Pedalen und Bewegung, zwischen bewußten Theorien und Schicksal.

4 Wenn mein Verstand ein blasser Imitator und nicht der Initiator war, dann befand sich der wirkliche Geist anderswo, abseits von der Bühne, unter der Szene oder oben in den Seitenkulissen: nicht mein Geist. Einmal mehr blickte ich auf das Schicksal, wieder einmal empfand ich die göttliche Natur der Ursprünge der Liebe. Beides, ihr Entstehen wie ihr Schwinden (das erste so wunderschön, das zweite so grausam), erinnerte mich daran, daß ich nur ein Spielball in den Händen von Cupido und Aphrodite war. Schwer bestraft, suchte ich nach meiner Schuld. Ich war, ohne es zu wissen, ein Verbrecher gewesen, ich hatte mich in Gefahren begeben, die ich nicht hatte ahnen können, ich hatte, ohne es zu wissen, getötet, ein Verbrechen, für das es keine Begna-

digung gab, auch wenn es von keiner bewußten Absicht erfüllt gewesen war. Ich hatte gemeint, das Leben zu lieben, und hatte es gleichwohl getötet. Ich war einem Verbrechen zum Opfer gefallen, ohne zu wissen, daß ich es begangen hatte; nun hielt ich Ausschau nach dem Unrecht, und, unsicher, was ich angerichtet hatte, gestand ich alles. Ich riß mich in Stücke beim Suchen nach der Waffe, jede Überheblichkeit kehrte zurück und verfolgte mich, Taten von gewöhnlicher Grausamkeit und Gedankenlosigkeit – nicht eine einzige war den Göttern entgangen, die nun beschlossen hatten, ihren schrecklichen Rachestrahl auf mich zu richten. Ich konnte es nicht ertragen, mein eigenes Gesicht im Spiegel zu erblicken, ich riß mir die Augen aus, wartete, daß die Vögel kamen, meine Leber zu fressen, und trug die Last der Sünden hinauf in die Berge.

5 Die alten Mythen waren tot, gewiß, sie waren zu groß für das Zeitalter der Taschenrechner. Mount Olympus war ein Skigebiet, das Orakel von Delphi eine Kneipe in einer Seitenstraße vom Queensway – aber die Götter waren noch da, sie hatten eine neue Gestalt gefunden, hatten Anzüge angelegt und sich den modernen Zeiten angepaßt. Sie waren nunmehr miniaturisiert, sie paßten nicht mehr in die Zwischenräume zwischen den Wolken, aber in unsere Seele. Ich durchlebte ein Drama auf der Bühne des Geistes, das Individuum als der bevorzugte Schauplatz für das Ringen der Götter. Und im Mittelpunkt Zeus/Freud, die Show dirigierend, Motive zumessend, Donnerschläge, Blitze, Bannflüche. Und ich quälte mich unter dem Fluch des Schicksals, nicht eines äußeren, sondern eines Psycho-Schicksals: eines Schicksals von innen her.

6 In einem Zeitalter der Wissenschaft lieferte die Psychoanalyse die Namen für meine Dämonen. Obwohl selbst eine Wissenschaft, hielt sie an der Dynamik (wenn nicht der Substanz) des Aberglaubens fest, der Überzeugung, daß sich der größere Teil des Lebens entfaltet, ohne rationaler Kontrolle unterworfen zu sein. In den Geschichten von Manien und unbewußten Motivationen, von Zwängen und Heimsuchungen erkannte ich die Welt des Zeus und seiner Kollegen, das Mediterrane ins Wien des späten neunzehnten Jahrhunderts versetzt, eine säkularisierte, vernunftbestimmte Sicht des mehr oder weniger gleichen Bildes. Die Revolution Galileis und Darwins vollendend, führte Freud den Menschen in die ursprüngliche Demut der griechischen Vorväter zurück, zu jenen, denen eher mitgespielt wurde, als daß sie spielten. Die Freudsche Welt bestand aus zweiseitigen Münzen, deren eine Seite wir nie zu sehen bekamen, eine Welt, wo Haß große Liebe verbergen konnte und große Liebe Haß, wo ein Mann sich alle Mühe geben konnte, eine Frau zu lieben, unbewußt aber alles tat, um sie einem anderen in die Arme zu treiben. Von einem wissenschaftlichen Bereich aus, wo so lange für den freien Willen plädiert worden war, präsentierte Freud die Rückkehr zu einer Form des psychischen Determinismus. In einer ironischen Wende der Geschichte der Wissenschaft stellten Freudianer die Dominanz des denkenden »Ichs« aus der Wissenschaft selbst heraus in Frage. »*Ich denke, also bin ich*« hatte sich verwandelt in Lacans »*Ich bin nicht, wo ich denke, und ich denke, wo ich nicht bin*«.

7 Es gibt keinen transzendentalen Punkt, von dem aus wir die Vergangenheit beobachten können; sie wird immer in der Gegenwart konstruiert und mit deren Entwicklungen verändert. Auch blicken wir nicht um ihrer selbst willen auf

die Vergangenheit – wir tun es, um uns die Gegenwart besser erklären zu können. Die Rolle, die meine Liebe zu Chloe in meinem Leben gespielt hatte, erschien mir nun sehr anders, nachdem die Geschichte so unglücklich ausgegangen war. In meinen optimistischen Momenten in unserer Beziehung hatte ich Liebe wie Münzen in eine Erzählung von einem immer besser werdenden Leben gesteckt, Beweis dafür, daß ich im Begriff war zu lernen, wie ich leben und mich selbst glücklich machen konnte. Ich erinnerte mich an eine Tante von mir, eine Teilzeit-Mystikerin, die einst vorausgesagt hatte, ich würde Zufriedenheit in der Liebe finden, höchstwahrscheinlich mit einer Frau, die zeichnete oder malte. Ich erinnerte mich eines Tages an diese Tante, als ich Chloe beim Zeichnen zusah, und es entzückte mich, daß Chloe selbst in diesem Detail die Prophezeiungen meiner Tante erfüllte. Während ich Arm in Arm mit ihr die Straße entlangging, spürte ich manchmal, daß die Götter mich gesegnet hatten: das Glück, das mir zuteil geworden war, schien mir der Beweis eines über mir schwebenden strahlenden Scheins.

8 Wenn wir nach Omen suchen, guten oder schlechten, werden wir sie stets mühelos finden. Nun, da Chloe mich verlassen hatte, erhob eine ganz andere Liebesgeschichte drohend ihr Haupt, eine zum Scheitern verurteilte Geschichte, die gewählt worden war, *weil* sie scheitern würde, und die in ihrem Scheitern das klassische Muster einer Familienneurose wiederholte. Als meine Eltern sich scheiden ließen, hatte mich meine Mutter, wie ich mich erinnerte, gewarnt, ich solle aufpassen, daß ich nicht in eine ähnliche unglückselige Falle ginge, denn auch ihre Mutter sei schon in eine Falle gegangen, und davor deren Mutter. War es also nicht eine Erbkrankheit, ein Fluch, der auf der

Familie lag, auf unserer genetischen und psychologischen Kondition? Eine Frau, mit der ich vor Chloe zwei Jahre befreundet gewesen war, hatte mir einmal im Verlauf eines erbitterten Streits gesagt, ich würde in der Liebe nie glücklich werden, ich dächte zuviel. Es stimmte, ich dachte zuviel (diese Gedanken waren Beweis genug): der Verstand hatte sich ebensosehr als Folterinstrument wie als heilsame Kraft erwiesen. Durch das viele Denken vielleicht hatte ich Chloe unabsichtlich entfremdet mit meinem nüchternen analytischen Geist, der dem ihren so entgegengesetzt war. Ich erinnerte mich, beim Zahnarzt ein Horoskop gelesen zu haben, das mich warnte: Je mehr ich mich um Erfolg in der Liebe bemühte, um so schwieriger könnte alles werden. Die Zurückweisung durch Chloe war also offenbar Teil eines Musters, nach dem ich mich immer wieder um eine Frau bemühte, nur um zu erleben, wie alles auf Grund eines bisher dunklen psychologischen Schicksals zerfiel. Ich konnte nichts recht machen, ich hatte die Götter verärgert, der Fluch Aphrodites lastete auf mir.

9 Der Psycho-Fatalismus und der vorausgegangene romantische Fatalismus, den er ersetzte, waren nur zwei Seiten ein und derselben Geisteshaltung. Beides waren narrative Methoden, Glieder in einer Kette von Ereignissen, die über reine Zeitsequenzen hinausgingen und die Richtung auf einer Skala zwischen gut und schlecht, je nach dem, ob Held oder tragischer Held, bewerteten. In eine Graphik übertragen (siehe Abbildung 20.1) hätte die erste, glückliche Erzählung einem auf der Skala aufsteigenden Pfeil geglichen: die Zeit, in der ich lernte, mir die Welt untertan zu machen und die Liebe zu verstehen.

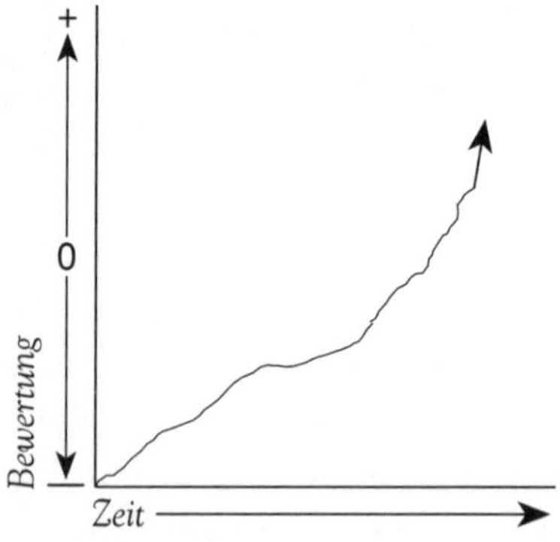

Abbildung 20.1 Bericht des Helden (Romantischer Fatalismus)

10 Aber Chloes Zurückweisung hatte das Bild verdorben und erinnerte mich daran, daß meine Vergangenheit komplex genug war, um noch einen sehr anderen Bericht in sich zu bergen, einen, in dem auf Momente des Glücks stets ein brutaler Absturz folgte. In eine andere Graphik übertragen (siehe Abbildung 20.2), wirkte der Verlauf meines Lebens wie eine Reihe von Gipfeln, auf die tiefe Täler folgten – das Leben eines tragischen Helden, dessen Erfolge immer einen überaus schrecklichen Preis forderten und ihn schließlich das Leben selbst kosten würden.

11 Es gehört zum Wesen eines Fluchs, daß die Person, die darunter zu leiden hat, von seiner Existenz nichts wissen kann. Er ist ein geheimer Code innerhalb des Individuums, der sich ein Leben lang fortschreibt, aber nicht in der Lage ist, eine rationale, vorausgreifende Artikulation zu finden. Ödipus wird vom Orakel gewarnt: er werde seinen Vater töten und seine Mutter heiraten – aber bewußte Warnungen nützen nichts, sie alarmieren nur das denkende »Ich«, sie vermögen nicht den codierten Fluch zu entschärfen. Ödipus

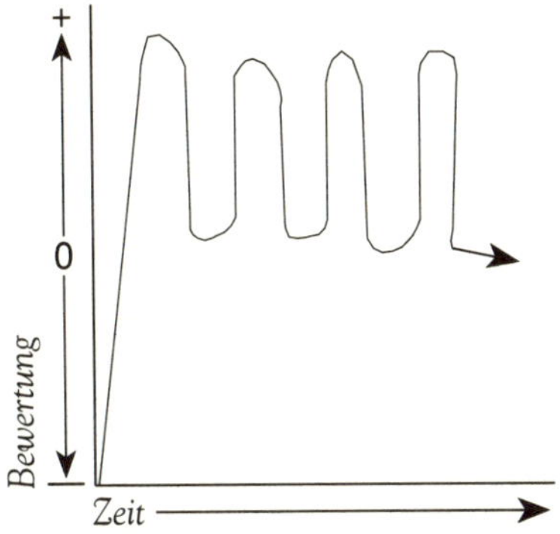

Abbildung 20.2 Bericht des tragischen Helden (Psycho-Fatalismus)

verläßt seine Heimat, um dem Orakelspruch zu entgehen, aber am Ende heiratet er Jokaste doch: seine Geschichte wird ihm erzählt, nicht von ihm. Er kennt den möglichen Ausgang, er kennt die Gefahren, doch er kann nichts ändern: der Fluch trotzt dem Willen.

12 Aber was war das für ein Fluch, unter dem ich litt? Nichts anderes als eine Unfähigkeit, glückliche Beziehungen aufzubauen – das größte Mißgeschick, das unsere moderne Gesellschaft kennt. Verbannt aus dem schattigen Hain der Liebe, würde ich bis ans Ende meiner Tage dazu verdammt sein, auf Erden umherzuirren, ohne den Zwang abschütteln zu können, mit dem ich jene, die ich liebte, dazu brachte, vor mir zu fliehen. Ich suchte einen Namen für dieses Übel und fand, daß es enthalten war in der psychoanalytischen Beschreibung des *Wiederholungszwangs*, der definiert wird als

> …nicht bezwingbarer Prozeß unbewußter Herkunft, wodurch das Subjekt sich aktiv in unangenehme Situationen bringt und so alte Erfahrungen wiederholt, ohne sich

des Vorbilds zu erinnern, im Gegenteil den sehr lebhaften Eindruck hat, daß es sich um etwas ausschließlich durch das Gegenwärtige Motiviertes handelt.*

13 Der tröstliche Aspekt der Psychoanalyse (wenn man das so optimistisch sagen kann) ist die, wie sie meint, *bedeutungsvolle* Welt, in der wir leben. Keine Philosophie ist weiter von dem Gedanken entfernt, daß am Ende alles eine von einem Idioten erzählte und nichts bedeutende Geschichte sei (um selbst noch zu leugnen, daß Sinn sinnvoll sei). Doch der Sinn ist niemals hell: Der psycho-fatalistische Bann ersetzte subtil die Worte *und dann* durch das Wort *damit*, um so ein paralysierendes kausales Glied zu identifizieren. Ich liebte Chloe nicht einfach, *und dann* verließ sie mich. Ich liebte Chloe, *damit* sie mich verließ. Die schmerzliche Geschichte meiner Liebe zu ihr erschien nun als ein Palimpsest, unter dem eine andere Geschichte geschrieben stand. Tief im Unbewußten begraben, war in den frühen Monaten oder Jahren ein Muster geschmiedet worden. Das Baby hatte die Mutter fortgetrieben, oder die Mutter hatte das Baby verlassen, und nun schuf Baby/Mann das gleiche Szenario – mit anderen Schauspielern, aber mit dem gleichen Plot: Chloe paßte in die von einem anderen Menschen getragenen Kleider. Warum hatte ich gerade sie erwählt? Es war nicht die Form ihres Lächelns, nicht die Lebhaftigkeit ihres Geistes. Ich hatte sie gewählt, weil das Unbewußte, der für die Rollenbesetzung zuständige Regisseur des inneren Dramas, in ihr eine Person erkannte, die geeignet war, die Rolle in dem Mutter-Kind-Drehbuch auszufüllen, eine Schauspie-

* J. Laplanche, J.-B. Pontalis: Das Vokabular der Psychoanalyse. Frankfurt am Main 1972

lerin, die dem Stückeschreiber den Gefallen tun würde, die Bühne genau im richtigen Augenblick mit dem geforderten Ausdruck des Scheiterns und Schmerzes zu verlassen.

14 Im Gegensatz zu den Bannflüchen der griechischen Götter hielt der Psycho-Fatalismus zumindest das Versprechen hoch, daß man ihm entkommen konnte. Wo das Es war, konnte das Ich nicht weit sein – sofern das Ich nicht längst von Schmerz zermalmt worden war, zerschrammt, blutend, zerstochen, unfähig, den Tag zu planen, geschweige denn das Leben. Das Ich hatte alle Mächte der Genesung verloren, es war von einem Hurrikan verwüstet worden und kämpfte schlicht um die Wiederherstellung der grundlegenden Funktionen. Die Idee eines Fünfjahrplans war nicht nur unrealistisch, sie war die gröbste Arroganz. Hätte ich die Kraft besessen, mich von meinem Bett zu erheben, hätte ich es vielleicht bis zur Couch geschafft und mich dort, Ödipus auf Kolonos, darangemacht, meinen Leiden ein Ende zu bereiten. Aber ich war auch nicht in der Lage, die nötige Vernunft aufzubringen, um aus dem Haus zu gehen und Hilfe zu suchen. Ich konnte nicht einmal sprechen oder in Zeichen reden, ich konnte mein Leid auch nicht anderen anvertrauen, und so zerstörte es mich. Zusammengekrümmt lag ich auf dem Bett, bei heruntergelassenen Jalousien, irritiert vom leisesten Geräusch oder Lichtstrahl, über die Maßen ärgerlich, wenn die Milch im Kühlschrank sauer war oder eine Schublade sich nicht gleich beim ersten Versuch öffnen ließ. Während ich zusah, wie alles meiner Reichweite entglitt, kam ich zu dem Schluß, daß die einzige Möglichkeit, wenigstens ein gewisses Maß an Kontrolle über mich wiederzugewinnen, darin bestand, daß ich mich umbrachte.

KAPITEL EINUNDZWANZIG

❦ Selbstmord ❦

1 Die Weihnachtszeit kam, brachte alte Lieder, von Kindern gesungen, Karten mit guten Wünschen und ersten Schnee mit sich. Chloe und ich hatten das Weihnachtswochenende eigentlich in einem kleinen Hotel in Yorkshire verbringen wollen. Die Broschüre lag auf meinem Schreibtisch: *Abbey Cottage heißt seine Gäste in exquisiter Umgebung mit herzlicher Yorkshire-Gastlichkeit willkommen. Setzen Sie sich ans offene Kaminfeuer in unserem eichengetäfelten Salon, machen Sie einen Spaziergang durch die Moore, oder ruhen Sie sich einfach aus und überlassen Sie es uns, für Sie zu sorgen. Ferientage in Abbey Cottage bieten Ihnen alles, was Sie sich schon immer von einem Hotel gewünscht haben – und mehr.*

2 Zwei Tage vor Weihnachten und nur Stunden vor meinem Tod, an einem düsteren Freitag um fünf Uhr nachmittags, erhielt ich einen Anruf von Will Knott:

»Ich wollte dich anrufen und dir auf Wiedersehen sagen, ich fliege am Wochenende nach San Francisco zurück.«

»Ich verstehe.«

»Erzähl, wie sieht's bei dir aus?«

»Wie bitte?«

»Alles in Ordnung bei dir?«

»In Ordnung? Ja, doch, so könnte man es ausdrücken.«

»Hat mir leid getan, was ich über dich und Chloe hörte. Ein Jammer, wirklich.«

»Hat mich gefreut, was ich über dich und Chloe hörte.«

»Du hast es also gehört. Tja, es hat sich so ergeben. Du weißt, wie gern ich sie schon immer mochte, und sie rief mich an und sagte mir, ihr beide hättet euch getrennt, und so kam alles in Gang.«

»Ist doch phantastisch, Will.«

»Ich freue mich, dich das sagen zu hören. Ich möchte nicht, daß diese Sache oder irgend etwas anderes zwischen uns steht, denn eine wunderbare Freundschaft schmeiße ich nicht einfach weg. Ich hoffte immer, ihr könntet das kitten, ihr zwei, ich glaube, ihr hättet wunderbar zueinander gepaßt, es ist ein Jammer, wirklich, aber wie dem auch sei … Was machst du über Weihnachten?«

»Ich bleibe zu Hause, denke ich.«

»Sieht ganz so aus, als ob ihr hier ordentlich Schnee kriegtet. Zeit, die Skier vom Dachboden zu holen, eh?«

»Ist Chloe gerade bei dir?«

»Ob sie jetzt bei mir ist? Ja, nein, ich meine, im Augenblick ist sie gerade nicht bei mir. Sie war hier, aber tatsächlich ist sie gerade einkaufen gegangen. Wir sprachen über Weihnachtsknallbonbons, und sie sagte, sie liebt Knallbonbons, und so ist sie losgezogen, um welche zu kaufen.«

»Toll, sag ihr Grüße von mir.«

»Sie wird bestimmt begeistert sein zu hören, daß wir gesprochen haben. Du weißt, daß sie über Weihnachten mit mir nach Kalifornien kommt …?«

»Tatsächlich?«

»Tja, es wird wunderbar für sie sein, alles zu sehen. Wir wollen zwei, drei Tage bei meinen Eltern in Santa Barbara verbringen und dann vielleicht ein paar Tage in die Wüste fahren, oder irgendwohin.«

»Sie liebt Wüsten.«

»Das stimmt, genau das hat sie mir auch gesagt. Dann also

… ich glaube, ich lasse dich jetzt besser in Ruhe und wünsche dir glückliche Feiertage. Ich habe schon angefangen, meine Zelte hier abzubrechen. Kann sein, daß ich im nächsten Herbst wieder nach Europa komme, aber wie dem auch sei, ich rufe dich an und werde mich erkundigen, wie es dir so geht …«

3 Ich ging ins Bad und holte sämtliche Tabletten, die ich gesammelt hatte, und breitete sie auf dem Küchentisch aus. Eine Mischung aus Aspirin, Vitaminen, Schlaftabletten und mehreren Gläsern Hustensirup und dazu Whisky würde reichen, um der ganzen Scharade ein Ende zu setzen. Gab es eine empfindsamere Reaktion? Als sich umzubringen, nachdem man in der Liebe zurückgewiesen worden war? Wenn Chloe wirklich all mein Leben war, war es dann nicht ganz normal, daß ich dieses Leben beendete, um so zu beweisen, daß ich ohne sie nicht leben konnte? War es nicht ehrlos, weiterhin jeden Morgen aufzuwachen, wenn die Person, von der ich behauptete, sie sei der Sinn meines Daseins, nunmehr Weihnachtsknallbonbons für einen kalifornischen Architekten mit einem Haus in den Hügeln von Santa Barbara kaufte?

4 Meine Trennung von Chloe war begleitet gewesen von tausend platten Beileidsbekundungen seitens der Freunde und Bekannten: es wäre doch so nett gewesen, wenn … die Menschen driften auseinander … eine Leidenschaft kann nicht ewig währen … besser, einmal gelebt und geliebt zu haben … die Zeit heilt alle Wunden. Sogar Will brachte es fertig, so darüber zu reden, daß es ganz unaufregend klang, wie ein Erdbeben oder ein Schneegestöber, etwas, das die Natur uns als Prüfung schickt und in dessen

Unvermeidlichkeit man sich doch besser schicken sollte. Mein Tod würde aufs leidenschaftlichste leugnen, daß es etwas Normales war – er würde zeigen, daß ich nicht vergaß, wie die anderen vergessen hatten. Ich wollte mich der Erosion und dem Weichmacher der Zeit entziehen, ich wollte, daß der Schmerz immer andauerte, damit ich wenigstens so, über seine verbrannten Nervenenden, mit Chloe verbunden blieb. Nur durch meinen Tod konnte ich die Wichtigkeit und Unsterblichkeit meiner Liebe demonstrieren, nur durch Selbstzerstörung konnte ich eine der Tragödien müde gewordene Welt daran erinnern, daß Liebe eine Sache von tödlichem Ernst war.

5 Wer dies lesen wird, lebt, aber der Autor wird gestorben sein. Es war sieben Uhr abends, und noch immer schneite es, und der Schnee breitete nach und nach eine Decke über die Stadt, das Leichentuch. *Es war die einzige Möglichkeit, wie ich sagen konnte: Ich liebe Dich, ich bin erwachsen genug, um nicht zu wollen, daß Du Dich deswegen schuldig fühlst, Du weißt, wie ich über Schuld denke. Ich hoffe, Du wirst Kalifornien genießen, ich höre, die Berge sind wunderschön, ich weiß, Du konntest mich nicht lieben, bitte, verstehe, daß ich nicht leben konnte ohne Deine Liebe* ... Der Suizid-Text (Schreiben als verzögerter Selbstmord) war im Verlauf vieler Entwürfe entstanden: ein ganzer Stapel verworfener Blätter lag neben mir. Ich saß am Küchentisch, in einen grauen Mantel gehüllt, und das Schuddern des Kühlschranks war meine einzige Gesellschaft. Jäh griff ich nach einem Röhrchen voller Tabletten und schluckte, was, wie ich erst später feststellte, zwanzig Vitamin-C-Sprudeltabletten gewesen waren.

6 Ich stellte mir vor, wie Chloe bald, nachdem mein lebloser Leib gefunden worden war, Besuch von einem Polizisten empfangen würde. Man konnte sich den entsetzten Ausdruck in ihrem Gesicht gut vorstellen. Will Knott würde, in ein beflecktes Bettlaken gehüllt, aus dem Schlafzimmer kommen und fragen: *»Ist irgend etwas, Liebling?«* Und sie würde antworten: *»Ja, o Gott, ja!«* bevor sie in Tränen ausbrach. Schreckliches Bedauern und schrecklichste Reue würden folgen – sie würde sich Vorwürfe machen, daß sie mich nicht verstanden hatte, daß sie so grausam gewesen war, so kurzsichtig. War jemals ein anderer Mann ihr so ergeben gewesen, daß er sich ihretwegen das Leben genommen hatte?

7 Eine notorische Unfähigkeit, ihre Gefühle auszudrücken, macht Menschen zu den einzigen Lebewesen, die des Suizids fähig sind. Ein wütender Hund begeht nicht Selbstmord, er beißt die Person oder die Sache, die ihn wütend gemacht hat. Aber ein wütender Mensch grollt in seinem Zimmer vor sich hin, und später erschießt er sich, einen stillen Abschiedsbrief hinterlassend. Der Mensch ist eine symbolische, metaphorische Kreatur: unfähig, meinen Ärger zu bekunden, gedachte ich ihn in meinem Tod zu symbolisieren. Eher tat ich mir selbst etwas an, als daß ich Chloe etwas antat. Indem ich mich tötete, stellte ich dar, was sie, wie ich meinte, mir angetan hatte.

8 Mein Mund schäumte jetzt, orangerote Blasen bildeten sich in seiner Höhle und explodierten, wenn sie mit der Luft in Berührung kamen; sie sprühten einen blaßorangefarbenen Film über den Tisch und meinen Hemdkragen. Während ich dieses säurechemische Spektakel schweigend beobachtete, war ich betroffen von der Zusammenhanglosig-

keit des Suizids, besonders daß ich nicht den Wunsch hatte, zwischen Lebendigsein oder Totsein zu *wählen*. Ich wollte Chloe einfach nur zeigen, daß ich ohne sie, metaphorisch gesprochen, nicht leben konnte. Die Ironie lag darin, daß der Tod allzu buchstäblich ein Akt war, als daß er mir die Chance gewährt hätte, zu sehen, wie die Metapher verstanden wurde. Ich würde mich beraubt sehen, weil ich als Toter nicht in der Lage war (zumindest nicht in einem weltlichen Bezugsrahmen), die Lebenden beim Betrachten des Toten zu beobachten. Worin lag der Reiz einer solchen Inszenierung, wenn ich nicht zugegen sein konnte, um zu erleben, wie die anderen es erlebten? Wenn ich mir meinen Tod ausmalte, sah ich mich selbst immer in der Rolle des Publikums meiner eigenen Auslöschung, etwas, das ja in Wirklichkeit ganz unmöglich war: Ich würde schlicht tot sein, und mein letzter Wunsch würde nicht in Erfüllung gehen – nämlich *beides zu sein, tot und lebendig*. Tot, um der Welt allgemein und Chloe insbesondere zeigen zu können, wie wütend ich war, und lebendig, um mitansehen zu können, welche Wirkung ich damit auf Chloe gehabt hätte, und so erlöst zu werden von meinem Zorn. Es war eine Frage von Sein oder Nichtsein. Meine Antwort an Hamlet lautete: Sein *und* Nichtsein.

9 In bestimmten Fällen vergessen diejenigen, die Suizid begehen, vielleicht den zweiten Teil der Gleichung: sie betrachten den Tod als eine Ausdehnung des Lebens (eine Art Nachleben, einen Zustand, in dem sie die Wirkung ihres Handelns auf andere beobachten können). Ich wankte zum Ausguß, und mein Magen preßte das schäumende Gift hinaus. Das Vergnügen des Suizids lag offenkundig nicht in der scheußlichen Aufgabe, den Organismus abzutöten, sondern in der Reaktion anderer auf meinen Tod (Chloe, weinend am

Grab, Will, die Augen abwendend, beide Erde auf meinen Sarg aus Walnußholz häufelnd). Mich umgebracht zu haben hätte bedeutet, ganz zu vergessen, daß ich zu tot sein würde, um irgendein Vergnügen aus dem Melodrama meiner eigenen Auslöschung zu ziehen.

KAPITEL ZWEIUNDZWANZIG

❦ *Der Jesus-Komplex* ❦

1 Sollte sich in all der Qual irgendein Nutzen entdecken lassen, mag er vielleicht in der Fähigkeit bestimmter Leidender liegen, ihre Misere als (wenn auch perversen) Beweis dafür zu nehmen, daß sie etwas Besonderes sind. Warum sonst wären sie auserwählt worden, derart titanische Qualen durchzumachen, wenn nicht, um den Beweis zu erbringen, daß sie anders sind und *folglich besser* als jene, die nicht leiden?

2 Da ich den Gedanken, die Weihnachtstage allein in meiner Wohnung zu verbringen, nicht ertrug, nahm ich mir ein Zimmer in einem kleinen Hotel in der Nähe der Bayswater Road. Ich nahm einen kleinen Koffer und einen Armvoll Bücher und Kleidung zum Wechseln mit, doch las ich weder, noch kleidete ich mich an. Ich verbrachte ganze Tage in einem weißen Bademantel; ich lag auf dem Bett, zappte durch die Fernsehprogramme oder las die Room Service-Karte und horchte auf verirrte Laute, die von der Straße heraufdrangen.

3 Anfangs unterschied sich das Geräusch nur sehr wenig von dem allgemeinen Murmeln und Ächzen des Verkehrs unten: Autotüren, die mit Getöse zugeschlagen wurden, Lastwagen, die knirschend in den ersten Gang wechselten, ein Preßlufthammer, der das Straßenpflaster stampfte. Und doch, über all diesem Lärm hatte ich ein deutlich anderes Geräusch wahrgenommen, das durch die dünne Zimmer-

wand drang, irgendwo in der Nähe meines Kopfes, der zu diesem Zeitpunkt unbequem auf einer zerknitterten, gegen das schuppenbedeckte Kopfende des Bettes gedrückten Ausgabe des *Time*-Magazins lag. Nein, es ließ sich nicht mehr leugnen, wie sehr man es auch versucht hätte (und der Himmel weiß, wie gern ich es geleugnet hätte), daß das Geräusch aus dem Nachbarzimmer nichts anderes war als das des Paarungsrituals der menschlichen Spezies. Ficken, dachte ich, sie ficken!

4 Wenn ein Mann andere Leute bei solchem Treiben hört, gibt es gewisse Attitüden, die man mit einigem Recht von ihm erwarten darf. Ist er jung und phantasievoll, wird er sich nach und nach bereitwillig – durch die Wand hindurch – mit dem Mann identifizieren und sich, von Dichtergeist beflügelt, ein Idealbild der glücklichen Frau vor Augen führen – Beatrice, Julia, Charlotte, Tess –, deren Schreie verursacht zu haben er sich schmeichelt. Fühlt er sich dagegen abgestoßen von dieser objektiven Libido-Registrierung, wird er sich vermutlich abwenden, an England denken und das Fernsehgerät lauter stellen.

5 Meine Reaktion indessen war bemerkenswert lediglich wegen ihrer Passivität. Oder anders ausgedrückt, es gelang mir nicht, eine Reaktion zustande zu bringen, die über die schlichte Zurkenntnisnahme hinausging. Seit Chloe mich verlassen hatte, tat ich wenig anderes, als Tatsachen zur Kenntnis zu nehmen. Ich war seither jemand, der sich im wahrsten Sinne des Wortes nicht mehr überraschen ließ. Überraschung ist, wie die Psychologen uns sagen, eine Reaktion auf das Unerwartete, doch mit mir war es so weit gekommen, daß ich auf alles gefaßt und folglich durch nichts mehr zu überraschen war.

6 Was ging mir dabei durch den Kopf? Nichts außer einem bestimmten Lied, das ich einmal in Chloes Auto gehört hatte, während vor uns am Horizont über der Autostraße die Sonne unterging:

Ich bin verliebt, sweet love,
Ich rufe deinen Namen ohne Scheu,
Ich bin verliebt, sweet love,
Geh niemals fort; so wird es immer sein.

Ich hatte mich mit meiner eigenen Traurigkeit vergiftet, ich hatte die Stratosphäre des Leidens erreicht, den Moment, in dem Schmerz zu einem Wert erhoben wird und in den Jesus-Komplex umschlägt. Die Geräusche des kopulierenden Paars und jenes Lied aus glücklicheren Tagen vermischten sich in den dicken Tränen, die beim Gedanken an all das Mißgeschick in meinem Dasein zu fließen begonnen hatten. Doch zum erstenmal waren es nicht wütende, brennende Tränen: vielmehr hatten sie den bittersüßen Beigeschmack von Wassern, die angereichert waren mit der Überzeugung, daß nicht ich, sondern die Menschen, die mich hatten leiden lassen, so blind waren. Ich fühlte mich erhoben, ich befand mich auf dem Gipfel, wo das Leiden einen hinüberträgt in das Tal der Freuden, der Freuden des Märtyrers, der Freuden des Jesus-Komplexes. Ich stellte mir Chloe und Will vor, wie sie durch Kalifornien reisten, ich lauschte Bitten wie »mehr« und »fester« aus dem Nachbarzimmer und war bald trunken von meinem tiefen Kummer.

7 »Wie groß kann einer sein, wenn er von jedermann verstanden wird?« fragte ich mich, während ich über das Schicksal des Gottessohnes nachsann. Konnte ich mir wirk-

lich noch Vorwürfe dafür machen, daß Chloe nicht in der Lage gewesen war, mich zu verstehen? War die Zurückweisung durch sie nicht eher ein Zeichen ihrer Kurzsichtigkeit als dafür, wie unzulänglich ich möglicherweise gewesen war? Jetzt war ich nicht mehr notwendigerweise der Wurm und sie der Engel. Sie hatte mich wegen eines drittklassigen kalifornischen Corbusierepigonen verlassen, weil sie einfach zu schlicht war, um zu verstehen. Ich begann, mir ihr Wesen neu zu deuten, indem ich mich auf jene Seiten konzentrierte, die ich am wenigsten erfreulich fand. Am Ende war sie doch sehr selbstsüchtig, und ihr maskenhafter Charme verdeckte nur oberflächlich eine weit weniger anziehende Natur. Wenn sie Menschen dazu verführte, zu glauben, sie sei anbetungswürdig, hatte das mehr mit ihrem amüsanten Geplauder und ihrem freundlichen Lächeln zu tun, als daß es einen wirklichen Grund gegeben hätte, sie zu lieben. Andere kannten sie eben nicht so gut, wie ich sie kannte, und es war klar (auch wenn ich es mir seinerzeit nicht klargemacht hatte), daß sie ihrem Wesen nach egozentrisch war und ziemlich ätzend, manchmal unbedacht, oft gedankenlos, gelegentlich uncharmant: ungeduldig, wenn sie müde war, dogmatisch, wenn sie ihren Willen durchsetzen wollte, und sowohl unüberlegt als auch taktlos bei ihrer Entscheidung, mich zurückzustoßen.

8 Durch Kummer und Leid unendlich weise geworden, vermochte ich ihr, natürlich, wegen ihres Mangels an Urteilskraft zu vergeben und sie aus meiner Erhabenheit heraus zu bemitleiden – und eben dies verschaffte mir unendliche Erleichterung. Ich konnte daliegen in meinem lila-grünen Hotelzimmer und war erfüllt von dem Gefühl meiner eigenen Tugendhaftigkeit und Größe. Ich bemitleidete Chloe für alles, was sie nicht verstehen konnte – der unend-

lich weise Seher, der das Tun und Lassen von Männern und Frauen mit einem melancholischen, wissenden Lächeln betrachtet.

9 Warum mußte mein Komplex, dieser perverse psychologische Trick, der jede Niederlage und Demütigung in ihr Gegenteil verkehrte, nach Jesus benannt werden? Ich hätte meine Leiden mit jenen des jungen Werther oder mit denen von Madame Bovary oder Swann gleichsetzen können, doch keiner von diesen verletzten Liebenden konnte es aufnehmen mit der unbefleckten Tugendhaftigkeit Jesu und mit seiner unzweifelhaften Güte angesichts des Bösen derer, die er zu lieben versuchte. Nicht nur das hohlwangige Gesicht und die tieftraurigen Augen, die ihm die Künstler der Renaissance verliehen hatten, machten ihn zu einer so anziehenden Gestalt. Vielmehr war er ein Mann, der gütig, absolut gerecht *und* betrogen worden war. Das Pathos des Neuen Testaments wie auch meiner eigenen Liebesgeschichte erwuchs aus der traurigen Geschichte eines tugendreichen, aber mißverstandenen Mannes, der die Nächstenliebe predigte und erleben mußte, wie die Großmut seiner Botschaft ihm ins Antlitz zurückgeschleudert wurde.

10 Es ist kaum vorstellbar, daß dem Christentum ohne einen großen Märtyrer an seiner Spitze ein solcher Erfolg beschieden gewesen wäre. Hätte Jesus einfach nur ein stilles Leben in Galiläa geführt, hätte er Waschkommoden und Eßtische geschreinert und gegen Ende seines Lebens ein schmales Bändchen mit dem Titel *Meine Lebensphilosophie* veröffentlicht, ehe er einer Herzattacke erlag, hätte er nie und nimmer diesen Status erworben. Der qualvolle Tod am Kreuz, die Korruptheit und Grausamkeit der römischen

Behörden, der Verrat, den seine Freunde übten – all dies waren unverzichtbare Ingredienzien für den (eher psychologischen als historischen) Beweis, daß dieser Mann Gott an seiner Seite gehabt hatte.

11 Anwandlungen von Tugendhaftigkeit sprießen spontan im fruchtbaren Boden des Leidens. Je mehr einer leidet, um so tugendhafter muß er sein. Der Jesus-Komplex rankte sich um Überlegenheitsgefühle: die Überlegenheit des Benachteiligten, der angesichts der unüberwindlichen Tyrannei und Blindheit seiner Unterdrücker an eine höhere Tugend appelliert. Sitzengelassen von einer Frau, die ich liebte, beförderte ich mein Leiden zu einer guten Eigenschaft (während ich zusammengebrochen um drei Uhr nachmittags auf dem Bett lag – Christus am Kreuz) und bewahrte mich so davor, meinen Kummer als das Ergebnis eines bestenfalls irdisch-romantischen Zusammenbruchs zu erfahren. Chloes Fortgehen mochte mich umgebracht haben, aber es hatte mich zumindest im glorreichen Besitz moralischer Erhabenheit zurückgelassen: zum Tode verurteilt, aber ein Märtyrer, der in die Geschichte eingehen würde.

12 Der Jesus-Komplex liegt im Verhältnis zum Marxismus ganz am entgegengesetzten Ende des Spektrums. Aus Selbsthaß geboren, hielt der Marxismus mich davon ab, Mitglied eines Klubs zu werden, der mich haben wollte. Mit dem Jesus-Komplex stand ich zwar immer noch vor den Toren des Clubs, doch da er das Ergebnis hoher Selbstliebe war, konnte ich mir sagen, daß ich nur deshalb nicht in den Club aufgenommen wurde, weil ich so besonders war. Die meisten Clubs, die ziemlich rüde Vereine waren, wußten die Großen, Weisen und Sensiblen natürlich nicht zu schätzen: diese

blieben vor den Toren stehen oder wurden von ihren Freundinnen fallengelassen, nicht geschätzt. Meine Überlegenheit offenbarte sich mir hauptsächlich auf der Basis meiner Isolation und meines Leidens: *Ich leide, also bin ich etwas Besonderes, aber aus eben diesem Grunde hätte ich mehr Verständnis verdient.*

13 Insofern als sie Selbsthaß verhindert, muß man Verständnis haben für die alchimistische Verwandlung von Schwäche in Tugend – und die Entwicklung meiner Pein hin zum Jesus-Komplex war zweifellos Zeichen einer gewissen Gesundheit. Sie zeigte, daß in der heiklen inneren Balance zwischen Selbsthaß und Selbstliebe nunmehr die Selbstliebe die Oberhand gewann. Meine ursprüngliche Reaktion auf Chloes Zurückweisung war von Selbsthaß bestimmt gewesen: Ich hatte Chloe weiterhin geliebt, während ich mich selbst dafür haßte, daß es mir nicht gelungen war, die Beziehung aufrechtzuerhalten. Aber mein Jesus-Komplex hatte die Gleichung auf den Kopf gestellt: Jetzt deutete ich die Zurückweisung als Zeichen dafür, daß Chloe Verachtung oder bestenfalls Mitleid (Inbegriff der christlichen Tugenden) verdiente. Der Jesus-Komplex war nichts anderes als ein Mechanismus der Selbstverteidigung; ich hatte nicht gewollt, daß Chloe mich verließ, ich hatte sie mehr geliebt, als ich je eine Frau geliebt hatte, aber jetzt, da sie nach Kalifornien geflogen war, bestand meine Art, den unerträglichen Verlust zu bewältigen, im Undichten des Wertes, den sie ursprünglich für mich gehabt hatte. Es war eindeutig eine Lüge, aber Ehrlichkeit geht manchmal über unsere Kräfte, zumal wenn wir, einsam und verzweifelt, die Weihnachtstage allein in einem Hotelzimmer verbringen und von nebenan die Geräusche orgiastischer Seligkeit hören.

KAPITEL DREIUNDZWANZIG

❦ *Ellipse* ❦

1 Ein arabisches Sprichwort sagt, die Seele reise mit der Geschwindigkeit eines Kamels. Während wir von der gnadenlosen Dynamik unserer verplanten Gegenwart vorwärtsgetrieben werden, schleppt sich unsere Seele, der Wohnsitz unseres Herzens, unter der Last der Erinnerung wehmütig hinterher. Wenn jede Liebesgeschichte die Last des Kamels um ein gewisses Quantum vermehrt, dann müssen wir damit rechnen, daß die Seele, je nach Bedeutung der Liebeslast, immer langsamer wird. Bis meine Seele schließlich das erdrückende Gewicht der Erinnerung an sie abwerfen konnte, hatte Chloe mein Kamel beinahe umgebracht.

2 Mit ihrem Fortgehen hatte mich jeder Wunsch, mit der Gegenwart Schritt zu halten, verlassen. Ich lebte in Nostalgie – das heißt, ich setzte die Gegenwart ständig in Bezug zu meinem Leben, wie es mit ihr gewesen war. Meine Augen waren nie wirklich offen; sie blickten rückwärts, waren nach innen gerichtet, auf die Erinnerung. Ich hätte mir gewünscht, bis ans Ende meiner Tage immer nur dem Kamel zu folgen, durch die Dünen der Erinnerung zu mäandern und an verzauberten Oasen Rast zu machen, um in dem Bilderbuch aus glücklicheren Tagen zu blättern. Die Gegenwart hielt nichts für mich bereit, die Vergangenheit war die einzige bewohnbare Zeit geworden. Was konnte die Gegenwart daneben schon sein? Höhnische Erinnerung höchstens an

das, was ich vermißte! Was konnte die Zukunft bringen, außer daß die Leere mich noch unglücklicher machen würde?

3 Wenn es mir gelang, ganz in meinen Erinnerungen zu versinken, kam es manchmal vor, daß ich die Gegenwart ohne Chloe aus den Augen verlor. Meine Halluzinationen täuschten mir vor, daß es nie zum Bruch gekommen und daß wir noch zusammen waren, so als hätte ich sie jederzeit anrufen und ihr einen Kinobesuch im Odeon oder einen Spaziergang durch den Park vorschlagen können. Ich brauchte nur zu ignorieren, daß Chloe beschlossen hatte, sich mit Will in einer südkalifornischen Kleinstadt niederzulassen, und schon glitten die Gedanken von der Tatsächlichkeit in eine Phantasievorstellung der idyllischen Tage voller Beschwingtheit, Liebe und Gelächter. Doch dann, aus heiterem Himmel, riß mich irgend etwas gewaltsam wieder zurück in meine Chloelose Gegenwart. Zum Beispiel klingelte das Telefon, und während ich ging, um den Hörer abzunehmen, bemerkte ich (als wäre es das erste Mal und mit all dem Schmerz dieser jähen Erkenntnis), daß der Platz im Badezimmer, wo Chloe immer ihre Haarbürste hingelegt hatte, nunmehr leer war. Und das Fehlen der Haarbürste war wie ein Stich ins Herz, eine unerträgliche Erinnerung daran, daß sie mich verlassen hatte.

4 Die Schwierigkeit, Chloe zu vergessen, bestand zu einem Teil darin, daß so vieles von der äußeren Wirklichkeit, die wir geteilt hatten und mit der sie immer noch verflochten war, einfach weiterexistierte. Wenn ich bei mir in der Küche stand, konnte der Wasserkessel plötzlich die Erinnerung daran auslösen, wie Chloe ihn mit Wasser füllte; eine

Tube Tomatenmark in einem Regal im Supermarkt konnte mich aufgrund einer bizarren Assoziation an eine ähnliche Einkaufsfahrt erinnern, die wir Monate zuvor unternommen hatten. Als ich eines Abends spät über die Hammersmith-Überführung fuhr, mußte ich daran denken, wie ich dieselbe Straße an einem ebenso regnerischen Abend, aber mit Chloe neben mir im Auto, entlanggefahren war. Das Kissenarrangement auf meinem Sofa beschwor das Bild, wie sie ihren Kopf darauf gebettet hatte, wenn sie müde war; das Wörterbuch in meinem Bücherregal erinnerte ständig an ihre Leidenschaft, Wörter, die sie nicht kannte, nachzuschlagen. Zu bestimmten Zeiten im Laufe der Woche, zu denen wir traditionell irgend etwas gemeinsam unternommen hatten, stellten sich quälende Vergleiche zwischen Vergangenheit und Gegenwart ein: Samstags morgens erinnerte ich mich an unsere Galerieexpeditionen, freitags abends an bestimmte Clubs, montags abends an bestimmte Fernsehprogramme …

5 Die physische Welt verweigerte mir das Vergessen. Das Leben ist grausamer als die Kunst, denn diese versichert uns gern, daß die physische Umgebung die geistige Verfassung einer Gestalt widerspiegelt. Wenn jemand in einem Stück von Lorca die Bemerkung macht, wie niedrig, düster und grau der Himmel plötzlich sei, dann ist das keine unschuldige meteorologische Bemerkung mehr, sondern ein Symbol für einen Seelenzustand. Das Leben gibt uns keine so handlichen Hinweise – ein Unwetter zieht auf, und weit davon entfernt, Tod und Zusammenbruch anzukündigen, entdeckt eine Person in seinem Verlauf Liebe und Wahrheit, Schönheit und Glück, während die ganze Zeit der Wind gegen die Fenster peitscht. Ebenso kann es geschehen, daß an

einem schönen warmen Sommertag ein Auto auf einer kurvenreichen Straße plötzlich aus der Bahn gerät, gegen einen Baum prallt und alle seine Insassen tödlich verunglücken.

6 Aber die Außenwelt folgte nicht meinen inneren Stimmungen. Die Gebäude, die den Hintergrund meiner Liebesgeschichte abgegeben hatten und die ich mit daraus abgeleiteten Gefühlen belebt hatte, weigerten sich nun hartnäckig, ihre Erscheinung so zu verändern, daß sie meinen jetzigen Seelenzustand widerspiegelten. Dieselben Bäume säumten die Zufahrt zum Buckingham Palace, dieselben stuckverzierten Häuser reihten sich an den Straßen der Wohnviertel, dieselbe Serpentine floß durch den Hyde Park, derselbe Himmel war mit demselben Porzellanblau überzogen, dieselben Autos fuhren durch dieselben Straßen, dieselben Läden verkauften mehr oder weniger die gleichen Waren an mehr oder weniger dieselben Leute.

7 So viel Weigerung, sich zu verändern, war ein Wink, daß die Welt nicht meine Seele widerspiegelte, sondern eine unabhängige Einheit war, die sich drehte und drehte, ohne Rücksicht darauf, ob ich verliebt oder entliebt, glücklich oder unglücklich, lebendig oder tot war. Nein, von dieser Welt war nicht zu erwarten, daß sie ihren Ausdruck meinen Stimmungen anpaßte, so wie die großen steinernen Blöcke, aus denen sich die Straßen der Stadt zusammensetzten, sich einen Dreck um meine Liebesgeschichte scherten. Auch wenn sie höchst zufrieden mein Glück beherbergt hatten – nun, da Chloe fortgegangen war, hatten sie Besseres zu tun, als einzustürzen.

8 Dann geschah das Unvermeidliche, und ich begann zu vergessen. Einige Monate nach dem Bruch mit ihr fand ich mich in dem Gebiet von London, in dem sie gewohnt hatte, wieder und stellte fest, daß der Gedanke an sie viel von der Qual, mit der er lange verbunden gewesen war, verloren hatte. Ja, ich bemerkte, daß ich nicht in erster Linie an sie dachte (obwohl es genau ihre Gegend war), sondern an die Verabredung, die ich in einem Restaurant in der Nähe hatte. Ich erkannte, daß die Erinnerung an Chloe sich neutralisiert hatte, Teil der Geschichte geworden war. Doch Schuldgefühle begleiteten dieses Vergessen. Nun verwundete mich nicht mehr Chloes Abwesenheit, sondern meine wachsende Gleichgültigkeit gegenüber ihrer Abwesenheit. Das Vergessen gemahnte an Tod, Verlust, Untreue gegenüber dem, was mir einst so teuer gewesen war.

9 Es kam zu einer allmählichen Wiedereroberung der eigenen Person. Neue Gewohnheiten wurden entwickelt, eine Chloe-lose Identität aufgebaut. Meine Identität war so lange um ein »wir« herum geformt gewesen, daß die Rückkehr zum »Ich« eine nahezu vollständige Neuerfindung meiner selbst bedeutete. Es brauchte viel Zeit, bis die unzähligen Assoziationen, die Chloe und ich gemeinsam akkumuliert hatten, schließlich schwanden. Monatelang mußte ich damit leben, daß ich beim Anblick meines Sofas Chloe in ihrem Morgenrock darauf liegen sah, bis dieses Bild durch ein anderes ersetzt wurde, das Bild eines Freundes, der dort saß und in einem Buch las, oder durch das Bild meines quer darüberliegenden Mantels. Ich mußte bei zahllosen Gelegenheiten durch Islington gehen, ehe ich vergessen konnte, daß Islington nicht nur Chloes Wohnbezirk war, sondern auch eine Gegend, wo man vernünftig einkaufen oder essen gehen

konnte. Ich mußte fast jeden Schauplatz wiederbesichtigen, neu über jedes Gesprächsthema schreiben, jeden Song wiederspielen und alles wiederholen, was Chloe und ich gemeinsam unternommen hatten, um es für die Gegenwart wiederzuerobern, um die damit verbundenen Assoziationen zu entschärfen. Doch nach und nach vergaß ich.

10 Die Zeit verkürzte sich – wie ein Akkordeon, das in ausgezogenem Zustand gespielt wird, aber zusammengedrückt nur an die Musik erinnert. Mein Leben mit Chloe war wie ein Eisblock, der allmählich schmolz, während ich ihn durch die Gegenwart trug. Es war wie ein Tagesereignis, das Teil der Geschichte wird und sich im Verlauf dieses Prozesses auf ein paar zentrale Details zusammenzieht. Ein Vorgang, wie wenn eine Filmkamera tausend Bilder in der Minute aufnimmt, aber die meisten von ihnen verwirft, wobei sie nach geheimnisvollen Launen ihre Auswahl trifft, und bei einem bestimmten Bild hängenbleibt, weil ein emotionaler Zustand damit verbunden ist. Wie ein Jahrhundert, das auf ein Symbol, auf einen bestimmten Papst oder Monarchen oder auf eine Schlacht reduziert wird, verfeinerte sich meine Liebesgeschichte zu einigen wenigen ikonenartigen Elementen, zufälliger als jene der Historiker, aber ebenso selektiv: Chloes Gesichtsausdruck, als ich sie das erste Mal küßte, die hellen Härchen an ihrem Arm, ein Bild von ihr, wie sie, auf mich wartend, im Eingang zur Liverpool Street Station steht, wie sie aussah, wenn sie ihren weißen Pullover trug, ihr Lachen, als ich ihr meinen Witz über den Russen, der mit der Eisenbahn durch Frankreich fährt, erzählte, die Art, wie sie sich mit der Hand durchs Haar fuhr …

11 Das Kamel wurde leichter und leichter, während es durch die Zeit wanderte. Es schüttelte Erinnerungen und Fotos von seinem Rücken ab, verstreute sie auf dem Wüstenboden und überließ sie dem Wind, der sie im Sand begrub, und nach und nach wurde das Kamel so leicht, daß es traben konnte und schließlich sogar, auf seine seltsame Art, zu galoppieren vermochte – bis eines schönen Tages, in einer kleinen Oase, die sich Gegenwart nannte, die erschöpfte Kreatur endlich den Rest von mir einholte.

KAPITEL VIERUNDZWANZIG

❦ *Liebeslehren* ❦

1 Wir müssen annehmen, daß sich bestimmte Lehren aus Liebesgeschichten ziehen lassen, denn sonst fahren wir munter fort, unsere Fehler bis in alle Ewigkeit zu wiederholen – den Fliegen gleich, die sich selbst in den Wahnsinn treiben, indem sie immer wieder gegen Fensterscheiben anfliegen, weil sie nicht begreifen können, daß man, auch wenn das Glas durchsichtig ist, nicht hindurchfliegen kann. Gibt es nicht bestimmte grundlegende Wahrheiten, die wir lernen können, Weisheitsbröckchen, die uns vor der übertriebenen Begeisterung, dem Schmerz und den bitteren Enttäuschungen bewahren könnten? Ist es nicht ein legitimes Bestreben, wenn wir lernen möchten, in der Liebe weise zu werden, so wie wir in den Fragen der Ernährung, des Todes oder des Geldes weise werden können?

2 Wir beginnen mit dem Versuch, weise zu werden, wenn wir erkennen, daß wir nicht mit dem Wissen, wie wir leben sollen, geboren werden, sondern daß das Leben eine Fertigkeit ist, die erworben werden muß, so wie man Reiten, Fahrradfahren oder Klavierspielen lernt. Aber was rät uns die Weisheit? Sie empfiehlt uns, nach Gelassenheit und innerem Frieden zu streben, einem Leben frei von Ängstlichkeit, Furcht, Abgötterei und unzuträglichen Leidenschaften. Sie lehrt uns, daß unsere ersten Impulse nicht immer wahre Impulse sind und daß unser Appetit uns in die Irre führen wird, wenn wir uns nicht in Vernunft üben und lernen, eitle von

echten Bedürfnissen zu unterscheiden. Sie rät uns, unsere Phantasie zu zügeln, die sonst die Realität verzerrt und Berge in Maulwurfshügel oder Frösche in Prinzessinnen verwandelt. Sie fordert uns auf, unsere Ängste in Schach zu halten, damit wir uns fürchten vor dem, was uns Schaden zufügt, aber unsere Energien nicht darauf verschwenden, vor dem Schatten an der Wand zu fliehen. Sie sagt uns, daß wir den Tod nicht fürchten sollen und daß alles, was wir zu fürchten haben, die Furcht selbst ist.

3 Doch was sagt die Weisheit über die Liebe? Ist sie etwas, das man ganz aufgeben sollte, wie das Kaffeetrinken oder Zigarettenrauchen, oder das gelegentlich gestattet ist, wie ein Glas Wein oder ein Riegel Schokolade? Steht die Liebe in direktem Gegensatz zu allem, wofür die Weisheit steht? Verlieren auch Weise den Kopf oder nur große Kinder?

4 Wenn bestimmte weise Denker zur Liebe beifällig mit dem Kopf nickten, sind sie immer darauf bedacht gewesen, Unterscheidungen zwischen ihren verschiedenen Spielarten zu treffen, ungefähr so, wie Ärzte raten, keine Mayonnaise zu essen, aber nichts dagegen haben, wenn sie aus Ingredienzien mit niedrigem Cholesteringehalt gemacht ist. Sie unterscheiden zwischen der unbesonnenen Liebe Romeos und Julias und der kontemplativen Gottesanbetung eines Sokrates, sie weisen auf den Gegensatz zwischen den Exzessen eines Werther und der von Jesus vorgeschlagenen blutleeren brüderlichen Liebe hin.

5 All die unterschiedlichen Arten ließen sich in die Kategorien *reife* und *unreife* Liebe einteilen. Vorzuziehen in fast jeder Beziehung war die Philosophie der reifen Liebe,

die sich durch eine geschärfte Wahrnehmung des Guten und Bösen in jedem Menschen auszeichnet. Sie ist bestimmt durch Mäßigung, sie widersteht jeder Idealisierung, sie ist frei von Eifersucht, Masochismus und Besessenheit, sie ist eine Form von Freundschaft mit einer sexuellen Dimension, sie ist angenehm, friedlich und beruht auf Gegenseitigkeit (und das erklärt vielleicht, warum die meisten Menschen, die das Begehren kennengelernt haben, sich weigern würden, ihrer Schmerzlosigkeit die Bezeichnung *Liebe* zuzugestehen). Unreife Liebe dagegen (auch wenn sie wenig mit Alter zu tun hat) ist eine Geschichte chaotischen Dahinschlingerns zwischen Idealisierung und Enttäuschung, ein unstabiler Zustand, in dem Gefühle der Ekstase und Seligkeit mit Empfindungen des Ertrinkens und tödlichen Ekels einhergehen, in dem das Gefühl, man habe endlich *die Antwort* gefunden, zusammentrifft mit dem Gefühl, man sei nie so verloren gewesen. Der logische Höhepunkt unreifer (weil absoluter) Liebe ereignet sich, symbolisch oder real, im Tod; der Höhepunkt reifer Liebe führt zur Ehe und zu dem Versuch, durch Routine dem Tod aus dem Wege zu gehen (Sonntagszeitung, Hosenbügler, fernbediente Geräte). Unreife Liebe duldet keinen Kompromiß, und sobald wir keinen Kompromiß mehr akzeptieren, sind wir auf dem Weg zum Tod. Für jemanden, der die Gipfel unreifer Leidenschaft kennengelernt hat, ist die Notwendigkeit, sich in einer Ehe einzurichten, ein unerträglicher Preis – lieber würde man mit allem Schluß machen, indem man das Auto über den Rand des Abgrunds steuert.

6 Mit dem naiven gesunden Menschenverstand, den verzwickte Probleme hervorlocken können, wollte ich manchmal fragen (obwohl die Antwort auf die Rückseite ei-

nes Briefumschlags paßte): »Warum können wir eigentlich nicht alle einander lieben?« Auf allen Seiten von den Qualen der Liebe umgeben, den Klagen der Mütter, Väter, Brüder, Schwestern, Freunde, der Seifenopern-Stars und der Friseusen und Friseure, wollte ich an der Hoffnung festhalten, daß sich, allein schon deshalb, weil jeder weitgehend die gleichen Schmerzen zufügte und erlitt, eine gemeinsame Antwort finden lassen mußte – eine metaphysische Lösung für die romantischen Probleme der Welt in dem grandiosen Maßstab der kommunistischen Antwort auf die Ungerechtigkeiten des internationalen Kapitals.

7 Ich war nicht allein in meinen utopischen Tagträumen, sondern sah mich hier mit einer Gruppe von Leuten vereint, die ich *romantische Positivisten* nennen möchte; sie glaubten, mit ein bißchen Nachdenken und Therapie ließe sich Liebe zu einer weniger schmerzlichen, ja sogar nahezu gesunden Erfahrung machen. Diese Ansammlung von Analytikern, Predigern, Gurus, Therapeuten und Schriftstellern, die einerseits anerkannten, daß die Liebe voller Probleme sei, fanden andererseits, daß es für echte Probleme auch echte Lösungen geben müsse. Mit der weitverbreiteten Misere unseres Gefühlslebens konfrontiert, versuchten einige romantische Positivisten, die Ursachen festzustellen – einen Selbstachtungskomplex, einen Vaterkomplex, einen Mutterkomplex, einen Komplexkomplex – und Heilmittel vorzuschlagen (Regressionstherapie, Lektüre des *Gottesstaats*, Gartenarbeit, Meditation). Hamlets Schicksal hätte mit der Hilfe eines guten Jungschen Analytikers abgewendet werden können; Othello hätte seine Aggressionen an einem therapeutischen Kissen abreagieren können; Romeo hätte über eine Agentur vielleicht eine geeignetere Frau kennenge-

lernt; und Ödipus hätte seine Probleme in einer Familientherapie abladen können.

8 Während die Kunst sich mit morbider Besessenheit den Problemen der Liebe widmete, richteten die romantischen Positivisten ihre Aufmerksamkeit auf die sehr praktischen Schritte, die getan werden konnten, um den meisten der üblichen Ursachen für Angst und Herzeleid vorzubeugen. Im Vergleich zu den pessimistischen Ansichten über die Liebe, wie sie weitgehend in der westlichen Literatur vertreten wurden, wirkten die romantischen Positivisten wie tapfere Kämpfer für eine aufgeklärtere und zuversichtlichere Annäherung an einen menschlichen Erfahrungsbereich, der üblicherweise der melancholischen Phantasie degenerierter Künstler und psychotischer Poeten überlassen wurde.

9 Bald nachdem Chloe fortgegangen war, stieß ich an einem Ständer in einer Bahnhofsbuchhandlung auf ein exemplarisches Zeugnis positivistischer Liebesliteratur, ein Werk von einer gewissen Dr. Peggy Nearly, das den Titel *The Bleeding Heart* (Das blutende Herz)* trug. Obwohl ich es eilig hatte, in mein Büro zu kommen, erwarb ich das Buch, angezogen von einer Bemerkung auf der Rückseite seines rosa Umschlags, wo es hieß: »Muß denn Liebe immer Leid bedeuten?« Wer war diese Dr. Peggy Nearly, eine Frau, die kühn behaupten konnte, ein solches Rätsel zu lösen? Auf der ersten Seite des Buches erfuhr ich, was sie war:

> …Absolventin des Instituts für Liebe und menschliche Beziehungen in Oregon, lebt sie gegenwärtig in der Nähe von San Francisco, wo sie als Psychoanalytikerin, Kin-

* Peggy Nearly: The Bleeding Heart. 1987. Capulet Books.

dertherapeutin und Eheberaterin praktiziert. Sie verfaßte zahlreiche Werke über emotionale Abhängigkeit sowie über Penisneid, Gruppendynamik und Agoraphobie.

10 Und wovon handelte *The Bleeding Heart*? Es erzählte die unglückliche und doch optimistische Geschichte von Männern und Frauen, die sich in die falschen Partner verliebten, nämlich in jene, die sie grausam behandelten oder emotional unerfüllt ließen, die anfingen zu trinken oder gewalttätig wurden. Diese Leute hatten eine unbewußte Verbindung zwischen Liebe und Leid hergestellt und konnten nicht aufhören zu hoffen, daß die falschen Partner, die sie sich zum Anbeten auserkoren hatten, sich eines Tages änderten und sie richtig liebten. Sie ruinierten ihr Leben mit dem Wahn, daß sie Menschen verändern könnten, die von Natur aus unfähig waren, ihre emotionalen Bedürfnisse zu erfüllen. Im dritten Kapitel hatte Dr. Nearly bereits die Wurzeln des Problems freigelegt: sie lagen bei unzulänglichen Eltern, die diesen unglückseligen Romantikern ein verschrobenes Verständnis von affektiven Vorgängen mit auf den Weg gegeben hatten. Wenn sie nie Menschen liebten, die nett zu ihnen waren, dann deshalb, weil ihre frühesten emotionalen Bindungen sie gelehrt hatten, daß Liebe unerwidert blieb und grausam war. Doch wenn sie sich in eine Therapie begaben und in der Lage waren, ihre Kindheit zu bearbeiten, verstanden sie am Ende meist die Wurzeln ihres Masochismus und lernten, daß ihr Wunsch, ungeeignete Partner zu verändern, nur das Relikt einer kindlichen Wunschvorstellung war, ihre Eltern in fürsorgliche Menschen verwandeln zu können.

11 Es hing vielleicht damit zusammen, daß ich ihn gerade erst vor ein paar Tagen zu Ende gelesen hatte, jedenfalls ertappte ich mich dabei, daß ich eine unwahrscheinliche Parallele zog zwischen der Misere derer, die Dr. Nearly beschrieb, und der Heldin von Flauberts großem Roman, der tragischen Emma Bovary. Wer war Emma Bovary? Eine junge Frau, die in der französischen Provinz lebte, verheiratet mit einem sie anbetenden Mann, den sie verabscheute, weil sie Liebe mit Leiden assoziierte. Folgerichtig hatte sie ehebrecherische Affären mit ungeeigneten Männern, Feiglingen, die sie grausam behandelten und auf die kein Verlaß war, wo es um die Erfüllung ihrer romantischen Sehnsüchte ging. Emma Bovary war krank, weil sie nicht aufhören konnte zu hoffen, daß diese Männer sich veränderten und sie richtig liebten – während es doch offenkundig war, daß Rodolphe und Léon in ihr nicht mehr als eine amüsante Zerstreuung sahen. Unglücklicherweise fehlte Emma die Gelegenheit, sich in eine Therapie zu begeben und sich ihrer selbst genügend bewußt zu werden, um die Ursprünge ihres masochistischen Verhaltens zu erkennen. Sie vernachlässigte ihren Ehemann und ihr Kind, verschwendete das Geld der Familie und tötete sich am Ende mit Arsen, ein Kind und einen verwirrten Ehemann hinterlassend.

12 Es ist zuweilen reizvoll, darüber nachzudenken, wie anders sich manche Dinge vielleicht entwickelt hätten, wenn bestimmte heutige Möglichkeiten zur Verfügung gestanden hätten. Was, wenn Madame Bovary über ihr Problem mit Dr. Nearly hätte sprechen können? Was, wenn der romantische Positivismus die Chance gehabt hätte, in eine der tragischsten Liebesgeschichten der Literatur einzugreifen? Man fragt sich unwillkürlich, wie das Gespräch verlau-

fen wäre, wenn Emma sich in Dr. Nearlys Klinik in San Francisco begeben hätte.

Emma Bovary schluchzend auf der Couch.

Nearly: Emma, wenn Sie möchten, daß ich Ihnen helfe, müssen Sie erklären, was nicht in Ordnung ist.

Ohne aufzublicken, schneuzt sich Madame Bovary in ein besticktes Taschentuch.

Nearly: Weinen ist eine positive Erfahrung, aber ich glaube nicht, daß wir die ganzen fünfzig Minuten darauf verwenden sollten.

Bovary: (*unter Tränen*) Er hat nicht geschrieben, er hat nicht geschrieben.

Nearly: Wer hat nicht geschrieben, Emma?

Bovary: Rodolphe. Er hat nicht geschrieben, er hat nicht geschrieben. Er liebt mich nicht. Ich bin eine ruinierte Frau. Ich bin eine ruinierte, armselige, elende, kindische Frau.

Nearly: Emma, sprechen Sie nicht so! Ich habe Ihnen doch schon gesagt: Sie müssen lernen, sich selbst zu lieben.

Bovary: Warum soll ich mich kompromittieren, indem ich eine so dumme Person liebe?

Nearly: Weil Sie eine wunderbare Person sind. Sie erkennen nur nicht, daß Sie Männern hörig sind, die Ihnen emotionales Leid zufügen. Das ist der Grund.

Bovary: Aber es war damals so schön.

Nearly: Was?

Bovary: Dort zu sein, mit ihm neben mir, mit ihm zu schlafen, seine Haut an meiner zu spüren, durch die Wälder zu reiten. Ich habe mich so real gefühlt, so lebendig, und nun liegt mein Leben in Trümmern.

Nearly: Mag sein, daß Sie sich lebendig fühlten, aber doch nur, weil Sie wußten, daß es nicht von Dauer sein könnte, daß dieser Mann Sie nicht wirklich liebte. Sie hassen

Ihren Mann, weil er allem, was Sie sagen, lauscht, aber Sie können es nicht lassen, sich in solche Männer zu verlieben, die zwei Wochen brauchen, um auf einen Brief zu antworten. Um es ganz offen zu sagen, Emma, Ihre Vorstellung von Liebe verrät Zeichen von Zwang und Masochismus.

Bovary: Tut sie das? Was weiß ich? Mir machte es nichts aus, wenn das alles eine Krankheit ist. Alles, was ich will, ist, ihn wieder zu küssen, zu spüren, wie er mich in seinen Armen hält, den Duft seiner Haut zu atmen.

Nearly: Sie müssen einen neuen Anfang machen. Versuchen Sie, in sich hineinzublicken, Ihre Kindheit zu erforschen, dann lernen Sie vielleicht, daß Sie all diesen Schmerz nicht verdienen. Es liegt alles nur daran, daß Sie in einer dysfunktionalen Familie aufgewachsen sind, in der Ihre emotionalen Bedürfnisse nicht befriedigt wurden – deshalb sind Sie in diesem Muster steckengeblieben.

Bovary: Mein Vater war ein schlichter Bauer.

Nearly: Vielleicht, aber er war, davon abgesehen, emotional unzuverlässig, so daß Sie jetzt auf ein unbefriedigtes Bedürfnis reagieren, wenn Sie sich in einen Mann verlieben, der Ihnen nicht geben kann, was Sie sich in Wirklichkeit wünschen.

Bovary: Es liegt an Charles – er ist das Problem, nicht Rodolphe.

Nearly: Nun gut, meine Liebe, damit werden wir dann nächste Woche weitermachen. Wir sind am Ende Ihrer Sitzung angelangt.

Bovary: Oh, Dr. Nearly, ich wollte es Ihnen schon vorhin sagen, aber diese Woche kann ich Sie nicht bezahlen.

Nearly: Das ist jetzt schon das dritte Mal, daß Sie mir so etwas sagen.

Bovary: Entschuldigen Sie, bitte. Aber das Geld ist ein solches Problem im Moment. Ich bin so unglücklich, und dann ertappe ich mich dabei, daß ich alles für Einkäufe ausgebe. Erst heute bin ich losgegangen und habe mir drei neue Kleider, einen bemalten Fingerhut und neues Teegeschirr gekauft.

13 Ein Happy-End für Madame Bovarys Therapie oder auch nur ein glücklicheres Ende ihres Lebens ist schwer vorstellbar. Man muß schon ein glühender romantischer Positivist sein, um zu glauben, daß Dr. Nearly (sofern sie je ihr Geld bekommen hätte) Emma in die wohlangepaßte, nicht mehr zwanghafte, fürsorgliche Gattin hätte verwandeln können, die aus Flauberts Buch ein optimistisches Märchen von Erlösung durch Selbsterkenntnis gemacht hätte. Mit Sicherheit hätte Dr. Nearly eine *Deutung* für Madame Bovarys Problem gewußt, doch besteht ein großer Unterschied zwischen dem Erkennen und dem Lösen eines Problems, zwischen Weisheit und weisem Leben. Wir sind alle intelligenter, als wir uns zu verhalten vermögen, und die Erkenntnis, wie verrückt Liebe ist, hat noch nie jemanden vor dieser Krankheit bewahrt. Vielleicht ist die Vorstellung von einer weisen oder gänzlich schmerzlosen Liebe ebenso ein Widerspruch wie die von einer Schlacht ohne Blutvergießen – es gibt sie nicht, von den Genfer Konventionen einmal ganz abgesehen. Die Konfrontation zwischen Madame Bovary und Peggy Nearly ist die Konfrontation zwischen romantischer Tragödie und romantischem Positivismus. Es ist die Konfrontation zwischen Weisheit und dem Gegenteil von Weisheit, das nicht gleichbedeutend mit Ignoranz von Weisheit ist (was sich leicht klarstellen läßt), sondern die Unfähigkeit, nach der Kenntnis dessen, von dem man weiß,

daß es richtig ist, zu handeln. Daß wir uns der Unwirklichkeit unserer Liebesgeschichte bewußt waren, hatte sich für Chloe und mich nicht als hilfreich erwiesen – zu wissen, daß wir wahrscheinlich Narren waren, hatte uns nicht zu Weisen gemacht.

14 Pessimistisch geworden durch die schwer zu bewältigenden Liebesqualen, beschloß ich, mich ganz von der Liebe abzuwenden. Wenn romantischer Positivismus nichts half, dann bestand die einzig gültige Weisheit in dem stoischen Rat, sich nie wieder zu verlieben. Ich würde mich hinfort in ein symbolisches Kloster zurückziehen, niemanden treffen, kärglich leben und mich in strenge Studien stürzen. Ich las voller Bewunderung Geschichten von Männern und Frauen, die allen irdischen Zerstreuungen entsagt, Keuschheitsgelübde abgelegt und ihr Leben in Mönchs- und Nonnenklöstern verbracht hatten. Oder Geschichten von Einsiedlern, die vierzig oder fünfzig Jahre lang ein Höhlenleben in der Einöde erduldet und nur von Wurzeln und Beeren gelebt hatten, ohne jemals mit anderen Menschen zu sprechen oder andere Menschen zu sehen.

15 Doch als ich mich eines Abends bei einer Dinnerparty in Rachels Augen verlor, während sie mir den Verlauf ihres Büroalltags beschrieb, wurde mir mit Entsetzen bewußt, wie schnell ich bereit war, die stoische Philosophie aufzugeben, um all die Fehler, die ich mit Chloe durchlebt hatte, aufs neue zu begehen. Ich starrte Rachel an, ihr elegant zu einem Knoten geschlungenes Haar, bestaunte die Anmut, mit der sie Messer und Gabel hielt, oder die Tiefe ihrer blauen Augen. Ich wußte, ich würde den Abend nicht unversehrt überstehen.

16 Rachels Anblick machte mir die Grenzen der stoischen Haltung bewußt. Mochte Liebe auch nie schmerzlos und ganz gewiß nicht weise sein, genauso wenig ließ sie sich einfach vergessen. Sie war so unausweichlich wie unvernünftig – und ihre Unvernunft sprach unglücklicherweise nicht gegen sie. War es nicht absurd, sich in die Hügel Judäas zurückzuziehen und sich von Wurzeln und Schößlingen zu ernähren? Wenn ich schon mutig sein wollte, lagen dann nicht größere Gelegenheiten, Heroismus zu bekunden, in der Liebe? Und außerdem – ungeachtet all der Opfer, die das stoische Leben verlangte, war nicht auch etwas Feiges daran? Im Herzen des Stoizismus lag das Verlangen, *sich selbst zu enttäuschen, ehe jemand anders die Chance hatte, es zu tun.* Stoizismus war eine plumpe Abwehrmaßnahme gegen die Gefahren der Zuneigung anderer, eine Gefahr, der zu begegnen es mehr Ausdauer bedurfte, als sie ein Leben in der Wüste verlangte. Mit seinem Ruf nach klösterlicher Existenz, frei von emotionalem Aufruhr, war der Stoizismus schlicht ein Versuch, die Legitimität bestimmter, möglicherweise schmerzlicher, aber doch fundamentaler menschlicher Bedürfnisse zu leugnen. Wie tapfer auch immer, am Ende war der Stoiker ein Feigling, wenn der Moment der vielleicht höchsten Wirklichkeit kam, der Augenblick der Liebe.

17 Wir können immer die Augen verschließen vor den Schwierigkeiten eines Problems, indem wir nach Lösungen suchen, mit denen wir die Frage auf den kleinsten gemeinsamen Nenner reduzieren. Beides, romantischer Positivismus und Stoizismus, waren unangemessene Antworten auf die Probleme, die durch die Qualen der Liebe aufgeworfen wurden, denn beide brachten die Frage eher zu Fall, als daß sie mit ihren Widersprüchen jonglierten. Die Stoiker

hatten den Schmerz und die Irrationalität der Liebe in ein schlüssiges Argument gegen die Liebe umgemünzt – und hatten es so versäumt, das unzweifelhafte Trauma unserer Sehnsüchte mit der Unlenkbarkeit emotionaler Bedürfnisse in ein Gleichgewicht zu bringen. Dagegen hatten die romantischen Positivisten sich schuldig gemacht, indem sie einen gewissen mühelosen Zugriff psychologischen Wissens in den Glauben ummodelten, Liebe ließe sich für alle schmerzlos machen, wenn wir nur lernten, uns selbst ein wenig mehr zu lieben – und hatten es darüber versäumt, ein allgemeines Bedürfnis nach Weisheit mit den Schwierigkeiten, die der Versuch, nach ihren Maximen zu handeln, mit sich brachte, jonglierend zu verbinden, und hatten so Madame Bovarys Tragödie auf eine Illustration zu Dr. Nearlys platten Theorien reduziert.

18 Ich erkannte, daß es eine komplexere Lehre zu ziehen galt, eine, die mit den Inkompatibilitäten der Liebe zu spielen vermochte, die das Bedürfnis nach Weisheit mit ihrer wahrscheinlichen Ohnmacht jonglierend verband, die Torheit blinder Leidenschaft mit ihrer Unvermeidbarkeit verknüpfte. Es galt, die Liebe richtig einzuschätzen, ohne sich in dogmatischen Optimismus oder Pessimismus zu flüchten, ohne eine Philosophie aus den eigenen Ängsten zu konstruieren oder eine Moral aus den eigenen Enttäuschungen abzuleiten. Liebe lehrte den analytischen Verstand eine gewisse Demut: Wie hart er auch rang, so die Lektion, um unverrückbare Gewißheiten zu erlangen (indem er seine Schlußfolgerungen zusammenzählte und sie in klare Reihen einbettete), die Analyse konnte nie anders als fehlerhaft sein – und darum nie weitab vom Lächerlichen umherirren.

19 Solche Lehren erschienen um so bedeutsamer, als Rachel meine Einladung zum Essen an einem Abend in der folgenden Woche annahm. Allein schon der Gedanke an sie sandte Erschütterungen durch die Region, welche die Dichter das Herz genannt haben, ein Beben, von dem ich wußte, daß es nur eines bedeuten konnte – es hatte mich wieder einmal erwischt.